黑牢城

Arioka Citadel case

〔日〕米泽穗信 著

萧遥 译

人民文学出版社

著作权合同登记号　图字01-2023-1601

KOKUROJO
©Honobu Yonezawa 2021
First published in Japan in 2021 by KADOKAWA CORPORATION, Tokyo.
Simplified Chinese translation rights arranged with KADOKAWA CORPORATION, Tokyo through Timo Associates Inc., Japan.
photo/wonder workz

图书在版编目(CIP)数据

黑牢城/(日)米泽穗信著；萧遥译.—北京：
人民文学出版社，2023（2024.2重印）
（米泽穗信精选集）
ISBN 978-7-02-018024-0

Ⅰ.①黑… Ⅱ.①米… ②萧… Ⅲ.①长篇小说—日本—现代 Ⅳ.①I313.45

中国版本图书馆CIP数据核字(2023)第097267号

责任编辑　朱卫净　陶嫒嫒
装帧设计　钱　珺

出版发行　人民文学出版社
社　　址　北京市朝内大街166号
邮政编码　100705

印　　制　山东临沂新华印刷物流集团有限责任公司
经　　销　全国新华书店等

字　　数　248千字
开　　本　850毫米×1160毫米　1/32
印　　张　12.875
版　　次　2023年6月北京第1版
印　　次　2024年2月第3次印刷

书　　号　978-7-02-018024-0
定　　价　75.00元

如有印装质量问题，请与本社图书销售中心调换。电话：010-65233595

目录

序章	因	001
第一章	雪夜灯笼	014
第二章	花影功勋	112
第三章	远雷念佛	209
第四章	落日孤影	308
终章	果	391

序章　因

前进方得极乐，后退即为地狱。

难波湾①响彻勇猛之声。战斗、战斗，唯此是拯救之道。声声呐喊催人奋进。自应仁之乱②以来已逾百年，天下已无寸土未经历战祸，数不胜数的家族由盛及衰，饥荒与疾病及战事相伴，埋下无数恶因与恶果，世间遍布忧愁和苦痛。与其逃避苦难，不如上前战死沙场，往生极乐。前进方得极乐，后退即为地狱——这句话不停地重复着。

一向宗③的门徒聚集在摄津国大阪，象征"念佛三昧"的宏伟寺庙即本愿寺，散发着乱世气息的护城河和土垒横贯于寺外。此刻，这座寺庙就是城池，屯有大量兵粮与装备。距离织田征讨本愿寺、护法住持率领门徒参战已有八年。

牙牙学语的京都小儿都在调侃织田和本愿寺之间的纷争。若问哪方能获胜，即便本愿寺拥有大阪固若金汤的地利，恐怕也胜算渺茫，但眼下本愿寺已与毛利结盟。一方是独力击退武田和上杉、如日中升的织田，一方是统领阴

---

① 今大阪湾。
② 1467年至1477年，细川胜元与山名宗全等大名之间爆发的战争，因发轫于应仁元年而称作应仁之乱。
③ 日本佛教宗派之一。下文中的"一揆"语出《后汉书》，原指"团结一致"，在日本延伸为"结社起义"。"一向一揆"指一向宗门徒的结社起义。

阳十州的大毛利。这一战的胜负还远远无法预料,大幕即将拉开。

这是天正六年十一月的某日。

大阪四面被城寨环抱。

织田在越前打败了"一向一揆",又在伊势打败了他们,却在大阪久攻不下。本愿寺的诵经声似乎挡住了织田军的进攻。大阪城外兴建了更多新的城寨,旧的城寨也被修建得更牢固。天王寺寨如此,大和田城也是如此,其中变化最大的是大阪往北半日路程的伊丹乡城①。除了从附近村庄抓来壮丁,连武士们也亲自下场搬运石头筑城,这座城简直已改头换面。

筑城的动机并不是保护周围的村镇。城寨的作用仅仅是让军队驻扎其中,进行防御,因此大多建在远离村庄的路旁、山丘。但伊丹新城不同:壕沟和栅栏把村镇团团围住,鹿寨从伊丹乡延至城内,防御工事极为完善。在地势平缓的北摄②地区,这座高大的城池宛若人造山丘,传教士路易斯·弗洛伊斯③曾赞它"实乃人工之壮举"。这座城寨即有冈城。

此刻,驮着各种货物的牛、马、人有序排队进入有冈城。货物包括大米、盐、味增、薪柴、煤炭、竹子、金

---

① 最早建于奈良时代,当时称伊丹城。
② 今大阪北部地区。
③ 葡萄牙天主教传教士,自1563年起在日本传教。

银、铜钱、铅、医药、铁、皮革等,有冈城备战所需应有尽有。完成任务的人都露出安心的神色,随后快步离开城池。品类繁多的物资——运送进城,任谁看到这幅景象都会立马明白:战事将近。

机灵的人已经开始猜测交战双方究竟姓甚名谁。按说有冈城属织田势力范围,而织田在此处的敌人属大阪本愿寺,可周围的和尚无意朝这里进攻,不明缘由的人也不敢向他人打探到底在跟谁作战,唯恐惹祸上身,于是匆匆离去。

位于有冈城核心的天守阁,一个男人正俯瞰下方的熙攘人群。

这是一个面如磐石、体格壮硕的男人。他的脸色晒得黝黑,双眼眯成一条缝,仿佛在假寐。在旁人看来,他似乎愚钝,实际上却是一名既能在战场上如烈火般作战又能舌战众人且极擅随机应变的乱世武士。他年约四十,乃有冈城城主,受织田家委托统治摄津一带。他就是一代雄主——摄津守①荒木村重。

忽然,廊下传来脚步声,扈从立时绷紧了神经。一名武士来到荒木村重背后单膝跪地,以粗犷的嗓音说道:

"报!刚刚有位自称织田派来的使者来求见主公。"

村重陷入了短暂沉默。这是第几位使者了?他不免感到有些奇怪。不是"织田的使者",而是"自称织田的使

---

① 战国时代,中央幕府权力微弱,很多大名无视朝廷任命,自封头衔,实际未必拥有头衔所指称的领地。

者"，这算怎么回事？村重缓缓回头。

"来者何人？"

"来者名叫小寺。"

"什么？"村重皱起眉头，"小寺家应已脱离织田家，跟随了毛利。不可能自称织田的使者。"

"主公所言极是。但那人的确是小寺无疑——小寺官兵卫。"

村重稍稍睁开眼睛，撇了撇嘴，说：

"是吗？官兵卫吗？此乃故人，我去见他。"

武士垂首称是，起身去让官兵卫在大殿等候。

小寺官兵卫原名黑田官兵卫，因主公小寺赐姓，改姓小寺。

世间如此评价他：枪法足以登堂入室，马术亦颇为灵巧，礼贤下士，善把守关隘，统兵作战更是好手……总之，小寺官兵卫乃当世良将。但村重觉得，这些辞藻都不足以形容官兵卫。

村重在大殿接见官兵卫。大殿的架子上摆放着黄色茶壶，上面刻有"寅申"字样的铭文。这把茶壶价值连城，是名品中的名品。村重特意摆上这把茶壶，是为了显示他对官兵卫的尊重。近侍拉开门，村重步入大殿。官兵卫盘腿坐着，双拳撑在榻榻米上深深俯首。村重吩咐近侍退下，坐下说道：

"抬起头来。"

"遵命。"

官兵卫中气十足地应道，随后直起腰板。

他三十岁出头，不算是年轻武士了，但看上去十分年轻，一表人才。即使他此时紧闭双唇，也仍流露出一抹笑意，加上纤细的身形，显得一派温和。然而村重深知，这个甚至可以用温柔形容的男人，是一个最不容轻视的对手。

"能获得您的接见，在下感激不尽。"

官兵卫嗓音洪亮。相比之下，村重的声音反而略显低沉。

"官兵卫，好久不见。"

"确实。"

村重和官兵卫曾并肩作战。村重是荒木家的家督①，官兵卫只是小寺家的家臣，按理说，两人的身份判若云泥。然而村重看得出来，官兵卫并非常人，故而常与其相谈甚欢。

官兵卫毕恭毕敬地行了一礼。

"官兵卫祝摄津守大人鸿福如意。"

看到官兵卫这等夸张的礼仪，村重不禁苦笑。

"你也平安无恙就好。美浓②守大人可还健朗？"

"家父为乱世裹挟，一直在姬路③惦记着送给织田的人

---

① 指家族领袖，原则上由嫡长子继任。词源可追溯至《史记·越王勾践世家》。
② 今岐阜县南部地区。
③ 位于兵库县西南部。

质。他年事已高，着实让人放心不下。"

"你也给织田家送人质了吧？"

官兵卫露出惊讶的神色。

"您已经知道了？确实如此。"

"播磨①已交由羽柴筑前守，但他从哪里得到了哪些人质，是不会告诉我的。"

"原来如此。"

官兵卫又正色道：

"犬子松寿丸作为献给织田的人质，已寄养在羽柴大人处。"

"这样啊，难怪美浓守大人会担心。"

"不过羽柴家有竹中半兵卫②大人，于文武两道的修养而言，对犬子说不定是一件好事。"

对此，村重不知该作何回应。筑前守羽柴秀吉确实不会亏待人质，可他的家臣竹中半兵卫过分精明，叫人完全看不透。官兵卫如此信赖半兵卫，多半是因为他俩多少有些相似。

官兵卫面露愧色。

"万分抱歉，为了犬子的事，浪费了您些许时间，我并非为此事专程来叨扰大人，"他略带笑意，"您这里毫无疑问在备战。听说摄津守大人准备守城不出，我先前还

---

① 位于今兵库县西南部。
② 日本战国时代知名军师竹中重治，通称竹中半兵卫，又名重虎。

以为是哪个不长眼的家伙散布谣言,来到这里一看才知所言非虚。摄津守大人,您真的……背叛织田了。"

村重默然,说什么都于事无补了。

荒木村重背叛了织田。

有冈城即将被数万织田大军围攻。

窗格间射入的阳光把空气染成赤红。良久,村重总算开口:

"你也来说降?我已记不清你是第几位使者了。"

官兵卫略颔首,面不改色。

"恕我直言,摄津守大人,您这次谋反如晴天霹雳,令织田家像无头苍蝇般骚动了。无论要派多少使者前来,他们都想让摄津守大人回心转意。"

"小寺官兵卫,你此行恐怕不是藤兵卫大人的主意吧?我是否猜对?"

藤兵卫小寺政职是官兵卫的主公。近年来,官兵卫一直为织田和小寺两头出力。为人臣者,一人侍二主这种事自古以来不算罕见,村重故意提到小寺政职,官兵卫不得不面露苦色。

"的确,如果小寺家和摄津守大人站在同一阵线,我此行就不可能是奉我家主公之命。这样吧,请大人在有冈城内尽可能暂时忘记小寺这个姓氏,把我视为单纯的个体。"

"好!"村重大气地点了点头,接着说,"那么,作为个体的官兵卫此行所为何事?目前我尚可饶恕你,需要盘缠也尽管提,然后就去安土向信长赔罪吧……我这样地打发了很多使者,对你也是如此。"

"恐怕事情不会如大人所言这般简单。如果我可以选择,当然会这么做,但此事难为。"

"你到底想说什么?"

官兵卫莞尔一笑。

"请恕官兵卫斗胆说一句,您背叛信长,是为了向毛利、本愿寺投诚吧?看起来一切都像梦一般美好。摄津守大人现在跟随毛利,确实能给织田制造极大的麻烦,进军播磨的羽柴军也成了瓮中之鳖。此时谋反,实属千载难逢的绝妙好棋,不愧是摄津守大人。"

"那官兵卫你……"村重说道,"到我手下做事如何?我必重用你。"

"请恕小人敬谢不敏。"

官兵卫依然保持微笑。

"您这手谋反,实属妙着。既然摄津守大人不打算向信长大人谢罪,就必定有把握击退即将蜂拥而至的织田大军。请让我再多说一句话,说完就告辞。"

"一句话?"村重端详官兵卫,"好,说吧。"

官兵卫敛容正色道:

"这一仗,您必败无疑。"

刹那间,殿内寂静无声。

村重哑然。战前说出"必败"二字,仅凭这一点,村重就有充分的理由斩了官兵卫。

但村重开口道：

"继续说。"

听了村重这句话，官兵卫毫无惧色地接着说道：

"我官兵卫也算是乱世武士。如果摄津守大人真的认为自己能取胜，我会二话不说，磕头拜服。尾张军绝非羸弱之兵，于乱世之中拔得头筹的织田更非庸人。在北摄这片土地上，能抵挡织田的只能是有冈城。但再坚固的城池，一味固守，也只会落得和仰仗信贵山城的松永弹正大人一般下场。"

去年，老将松永弹正起兵谋反，终因寡不敌众而败北，在大和国城内自焚。

村重说："弹正没有他人援手，而有此败。"

官兵卫仿佛在等着这句话，立刻回应道："摄津守大人所指的援手想必是毛利？毛利军会自北出山阳道赶来有冈城救援，您一定是这么想的。"

他双手用力压住双膝，继续说道：

"但毛利不会来。毛利他……右马头①毛利辉元不是那样的人。信长大人可以为了驰援长筱城而奔赴三河，右马头却不会同样行事。虽然织田不是什么正直的人，但毛利与他实属一丘之貉，都是诡计多端之徒。摄津守大人如此信任右马头，官兵卫深表遗憾。"

一直闭着眼睛的村重眉头紧缩。官兵卫此言一针见

---

① 右马头从五位官职，原意指右马寮长官。

血。这次谋反，他酝酿已久，如果一切顺利，不是不可能夺取信长的性命。村重早就向毛利和本愿寺寄出请誓书和他们勾结了。毛利麾下有众多值得信赖的忠勇将领，而北摄一带基本听从村重调遣——他还利诱了播磨的豪族。毕竟是一代名将荒木村重，他已经把一切安排得妥妥帖帖。

但他仍有一丝疑虑：毛利家的家主辉元真的可信吗？村重实在无法确定。此刻，官兵卫击中的恰恰是这一点。

官兵卫屏住呼吸，等待村重开口。村重从官兵卫炽热的眼神中看到了他成竹在胸的自信。

果然如此，村重心下嘀咕。

官兵卫不是普通良将。弓马娴熟的将军、作战英勇的将军、善于治军练兵的将军……这个时代要多少有多少，但官兵卫的才能不仅限于此。他着眼大局，看透全局，一举击中要害。能做到这一点的人才屈指可数。更麻烦的是，官兵卫很清楚自己拥有何等智慧与才华。

其实，事已至此，无论官兵卫说什么，村重都无法回头了。大计已定，事已败露，局势已非村重一人所能左右。但即便如此，村重仍愿意听官兵卫说完，理由只有一个，那就是希望官兵卫来分析此次谋反的利弊。他只想听完弊害。如今不必再听下去了。

"官兵卫，"村重的语气带着一丝怜悯，"你的话，说到了我的肺腑里。正因为如此，我不能放你回去。你若回到播磨，以小寺为首的那些已经倒向毛利的豪族又会归顺织田。对我来说，就难办了。"

接着，村重以丹田之气吼了一声："出来吧！"

大殿三面的拉门齐刷刷地打开了，冲进来十名铠甲武士。他们是荒木家最精锐的武士，村重的御前卫士。官兵卫瞬时被枪尖包围。

身处险境、命在旦夕的官兵卫微笑着说：

"果然还是变成了这样。"

他平静的口吻让村重不禁皱眉问道：

"你是说，你早就准备好了？"

"自从步入谋叛的城池，我就没想过活着离开。"

"那你为何还要来？我曾与你共赴沙场，本不愿索你的命。真希望你不曾前来。"

"羽柴筑前大人命我来此，我义不容辞。话虽如此，终究……"

官兵卫似乎在等待被斩首，把脖颈伸了出来。

"这乱世让我感到疲倦。如果是为羽柴大人而死，不辱武士的身份，无损黑田家的道义……就让小人的命运在此终结吧。"

村重不由得赞许他的这份高洁，说道：

"我不会杀你。"

官兵卫惊讶得扬起了眉毛。

"那么，请容我失礼，告辞。"

"不，我也不打算放了你。"

围住官兵卫的御前卫士们略作迟疑，但仍把枪尖对准他。官兵卫的脸色霎时变得苍白。

"摄津守大人,这是何意?"

"很简单。官兵卫,我要把你关起来。战事结束前,你要待在这座城里。"

霎时间,官兵卫面露茫然,仿佛被眼前枪尖闪耀的光芒拉回现实,终于回过神。

"这是什么话!要么照自古以来的规矩,让使者离开;要么照武士的做法,杀掉使者。没有关起来这种……"官兵卫脸色发青,终于从牙缝里挤出了一句,"你会遭报应的。"

"这也算是一种韬略。你至少保住了一条命,又有何不满?"

话音未落,官兵卫起身叫道:

"大为不满!"

官兵卫拔出腰间佩刀。没有收到处决命令的卫士们顿时不知该如何是好,只得护住村重。一名铠甲武士拦在官兵卫面前,官兵卫一刀砍向他……看都没看对方一眼,刀自铠甲武士腋下刺入。鲜血飞溅——出血量证明那名武士已无救。

"可恶!"

目睹同袍血溅当场,其他御前卫士怒不可遏。

"不要杀他!夺下他的刀!"

听到村重的命令,一名武士从官兵卫背后把他按倒在浸血的地板上。官兵卫没了兵器,却仍在大喊大叫:

"为什么不杀我!杀了我,村重!"

"没有我的命令,谁都不准杀他!官兵卫,你这蠢货,竟然杀了我的家臣。我本想以礼相待,可你……"

"给我听着,摄津守大人,您要是不把我杀了……"

"我不听!来人,让这男人闭嘴!"

一声令下,御前卫士们的拳打脚踢如暴雨般落在官兵卫身上。不待村重再下令,众人已用猿辔①蒙住了官兵卫的眼睛。官兵卫双眼被蒙,仍不停呐喊,但没有一个人在乎他说什么。

一名御前侍卫单膝跪在村重面前问道:

"主公,把这家伙关在何处?"

村重心底早有答案,阖眼下令:

"关进地牢。不准任何人和他见面,更不准杀他。我要让他活到我达成心愿为止。"

官兵卫仍在挣扎,全然不像往常那样如湖水般冷静。他令人难堪地拼命挣扎着,可他的刀已被夺走,手脚又被按住,动弹不得,丝毫没有机会挣脱。村重转过身,背向官兵卫。

就这样,官兵卫被囚入摄津国有冈城。

因果循环,由此开始。

---

① 一种头部捆绑用具。

第一章　雪夜灯笼

1

冬季的北摄，战云密布，水结冰，地结霜。

为了准备越冬的粮食，抵御万物枯萎的冬天，万民正忙于农作。眼看寒冬令所有树木结不出任何果实与花朵，"能否活着迎来下一个春天？"在所有人心里埋下了不安的种子。况且，眼下战争的阴霾更浓重了。

伊丹乡村民家中也好，城中仓库也好，都储存着从箕面①和甲山②砍来的柴火。但这些柴火真的够用吗？没人敢保证。几乎完全征服了畿内③的织田大军如笼罩田野的云霞，蜂拥至有冈城下。谁都无法预料这场战争将持续多久。

狂风呼啸，干枯的芦苇和松柏的树梢随寒风而无助地摇摆。这阵风挟着致命的寒意，仿佛能夺走老人的残命，能震伤孩童的肺腑，连健壮的旅人和行脚僧都不得不拼命按住额前的斗笠。有人缩着脖子抬头仰望灰黑的天空，喃喃低语道"要下雪了"。

---

① 今大阪北部城市。
② 位于今大阪府神户市的六甲山。
③ 又称五畿或五幾内，指京畿区域内的五个旧时令制国，包括今大阪、京都、兵库、奈良等。

风沿着猪名川①一路呼啸而过。寒风从已成废城的池田城呼啸而过。为躲避战祸而逃进深山的农民、于无人村庄寻摸钱财的盗贼、侦察荒木军情报的织田家间谍……寒风一律冲他们呼啸而过。在地势较为平缓的北摄，风仿佛容不下任何秘密，无休止地号啕着。

寒风呼啸至有冈城下，令那些在箭楼站岗的守卫瑟瑟发抖。足轻②点燃当日煮饭的火苗，火苗在风中左右摇曳。正对着猪名川的是有冈城的天守阁，寒风穿过箭孔和投石孔吹进来。但此刻天守阁里有一股足以消弭任何寒风的沸腾热气——不，不是热气，而是怒气。

城主和部将们正聚集在天守阁的一楼召开军议。当日是十二月二十五日，将领们大声喧哗着。在有冈城往东五里外③的茨木城，守城猛将中川濑兵卫见织田军势浩大，一箭未发便开城投降了。

"可恶，濑兵卫那个混蛋。"

前排的年轻武士咬牙切齿道。

"先前还大言不惭地放狠话，却头一个投降。那小子简直是三国第一胆小鬼！"

说这话的人是荒木久左卫门，三十岁出头，是据守近乡的领主池田家的后人。虽然家族门第不高，他却有着超乎年龄的深思熟虑，在荒木家地位不低。然而这个素来慎

---

① 河名，流经兵库县与大阪府。
② 指最低等的步兵。
③ 此处的1里约合4000米。

015

重的人如今言辞激烈。在座的其他武将也流露出与他类似的表情，发出"怕死鬼！""胆小鬼！"的怒斥。

村重盘腿坐在垫子上，养神般闭上眼睛，根本无视大声喧哗的部将。不看也知道他们一个个面红耳赤、万目睚眦，喋喋不休地痛骂中川濑兵卫的背叛。家臣们的愤慨不难理解——中川濑兵卫坚决反对村重谋反，诸将愤慨的背后，其实是对主公信心的严重动摇。

早在中川濑兵卫背叛前十六日，高山右近把守的高槻城就开城投降了。高山右近的高槻城和中川濑兵卫的茨木城可谓有冈城的两扇门户，都被接踵而至的织田使者劝降了。事态每况愈下。当然，此战仍有胜算，村重心里有必胜的策略，诸将也都明白，却仍难免未战先怯。为了不被看穿自己心底的恐惧，他们只能越发猛烈地辱骂中川濑兵卫。

村重沉默地注视诸将的表情。愤怒、怀疑、恐惧……村重注意到，眼前在座的将领之中唯有一人面带笑容。村重和这个人视线交会时，对方冷不防地高声说道：

"诸位！中川说到底不过是寄骑[①]，并非我们荒木家族的人。中川不再追随我等，本就是可以预见之事。我等只需听从摄津第一，不，畿内第一的主公的调遣就行了！茨木城送给织田又何妨？只要坚守住有冈城，我们终将获胜！"

[①] 下级武士，隶属于大名或上层武士。

此人是中西新八郎,不到三十岁,是个剽悍的武士,在家臣中算是新人。

"有理,有理。新八郎说得好!话说回来,中川大人本就是恃强凌弱、欺软怕硬的猪武士。指望不上这个人,是预料之中的事。"

说这话的是个四十多岁、身形高大的武士,名叫野村丹后。他因娶了村重的妹妹而成为家臣,负责守卫城南的鸭冢寨。丹后接着说道:

"主公早就料到中川会背叛,诸位犯不着惊慌。主公,您怎么看?"

诸将把目光投向村重。天守阁大殿鸦雀无声,冬日阳光斜斜地洒落在地板上。

村重缓缓开口道:

"丹后所言极是。中川濑兵卫非我族人。将不可信赖之人置于前线,乃战法惯例。如此一来,就算茨木城失守,有冈城内也不会有人谋叛,无碍于大局。所以我不让他留在有冈城,而是派到茨木城。"

如果把有可能叛变的人置于后方,一旦发生叛变,就会被前后夹击。置于前线则能将叛变的后果降至最小。听了村重的说法,诸将面露喜色,欢欣鼓舞。

"啊,主公!"

"濑兵卫真是被您看透了!"

"主公深谋远虑,我等自愧不如。"

村重慢慢地摆了摆手,仿佛给众人泼了一瓢水,大殿中再次安静下来。

"但中川濑兵卫竟然一箭未发,这实在令人意想不到,枉他跟了我这么多年。看来人老了越发怕死,濑兵卫那家伙比我料想的投降更快。"

诸将安静地听着。村重的语气半是嘲讽、半是遗憾,听起来似有些诙谐,却有着看透世事炎凉的怆然。

但是有一个人完全不信村重这番话,那就是村重本人。

村重深知,中川濑兵卫绝非怯懦之辈,更不是丹后口中的猪武士。当下的中川,是一员非常人可比的猛将。

村重带领荒木家族一路披荆斩棘,直至统辖北摄一带,离不开濑兵卫这员自始至终陪伴左右的猛将。但和村重获封摄津守相比,濑兵卫没有获取一座城池,始终是村重的寄骑。连村重都认为这未免过分了。与其在村重的阴影下葬送自己的性命,不如转投织田麾下——濑兵卫多半是这么想的。村重如此揣摩着。他接到茨木城开城投降的报告后,心想濑兵卫这个男人的心思如此简单,简直令人发笑。

村重打从心底里希望濑兵卫和织田短兵相接。茨木这座小城虽然挡不住织田大军,但假若濑兵卫能浴血奋战,阻挠对方的攻势,那么织田方就无法轻视有冈城。身处乱世而遭背叛这种事不用过于在意,村重到底不是无情人。

但村重并未把情绪显露在脸上。对他来说,军事会议不是袒露心声的场合。

"主公运筹帷幄，算无遗策。"

中西新八郎说着，哈哈大笑起来。

从狭小的窗格朝外瞥去，天空被低矮的云层彻底遮蔽了。

2

腊月伊始即飘雪。雪花生命短暂，落入猪名川就消逝了。

有冈城建在伊丹，也就是猪名川西岸。东边是茫茫沼泽，从京都方向来到有冈城的人，只要跨过贫瘠的苇原，就能看到直插入云的天守阁。

有冈城以南经大和田至大阪，往北经池田至丹波天险，往西直通播磨。大阪堪称兵家重地，伊丹更是联接京都与西国①、独一无二的要冲。

村重登上天守阁最高层，环顾四周。街上行人寥寥无几。他将目光从下方的有冈城移至远方村镇，见四围被土垒和路障密密实实地围拢，略感安心。兵粮和箭矢还很充足，村重暗忖，这足以抵挡五万甚至十万织田精兵。

"接下来……"

村重自言自语起来。武田信玄②曾说过，人即是城，城即是人。此言非虚。无论把城池打造得多坚固，把战壕

---

① 用来辨识日本地理的说法之一，也有其他说法称关东或关西。
② 日本战国时期政治家、军事家。

挖得多深,一旦城中将士失去信念,都将毫无意义。

这座城还叫伊丹城的时候,其坚不可摧的名声已天下皆知。村重能轻而易举地攻下,皆因士卒不再相信守城大将,不再相信这座城池固若金汤。为了不重蹈覆辙,为了将有冈城打造成真正的金城汤池,必须首先重视士气——这是村重所考虑的。

楼下传来上楼梯的脚步声。从步履声能听出,来人心烦意乱,但仍试图保持冷静。村重猜测,应是久左卫门。定睛一看,果然是久左卫门那张瘦削的脸。他见村重在此独处,低声说道:

"主公。"

"何事?脸色如此苍白。"

"大事不妙。"

"讲吧。"

久左卫门咽了一口口水,低头说:

"大和田城降了。"

"什么?"

村重的声音流透出非比寻常的诧异。

高槻城的高山右近、茨木城的中川濑兵卫投降,村重早有预感。右近是虔诚的南蛮宗[①]信徒,打从一开始就强烈反对村重背弃信长。濑兵卫原是奉命侍奉荒木家的寄骑,没有效忠的义务。但是村重做梦也想不到大和田城会

[①] 指天主教。当时欧洲人往往由日本南边渡海而来,被称作南蛮人。

投降。

他立刻召开军议。听闻大和田城投降的诸将一脸难以置信,惊讶得忘了生气、痛骂。

"竟然连安部兄弟都投降了。"

刚毅如中西新八郎,也说不出第二句话了。其他诸将窃窃私语,有人在悄声问,这会不会是织田散布的流言?

守备大和田城的安部兄弟是一向宗的热忱门徒。村重尚在为织田效命时,就怀疑安部会投靠大阪。村重迎娶与本愿寺渊源颇深的女人为侧室时,安部高兴得不得了。后来,村重接受安部兄弟的提议,率领荒木家改旗易帜,背叛织田归于本愿寺时,安部兄弟更是激动得热泪盈眶。

"您做得太好了,做得太好了!大阪的僧众一定会大喜过望。这样一来,摄州大人您一定能往生极乐,实在可喜可贺!若要与织田开战,请务必让我们兄弟打头阵。信长这混蛋,乃佛教之大敌,我们定将斩其首级!"

说出这番话的安部兄弟居然尚未交战就投降织田了,着实令人费解。

千辛万苦从大和田城逃出来的武士说,决意投降的不是安部兄弟,而是安部的儿子二右卫门。二右卫门谎称要与织田开战,将不愿开城投降的父亲与叔父诓骗出门,乘二人不备,夺了他们的刀,把两人绑了,作为人质献给织田。

村重听闻,低声自语道:

"想不到安部二右卫门竟有如此能耐,可恶!"

待大和田城投降的这波冲击过后,诸将询问,大和田城既已为织田所取,那么下一步该如何是好?

大和田城位于有冈城和大阪之间。若要在短时间内突破十重、二十重的包围圈去支援大阪本愿寺,难于登天。如果荒木手中有大和田城这枚棋子,就能打通大阪和有冈城之间的通道:一旦大阪遇袭,有冈城就出兵;一旦有冈城遇袭,大阪就出兵。二者能形成犄角之势,令织田腹背受敌。

然而现在,织田一步下在了棋局关键处,从此可以毫无后顾之忧,放开手脚攻打有冈城。这都是由安部二右卫门背叛所导致的。

"主公,"久左卫门语气沉重,"安部二右卫门的儿子自念尚在城中做人质。"

"我知道。"

"那我立即着手准备木料?"

久左卫门打算动手处理人质。所谓木材,是磔刑的刑具,将捆绑起来的犯人在街头示众,然后杀掉,比斩首更残酷。但凡对犯人尚有一丝怜悯,为了不辱其武士的名声,多半会令其自我了断。话虽如此,杀掉叛徒方面的人质,是乱世的惯例。

但村重说了这样一句话:

"把自念关进牢房。"

久左卫门惊讶地瞪大眼睛。

"关进牢房?主公,难道您不打算杀掉自念?"

村重不响。军议时，诸将七嘴八舌，沸反盈天，久左卫门探身再次进言：

"主公，请三思。若不惩罚此等临阵脱逃的卑劣行径，别人会嘲笑荒木家不敢对人质处刑。如此下去，其他城池说不定会跟着投降啊！"

在场的将领们纷纷表示赞同，高声道：

"久左卫门大人所言极是，请下决心吧！"

"主公，请再考虑一下。"

"处决可恶的安部人质，何需踌躇！"

喧哗声中，村重低沉地说了三个字：

"不要吵！"

这三个字压过了诸将的气焰，现场安静下来。过了一会儿，村重不急不缓地接着说道：

"二右卫门终有一天会被处以磔刑。现在，先把注意力放在那些危险的城池上。至于自念，暂且不杀他。久左卫门，照令行事去吧。"

久左卫门似乎还想开口，但被村重的威严压住了。

"属下听命。"

他一边说，一边叩拜行礼。

在这群纳闷、讶异的将领中，村重注意到，有一个人的眼神中全无疑虑，满是率直。那个人就是中西新八郎。杀掉人质也好，不杀人质也好，他都毫不在乎。只要是村重的决定，他都无条件地服从。他的表情仿佛在说出这句话。

3

只要本家无人背叛,人质其实算是贵客。村重把人质托付给了自己信赖的家臣照管。大部分人质居住在同一间屋檐下。但安部自念年幼体弱,村重不放心交由他人照顾,又因自己的侧室和一向宗门徒交情匪浅,于是安部自念住进了村重的自家宅邸。

天守阁所在的本丸①别名本曲轮。城内并排着火药库、铁炮库、马厩、长枪库等四座库房。村重的宅邸在本曲轮东侧,是城堡的最深处。军议过后,村重和久左卫门一同向宅邸走去。

"你的儿子……"村重一边走着,一边问道,"也叫自念吧?"

风太大,跟在村重身后数步的久右卫门费力听清了村重的话,回答道:

"是。"

"二右卫门的儿子十一岁了。你的儿子应该是十三岁吧?"

"是。"

"同名,年岁相仿……你有没有什么想法?"

久左卫门警觉地抬起眼睛。

"主公何出此言?人质下场乃局势使然,岂会因同名

---

① 即内城,是城堡的最后一道防御线。

而产生同情？属下闻所未闻。"

像是突然想到了什么，久左卫门继续说道：

"主公，属下当然会遵从您的命令，却实在不明白您此前放过了高山右近的人质。"

村重沉默不语地踱着步子。

高槻城的高山右近送来的人质是尚不能开口说话的男婴及其姐姐。这姐弟二人，村重都没有杀掉。

久左卫门接着说道：

"您不杀右近的人质，我能理解。虽然右近这混蛋降了织田，但他的父亲大虑及其党羽仍在城内，仍是我方盟友，不杀他的人质也说得过去。但即便如此，仍有人坚称应该杀掉作为叛徒的右近的人质。"

是什么人这么说？

村重没有问出口。有人发表这种意见，合情合理。

久左卫门继续说道：

"您没有向濑兵卫索要人质，这件事也让不少人感到惊讶。如果您手中握有人质，濑兵卫这家伙或许不会那么快投降。主公，事已至此，恕我再问一次，您为何没向濑兵卫索要人质？"

"濑兵卫他……"村重终于开口，"就算有人质在我手上，依然会投降。他就是这样的男人。一旦决定投靠织田，他根本不会在乎人质是死是活。"

"这倒也是。"

久左卫门嘟囔道。久左卫门也曾与中川濑兵卫并肩作战过，深知濑兵卫的脾性。

"话虽如此，可您连安部的人质都不杀，这实在讲不通。恕属下斗胆，怜悯和仁慈是僧人之德，而非武士之德。该杀则杀，这才是武家在这世上安身立命的做法。"

村重停下脚步，转过身。面对"唰"地低下头的久左卫门，村重用与往常一样的低沉声音问道：

"久左卫门。"

"在。"

"你认为我是出于怜悯和仁慈才不杀人质？"

久左卫门词穷。

村重原是池田家的小家臣，很长时间里，叫荒木弥介。从籍籍无名到如今的摄津守荒木村重，一路走来，绝非一马平川的坦途。久左卫门原本也是池田家的家臣，曾叫池田久左卫门。村重如何在池田家崭露头角，又如何率领荒木军夺取了池田家的位置，久左卫门都近身见证过。

背叛，谋划，战斗，战斗，再次背叛，杀人与被杀，用鲜血洗刷鲜血……荒木弥介就是这样摇身一变，成了摄津守荒木村重。这样的村重会出于怜悯和仁慈而放过人质？久左卫门无法作出肯定的回答。

"属下没这么想。"但久左卫门仍不愿罢休，"那么您为何留安部自念一命？能否明示？如果您是对城内某个人有所怀疑，我久左卫门二话不说就去了结他。"

村重细看久左门卫良久，嘴巴张开，又合上。一阵冰冷的风吹过，村重终于说道：

"把安部的人质扔进仓库。你去造一间关人质的牢笼。木料珍贵,就用竹子造吧。不要造得太大,竹子以后还有用处。"

久左卫门士气消沉,耷拉下脑袋,仍尽力遵命道:

"是。"

村重抬头望天,冬日的天空中低垂着沉甸甸的云朵,快入夜了。

"明日天亮前要造好,去吧。"

久左卫门垂首退后,转身离开。天空开始飘雪。

还在织田麾下时,村重的宅邸就接待过络绎不绝的访客。那些客人为板门和隔扇上的精美画作而惊叹,因高高的天井而瞠目。他们发出诸如"不愧是摄津国国主大人的宅邸"之类的赞叹,然后感动地离去。

但那些都是些为了体面而装点的门面罢了,只要进入访客无法进入的里间,就会发现那里极其素朴。村重不喜欢在日常起居上浪费钱财,唯一奢侈的花费是在茶具上。

回到宅邸,村重打开里间的拉门,房间里搁着侧室千代保做到一半的针线活。村重目前没有正室,只有千代保这一位妻子。铺了地板的房间里没有用火盆,千代保身着下摆有裂缝的棉质小袖和服[①],正在为村重缝补阵羽织[②]。她将手头的针线活搁在一边,深深低头行礼。村重问道:

"不冷吗?"

---

① 和服样式之一,袖口较古典。
② 穿在铠甲上的无袖和服,流行于战国时期。

千代保抬头微笑道：

"妾身不冷。"

这是一个美丽的女人，也是一个失去了生命活力的女人。她的肤色很白，白得能看见皮肤下的青色脉络；眼底总是浮现莫名的忧愁。她年约二十，对年逾四十的村重而言，几乎可以做他的女儿了。

京都有人戏称千代保为"当代杨贵妃"，村重心想，那大概想说千代保像杨贵妃那样坚强、那样自我。千代保的这般美貌，是在她放弃生命之际才拥有的吧？村重曾这样想过。千代保身体并不孱弱，也没生过重病，却总给人以日渐消瘦之感觉。她就是这样的女性。

村重保持站姿，问道：

"自念呢？"

"他在练习书法。"千代保稍稍歪着脑袋，"听说安部大人叛变了。"

"你倒是消息灵通。"

"妾身听宅邸里的人说，是二右卫门大人起了反心，把自己的父亲绑了。"

千代保鲜少离开宅邸，估计是从在宅邸里干活的侍女或近侍那儿听来的。她倒是耳聪目明，令人意外。

"很遗憾……自念算是武士的儿子，应该早就有了觉悟。"

村重说这句话时，拉门外传来响动声。

"摄津守大人，小人安部自念求见。"

嗓音很尖，尚未变声，但这或许只是村重的错觉。

村重皱眉了。即使他住在这座宅邸里，但未经请示就来到里间仍属大不敬。不过，自念此时应该十分张皇失措，行事莽撞了些，也算情有可原。

"进来。"

"遵命。"

自念打开拉门，见千代保也在场，慌忙跪拜。

"请恕小人无礼。"

自念尚未参加元服礼①，头上还留着全发，身形瘦小，相貌温柔，怎么看都不像是武士的儿子。不消说，他也知道旁人是如何看待自己的，因此从日出到日落，一直精研武艺、钻研学问。他虽年幼，却与祖父一样，是狂热的一向宗门徒，礼佛之心不逊于任何人。

"行了，抬起头来。"

听了村重的话，自念挺直上身。

平常就没什么血色的脸如今更是白皙似雪。但他性格刚强，不卑不亢地高声说道：

"小人万分惭愧。"

"为何？"

"为家父之事。听说家父竟忘了摄州大人的恩惠，将城池拱手献给织田，此事是否属实？"

村重以毫不同情的语气答道：

---

① 日本古代男子成年礼，源于中国古代的冠礼。

"确凿无疑。"

自念屏住呼吸,低下头,眼中流出泪水。

"家父实属贪生怕死。平日里总说阿弥陀佛才是他的心愿,一天到晚把'前进方得极乐,后退即为地狱'挂在嘴边,万万没想到,他会在大敌当前时投降。那么,家父把祖父绑了送给织田这件事……"

"我也听说了。"

自念"哇"的一声,哭倒在地。村重蹿脚上前,以身躯挡在千代保和自念之间,牢牢盯着自念的腰间佩刀。村重和人谈话时,总提防着对方发动突袭,不管和谁谈话,他都会保持警惕。

自念带着哭腔抬头说道:

"无法子可想,摄津守大人,请您处置自念吧,我愿往生极乐。"

村重原本就不会让人质自行决定生死,当下更觉自念的这番话不入耳。纯洁是武士的美德,明知没有希望还要挣扎求生的武士令人不齿。自念的话里却透露出纯洁——事实上,自念的这份觉悟并非出自武士的身份,村重这样想道。

此刻身处地牢的官兵卫也曾求死。可是自念的求死和官兵卫不同——因为向往彼岸极乐而求死,这不像是武士该说的话。

村重稍稍松了口气,千代保在他身后进言道:

"主公,妾身本不该插嘴武家之事,但姑且请您听我一言。尽管自念为人刚强,但终究才十一岁,还是不谙世事的年纪。他是妾身同宗门之子,求您……"

千代保摩挲着衣袖。

"求您成全他吧。"

村重倏然将目光转向身后,千代保已将额头抵在地板上跪拜。千代保鲜少开口索求什么,此刻竟会开口祈求自念能安详赴死。

"不准。把自念关入牢房。"

千代保发出悲鸣般的惊呼:

"主公,莫非是地牢?"

被这声惊呼吸引,自念抬起满是泪痕的脸,仰视村重。片刻后,村重说道:

"地牢里有囚犯了。我已命久左卫门打造牢笼,明日就能完工。在那之前,你还是住在这里。"

紧接着,村重下令道:

"把刀卸下,你身上不许携带寸铁。"

自念白皙的脸庞瞬间涨得通红。

"摄津守大人,您说什么?太过分了!"

佩刀被缴,乃武士之耻,不管对谁而言都是巨大的侮辱。村重毫无怜悯地说道:

"不要误会。你是安部的人质,而安部背叛了我,你的死活全在我一句话。既然我要你活,你就不准死。把刀卸下!"

自念还在犹豫,村重马上高声喊来下人。很快,近侍

没费多少功夫就把自念压倒在地。一阵拳打脚踢过后,他们夺下了自念腰间的佩刀。村重俯视趴在地上的自念,下令道:

"把他扔到后面的仓库里,不准任何人接近。"

自念被带走后,里间一片死寂。村重走到千代保身前蹲下,抚了抚她的脸颊说:

"让你受惊了,原谅我。"

千代保缓缓扭头,眼神和往常一样忧愁。拉门仍维持敞开状,门外呈现一片浅蓝色的冬日天空。

4

磔刑。

磔刑,磔刑,磔刑。五人,十人,更多人。

木料不足。去砍山上的树。把树皮剥掉作磔刑之用。

绑了女人,绑了孩童,施以磔刑。十人,二十人,更多人。

把枪尖刺入腋下。把沾满了人血、油脂、已经钝了的枪尖刺入腋下。

右府大人[①]有令。磔刑。

磔刑。

磔刑。

[①] 织田信长曾任右府,相当于丞相。

上月城①里一个人也不留。统统磔刑。全部并排成列，这是右府大人的命令。

一百人、二百人……男女老少，并排成列示众，这是命令。

求您饶命，求您饶命。哈哈哈，臭秃驴，轮到你们了。

磔刑。

磔刑。

"如此残酷的战争闻所未闻。"

呻吟着，村重睁开了眼睛。拉门外，天已薄明。

门外有个单膝跪地的人影。村重边伸手取枕边的胁差②边问：

"何事？"

人影垂头答道：

"万分抱歉，安部自念被杀了。"

村重"啪"的一下跳起来。

5

囚禁自念的仓库位于宅邸最深处，平时很少有人使用。自念的武士刀虽然被缴，身体却未被绑缚。村重出于一丝同情，还给他留了本佛经。为防万一，也为防有家臣

---

① 位于兵库县佐用郡，因毛利与尼子间的战争而知名。
② 武士的备用短刀。

因憎恨安部而意图加害，村重命近侍每日守在仓库外直至日落。入夜后，他又调遣御前侍卫来换班。御前侍卫燃起篝火，彻夜不眠地在仓库前监视、警备。

自念却死了。

天色大亮，不知从何处传来鸡叫声。村重对随身的御前侍卫和近侍下令不准任何人接近后，亲自走进仓库确认自念的情况。

安部自念这个人，本来就面无血色，然而死者的脸色终究和生者有别——死者的脸色就是死者的脸色，和生者相比，有着绝不可能认错的差异。村重的眼底映出自念瞪着眼珠的死相，心中忽地感到一阵悲凉。村重虽是禅宗派，却仍双手合十口念诵佛经，为一向宗门徒超度。

这间铺有地板的狭小仓库，三面是墙，剩下的一面是通往走廊的拉门。自念的脚对着走廊，仰面横躺在纸拉门内。他身上那件小袖和服自胸至腹满是血迹。

村重单膝跪在尸体旁，动手去脱自念的小袖和服。近侍纷纷惊慌地说道：

"主公，不可。"

"此等杂事交给小的们来做吧。"

村重充耳不闻。沾满血迹的小袖上开了个洞，洞的下面有个很深的伤口。村重看着伤口，自语道：

"这是……"

村重辨认出是箭伤。这是他在战场上看厌了的创伤，不可能看错。村重一眼认出射中自念的箭头上没有倒刺。

如果箭头有倒刺，一旦拔出，就会把创口搅得乱七八糟。自念的尸体上，这个伤口并无此类痕迹。

村重把尸体翻过来。自念身形单薄，身上的衣物只有一件小袖和服。村重心想，仅用强弓就能轻易射穿他的身体。

村重再次让尸体仰卧，抬头问道：

"十右卫门何在？"

立时有人应声道：

"属下在。"

伴随着铠甲碰撞的响动声，一名武士走到村重身边单膝跪地。

这人是郡十右卫门，原是伊丹氏，后过继到郡家。三十出头的年纪，一副莫名冒着傻气的面孔。他弓马娴熟，对刀枪甚至铁炮都颇为精通，也懂算术和汉学典籍。不过村重最器重他的一点是，他机敏过人，卓有远见。虽然他的出身门第谈不上高贵，但村重欣赏他那份机敏，于是委任他做御前侍卫的首领。

"昨夜负责警备这间仓库的人是你们，对吗？"

"是。"十右卫门低头回答道，"属下有愧，受主公之命，却一时疏忽，以致酿成大祸。"

"你调派何人看守？"

"除了属下，还有秋冈四郎介、伊丹一郎左卫门、乾助三郎和森可兵卫。"

"嗯。"

村重摸了摸下颚。这四个加上十右卫门共五人,被称作"荒木御前五杆枪",是族中屈指可数的强兵。十右卫门多才多艺,其他四人在族内也各有一技之长。

"既然调派了'五杆枪',确实没有人能比他们做得更好了。我不会怪罪你。"

"是……谢主公宽宏大量。"

十右卫门跪地叩拜。

"行了,你先回答我的问题。第一个发现尸体的人是谁?是在何时发现的?说得细致点儿。"

十右卫门立刻回答道:

"是属下和秋冈四郎介,时间是在早晨六时,突然听到一声尖叫。我和四郎介跑去查看,自念大人已经像现在这样倒地了。他说了一句'我将向西而去'就死了。随后我守着尸体,四郎介则在四周搜查可能潜入的歹人。之后,我又拜托随后赶至的同僚去向主公您报告。"

西方是极乐净土所在的方位。村重寻思,自念所说的向西而去,多半是他身为一向宗门徒的遗言,应该没有其他疑点。

"你没有从自念的尸体上拿走什么东西吧?"

十右卫门睁大双眼。

"这真是出人意料的提问。主公您是想说我拿走了什么吗?"

"是箭矢。"

"有箭矢?"十右卫门的语气里似有些沮丧,继续答道,"属下听到自念大人的尖叫后,马上跑进房内,却没有看到箭矢。这一点,四郎介可以作证。"

突然,十右卫门脸色发青,问道:

"主公,莫非自念大人是被弓箭射杀的?"

"……"

"可是,主公,属下确实不曾看到箭矢。难道有人拔去了箭矢……不对,若歹人进入房内拔走箭矢,我们绝不可能没看到!主公,难道自念大人是被肉眼看不见的箭矢射杀的?"

村重不答。他朝屋外看去,只见一片薄薄的积雪。

这间仓库面朝宽广的庭院,原本是一间用来观赏庭院的房间。作为资深爱茶人士,村重对庭院很有兴致,可至今不曾动手打理,于是这里的庭院逐渐荒芜、闲置,眼下只有一盏春日灯笼①孤零零地立在院中。

庭院被积雪覆盖。积雪也覆盖在春日灯笼上。

积雪的形态十分平整,没有任何足迹,什么都没有。村重凝视庭院,一遍又一遍地确认,却没有发现丝毫异常的迹象。

谣言远比箭矢飞得快。安部自念离奇死亡这件事,不到正午时分就已传遍全城。安部自念于拂晓时分被弓箭射杀。他被射中后,警备的武士立刻冲入房间,箭矢却消失无踪。简直像是被肉眼不可见的箭矢所杀。

---

① 一种立于石柱上的石灯笼,源于中国的长明灯。奈良的春日大社因拥有数量众多的石灯笼而闻名。

没过多久,好事者就开始散布此乃冥罚、佛罚之类的谣言。

扯到冥界的话,那就尽是些看不到摸不着的东西了。神也好佛也好,鬼也好魔也好,所谓冥罚,就是天谴。换句话说,就是以世人的眼睛见不着的方式处罚世人。

安部二右卫门绑了自己的父亲和叔父,舍弃了儿子的性命,背叛了长老和摄津守大人。上天以雷矢射穿自念,正是所谓的冥罚。不久便有好事者对着寂静的天空信口雌黄,说见到了闪电。一向宗门徒里有人一边喊阿弥陀佛一边欢欣鼓舞,连不少武士都说安部的人质大约是被神佛施了天谴。那些不相信自念之死是神佛天谴的武士则另有想法。

军议会场上,久左卫门激动地说:

"不愧是主公!您下令不杀安部的人质时,属下着实不解其中深意,果然您并不是真的打算放过他。这样做,足以令荒木家威名远扬。哎呀,您真是深谋远虑!"

在座的将领们皆认同久左卫门的发言,高声赞扬着,其中不乏面露"原来如此,村重果然没打算饶过自念"的神情、茅塞顿开之人,坚信是村重下令御前侍卫杀死了自念,再声称看不到箭矢。这样一切就说得通了。村重盘腿坐在垫子上,眼神放空,毫不在意什么人说了什么话。

不一会儿,喧嚣退潮,村重这才开口说道:

"不是那样的。安部自念并非是我下令所杀。"

"怎么会这样?"

"莫非主公也是说此乃天谴？"

"别说傻话了。真有天谴的话，死的应该是二右卫门，而不是自念。"

军议会场再次喧喧嚷嚷，有人窃窃私语，称确实应该是二右卫门遭天谴才对。

久左卫门摇了摇头，百思不得其解地问道：

"既不是主公下令，也不是神佛惩罚，那么请问主公，安部的人质到底因何而死？"

"我只知道……"村重一边转动眼珠瞥向诸将，一边说，"他是被杀。"

诸将总算理解了村重为何如此愤怒。他在众人面前下令把安部自念关在牢里，不准他死，结果第二天早上自念就成了尸体。自念之死，重重地损伤了村重的面子。

即便畏惧主公的怒火，久左卫门仍鼓起勇气说道：

"您说是被杀，属下还听说，射杀安部人质的是肉眼不可见的箭矢。这恐怕非常人所为吧？"

野村丹后嘟囔道：

"难道是南蛮宗的旁门左道？如果是那些带铁炮来我国的南蛮人，也许真会有什么肉眼无法看到的箭矢。"

他的语气不免令人毛骨悚然。

村重面露不悦。

"是再寻常不过的箭伤，我绝不会看错。南蛮宗如果真有此等技法，皈依南蛮宗的高山右近早就天下无敌了。休得再提此等荒谬之语！"

丹后涨红了脸，高声道：

"那么主公，请问您觉得究竟是什么人用何种手段杀了他？"

"别急，丹后。"村重喝止了丹后，说道，"目前还不清楚情况，但不管他是用何种手段杀人，他在有冈城内杀死了我明令不准杀的人，绝不可轻饶。"

随后，村重沉声道：

"彻查此案。数日内，查清安部自念究竟如何被杀。尽快制止胡言乱语的谣言。谋叛者必受重罚。"

此令一出，诸将皆领命。

可是在诸将间逐渐曼延着一股不满的情绪。而村重绝非迟钝将领，不可能察觉不到这股情绪。

6

两天过去了。连续的晴天令积雪融化，有冈城内的道路泥泞不堪。

村重一面命人修补城池，一面向毛利和本愿寺寄出了不知多少封信。他派人侦查织田军的动向，吩咐他们出城后牢牢监视城外情况。战事临头，村重手上的紧急事件逐日增多。但重中之重，当属自念被杀案。然而，他越调查，就越觉得离奇。

村重急匆匆写完信件，交由近侍，再次走向仓库。这已经是第几次了？陪他同行的是郡十右卫门。

村重的宅邸外是曲径回廊。要前往那间三面是墙的仓库，只有经回廊打开纸拉门这一条路。村重拖着沉重的脚步走在回廊上，向十右卫门问道：

"去案发仓库只能通过这条回廊？"

十右卫门立刻答道：

"也可从天花板上方进入，或从地板下方进入。另外，仓库的墙体不厚，若有斧头或木槌之类的工具，破墙而入也不是不行。"

"是吗？然而杀死自念的歹人并没有用这些方式进入仓库。"

"您说得对。地板、天花板和墙壁都没有遭到破坏的痕迹。以当晚的警备及蜘蛛网与灰尘的状况来判断，歹人并没有藏在天花板上或地板下。"

"那么歹人是经走廊进入仓库杀死自念的？"

"走廊上有御前侍卫，他们不会让任何人靠近仓库。属下以为，歹人不可能经走廊进入。"

"也就是说没有任何人或任何方法接近自念了。但事实不可能是这样。"

十右卫门表情苦涩，说道：

"主公所言甚是。"

君臣二人站在案发仓库门前。自念的尸体已经很体面地以武士身份下葬了。村重打开拉门，走进仓库，又转过身来。他望着走廊外那片迟早会重新修整为庭院的平地，此刻，那里只剩下春日灯笼。

这盏灯笼是中川濑兵卫的义弟、织田家臣古田左介所赠。擅品茶的古田眼光独到,乍看稀松平常的春日灯笼有着斗笠顶般的倾斜角度,装饰着浑圆的宝珠,处处令人心旷神怡。已经与织田断交的村重怎么也舍不得丢掉这灯笼。原本用来存放火种的灯膛里,如今空无一物。

庭院尽头处所种的山茶花树,高度约及人的腰部。如果要修整庭院,这些山茶花树就划出了庭院的边界。树丛外是一堵粗砺的灰泥墙,那是标记有冈城和外部世界的界线。换句话说,这道灰泥墙就是城墙。

村重走出仓库,又站在走廊上。他右手边的走廊在四间①之遥处是右转,他的左手边同样四间之遥处则是左转。

"当夜,走廊上的戒备状况如何?"

村重问道。

十右卫门回答道:

"属下和秋冈四郎介在前方右转处生了篝火,彻夜未眠地守在那里。守在左转处的是伊丹一郎左和乾助三郎,二人纪律严明,也说是彻夜不眠。属下认为,他们不会说谎。"

"是吗?"

村重这两天已多次确认过这几个人的情况。他盯着春日灯笼,又问道:

---

① 长度单位,一间约合成年男性走三步的距离。

"外面如何？歹人横穿作为庭院的这片平地，翻过走廊，就可以进入仓库吗？"

"恐怕不可能。庭院虽未修成，却不会有人随随便便地踏入主公的庭院，这片平地不会有人进出。况且森可兵卫整夜都在灰泥墙下巡逻，他乃愚直之人，多半不会懈怠。"

"照明如何？可兵卫生篝火了吗？"

"可兵卫受命看守仓库，他为了让眼睛习惯黑夜，没有生火。"

"嗯。"

"况且那一晚的雪一直下到深夜才停，庭院被积雪覆盖。自念大人遇害时，雪地上没有半点足迹。就算轻功再高超，不留一点足迹就飞过庭院也绝无可能。"

从仓库位置看向庭院，庭院深约五间，宽约八间。春日灯笼处于庭院正中央，就在纸拉门正对面，如果是坛之浦之战里的义经①，或许能够像"八艘跳"②那样以灯笼为落脚点，飞过庭院？但话说回来，所谓灯笼不过是石头堆，爬上去还行，跳上去的话，肯定会倒塌。再说自念被杀时，春日灯笼的斗笠顶仍有积雪——显然不曾有人跳到灯笼上。

村重望向庭院尽头处的山茶花树，问道：

---

① 即平安末期源氏一方的大将源义经。坛之浦之战是源平合战的最后一场战役，平氏战败。

② 传说源义经在八艘战船间连续跳跃，躲过对方武将的追杀。

"可兵卫能射杀自念吗？"

若是技艺娴熟的武士，能轻易地从灰泥墙之下射杀自念。可兵卫是号称能抵十人之力的大力士。村重从未见过可兵卫使用弓箭，不过可兵卫好歹算是武士，应不至于完全不会用弓吧？

十右卫门答道：

"可兵卫不是会做此等歹事的人。但您既然问他是否能做到，请恕属下直言，他确实能够射杀自念……然而仍有一点无法确定。"

"可兵卫没办法让箭矢消失，你想说这个，对吗？"

十右卫门低头称是。

自念的尸体上有箭伤却不见箭矢。就算他是被可兵卫穿越庭院的一箭射杀，箭矢消失这一点还是说不通。

村重的右手边较远处有一座瞭望楼，约四十间之遥。既然能从那里监视到人，就在弓箭的射程内。弓箭能手甚至能射中六十间之遥的目标。

"十右卫门，那座瞭望楼上都有谁？"

十右卫门第一次答不出村重的问题。

"属下惭愧，属下不知。"

从那座瞭望楼上射杀自念的话，情况和可兵卫类似，同样无法让箭矢消失。加上自念的死亡时刻是拂晓时分，天色还很暗，尚且看不清眼前一臂之遥，要射中四十间之外的目标实属难上加难。虽然明知这一点，村重还是下令道：

"你去查一下。"

"遵命。"

十右卫门低头领命。不经意间,有冈城中响起了阵太鼓声。村重立时双目放光。十右卫门也神情苦涩地抬起头。

二人都听懂了阵太鼓背后的意味。此刻的鼓声宣告着敌兵来袭。

7

按照惯例,村重动身前往天守阁。荒木久左卫门则赶紧跑去召集御前侍卫。近侍们前去把平日里放在宅邸中的村重盔甲搬到天守阁。

在采取一切行动之前,首先要确定敌人的方位。这正是村重登上天守阁的原因。很快,他看到是城西爆发了小规模冲突。确认织田尚未全力攻城之后,村重稍稍喘了口气。虽然能看到对方的旗号,可终究距离太远,村重一时难以辨清谁和谁在作战。

从近侍手中接过盔甲,村重先穿上腹卷①,再打上肩部绳结。当他戴好草褶②、笼手③,一名传令兵气喘吁吁地跑进来。

---

① 一种步兵用轻型铠甲,特色为背后开口。
② 腹卷上增加的防具。
③ 铠甲中的手臂甲。

"报！中西大人带三十人到城西侦察，碰到织田家臣武藤大人的军队，两队人马交战至今。"

"是宗右卫门吧？不长记性的混蛋。"

宗右卫门武藤舜秀是信长麾下直言谏诤之臣，也是智勇双全的将领，受领了敦贺城①。上个月，他打头阵进攻摄津，曾与荒木军交手。当时双方披挂上阵，一顿乱战，最后武藤撤退。

"敌方有多少人？"

"约四十人。"

武藤若是来攻城，不可能只带这点儿人手。见惯大场面的村重心中一块大石落地。

村重再一次遥望城西。他看到了马标②，心下了然：新八郎和敌方大将都还活着。他没有听到铁炮声。难道两边都没有配备铁炮？还是在短兵交接中都无暇装填火药？

看了一会儿战况，村重问道：

"新八郎会占上风吗？"

如传令兵所言确凿，新八郎在人数上将处于不利。而且一旦上了战场，总是会感觉敌众我寡。依村重所见，他在人数上并不处于劣势。新八郎的马标左右晃动得厉害，武藤的马标则相反，摇晃幅度不大，看上去似乎且战且退。村重猜想，新八郎多半压制住了敌人。

"主公，该派兵出城了。"

---

① 位于日本中西部的海岸城市。
② 武将在战场上为了显示身份而使用的标志。

久左卫门道。

"等一等。"

村重说完,目光从北边移到东边,然后望向南边。放眼望去,南边只有辽阔的、司空见惯的北摄风光。稀疏的丛林和苇原里,会不会埋有伏兵?村重凝神观察着。以小股部队引诱守城方出城,等城门大开时突袭,这是最基础的攻城计策。村重岂能任自己上这种当?

摇动的树梢、受惊的鸟、闪烁的枪尖、袅袅的炊烟……军队的气息极难被彻底隐藏。村重对这片土地非常熟悉,如果敌人想靠潜伏突袭来攻陷有冈城,不管对方采取何种方式,村重都有自信识破。这份自信令他作出了并无伏兵的判断。眼下这场交战不是有计划的,中西和武藤双方都很不熟悉地势,此战受地形影响极大,怎么看都只是一场遭遇战。

如此一来,恰是良机。

"好。"

村重小声道。接着,他向久左卫门下令:

"我要取下宗右卫门的首级,从上腊冢寨出兵吧。"

"遵命。"

上腊冢寨位于有冈城西侧,虽称作寨,实乃建于有冈城内的屯兵所。从那里出兵正合适。转眼间,响起太鼓声,想必是上腊冢寨的足轻大将[①]在传达作战命令了。

[①] 率领足轻的将领,也常称足轻头。

无论何种战事，都要看时机。从下达命令到军队采取行动，这段时间总是漫长得令人倍感煎熬。村重凝神屏气，继续关注战况。经历了高山右近和中川濑兵卫的背叛，加上安部二右卫门的谋反，城内士气已然大减。若此时能斩杀一员织田大将，定能振奋士气。若能带回对方首级，更是天大的好事。

"十右卫门，你去监视北边。但凡发现敌人丁点儿身影，就赶紧回来报告。"

"遵命。"

"足轻为何不动？"

村重将视线投向上腊冢寨，发现士兵毫无动作——不是动作迟缓，而是没有动作。

"久左卫门，上腊冢寨没有接收到命令，你再传一次令。"

久左卫门连忙去传达村重的军令。太鼓声又一次响起，还吹起了法螺贝[①]。这一次总算能看到上腊冢寨有所动作了。足轻手持长枪，枪尖在阳光下闪光。可是他们的动作异常迟缓，不像马上要出城作战。

村重再次朝战场望去，只见武藤的兵士朝西北方向溃退。或许是这场意外的遭遇战导致了士气低落，中西新八郎并没有乘胜追击。虽说赢了，但终究没能取下武藤的首级。

---

① 本为佛教法器，又称梵贝，可发出呜呜之音。

眼见敌人撤退,天守阁的士兵无不欢欣鼓舞,放声高呼。连久左卫门都一脸欢喜。

"主公,我军获胜了!率领大家齐声欢呼如何?"

村重却连一丝微笑也挤不出来。

"先去迎接新八郎吧。"

村重口中说着这句话,眼睛仍死死盯着上腊冢寨。

士兵在战斗中取得的首级,按惯例,要呈交给将军检视。

村重决定在本曲轮检视首级,意在让更多人目睹新八郎一行的胜利姿态,以此鼓舞城内士气。中西的兵士入城穿过伊丹下町,通过武士们的居所登上本曲轮,一路上接受着人们的欢呼声。尽管只是一场小规模战斗,但终归实打实地战胜了织田军。如村重所料,别说士兵,连城内平民也大喜过望。新八郎挂着一脸血污,兵士们更是满身尘土与泥浆,浑身肮脏,但此时此刻在人们的眼中,这身肮脏成了英勇作战的证明。

中西的兵士里有个负伤的骑马武士,他手中提着一颗头颅。经被俘的武藤足轻确认,那颗头颅的主人是若狭国[①]的一名侍卫。负伤的武士立下了大功,村重大加褒奖并赠刀。

检视首级后,村重又询问中西部下众人的身份,接着

[①] 日本旧时令制国之一,位于北陆地区,面朝若狭湾。

在天守阁下举办庆功宴。兵士们席地而坐,坐在马扎上的新八郎像孩童般拍手称快:

"盛筵美酒,真乃快事!武藤鼠辈,不足为惧。我已记下了他的容貌,下次交锋,定要斩下他的首级,献给主公。"

村重立于天守阁中,看着饮酒作乐的新八郎。

他仅摘了头盔,尚未来得及脱去铠甲,甚至还戴着腹卷和笼手。久左卫门已经离去,此时天守阁中只有村重和御前侍卫。

沉湎于觥筹交错的中西兵士并未察觉到村重的视线。新八郎将杯中烧酒一饮而尽,大笑着,肆无忌惮地说着不着边际的话。另一侧的兵士们却没有完全放松。在喝酒的人眼里,那些掸去战场尘土的人的眼前似乎总有一股黑暗在徘徊——那显然不是因为酒后微醺。村重思量:那股黑暗,应是对指挥官的不满。

这可不是好兆头。村重开口道:

"十右卫门。"

在门外待命的十右卫门应声道:

"属下在。"

"自念那桩命案十分紧急,我有要事交给你去办。"

"遵命。敢问是何任务?"

"唔……"

此前,城内没有出兵增援,显然将那群兵士置于无谓的险地。念及这一点,村重下令说:

"上腊冢寨的足轻大将办事不力，亏得新八郎占得上风，才不致酿成大祸——但凡他稍有力所不逮，哪怕是一刹那的迟缓，也有可能导致溃败。"

首领的军令只能依赖太鼓、法螺贝或传令兵传达，从下令到执行固然需要一段时间，但即便将这个时间差纳入考量，上腊冢寨的动作也未免太迟缓了。虽然在场的其他人没有心生疑窦，但村重不然，他心中陡生不解：到底发生了什么事？

"若发现有人叛乱，就砍了；如果发现是传令过程阻滞，就立刻改善。那边的足轻大将，你应该认识，就是山胁、星野、宫胁、隐歧这四个。务必查清为何那般迟缓。至于我这边的护卫，暂且交给乾助三郎代理。"

十右卫门立刻垂首从命道：

"是！属下领命，这就告退。"

说完迅速后退，转身离去。

御前侍卫里，有不少人的武艺比十右卫门更高超，但村重让十右卫门做了御前首领——他不仅心思机敏，更重要的是做事雷厉风行，村重非常欣赏他这种做事的态度。

8

当晚安静得吓人，寒冷彻骨。

太阳下山后，什么也干不了。油灯和火炬所需的油极其珍贵，不可轻易浪费。如果熬夜，睡眠会很深，一旦发生十万火急之事就无法迅速清醒，因此早睡乃武士之心得。但这一天，村重熬夜了。他点亮佛堂的灯，面对释迦摩尼像静坐参禅。

夜空垂挂着沉甸甸的云雾。村重坐禅是为了等雪落。忽然，走廊上传来一阵渐进的脚步声。村重睁开双眼，问道：

"是助三郎吗？"

"是。"

"落了？"

"落了，和那天同样大的雪。"

天助我也！村重轻声感叹。

肥胖的助三郎和另一位较低阶的御前侍卫已在走廊上等候。与前去调查上腊冢寨的十右卫门相比，接任他的助三郎简直截然相反，不管做什么事都慢吞吞的，直觉也毫不敏锐……但助三郎力大无比，和可兵卫不相伯仲，还令人意外地懂得不少相扑[①]技巧。若论对村重的忠诚，助三郎不亚于十右卫门，同样值得信赖。

村重等待落雪，当然是为了亲眼看看安部自念死去那日的景象。自念死亡时，刚刚破晓，天色尚暗。而此刻的世间还残留了一点儿白昼的尾巴。

御前侍卫手持烛台跟着村重向仓库走去。自念死亡的仓库外已聚集着其他御前侍卫，他们点燃火把，生起篝

[①] 一种源于中国春秋时代的竞技运动，秦汉时期及更早前称角抵，南北朝至南宋称相扑。唐代传入日本。又称日本摔跤。

火。那片作为庭院的平地上，已然积了一层薄薄的雪。古田左介所赠的春日灯笼也和那天早晨一样覆盖着积雪。村重打开仓库的拉门，沉思片刻。

安部自念就死在这里。他的胸口有很深的箭伤。十右卫门赶来亲眼看着他断了气。箭矢不见踪影，庭院里的积雪没有半分踏痕。回廊左右两侧各有两组人看守，庭院对面的城墙下值守着孔武有力的武士……

村重是在自念被杀前一天才临时下令将其关进这间仓库，看守人选是在那之后才决定的，因此任谁也无法预料自念的关押之所，甚至连村重也并非一定要选这间仓库不可。换句话说，不可能有人事先准备什么精巧的杀人机关。

村重转头向外看去。漆黑中，虽然看不到，但四十间外应当有一座瞭望楼。

"助三郎，那边是不是有瞭望楼？"

"是……"助三郎的语调不知为何有些狼狈，"十右卫门大人先前曾吩咐过，让我查清楚自念大人被杀当天早晨瞭望楼上都有些什么人。"

看来十右卫门动身前往上腊家寨前，仍记得将任务安排得妥妥当当。真是一丝不苟啊！村重在心中赞许。

"那么你去查了吗？"

"属下已查清楚。瞭望楼上的兵士是杂贺众，名叫下针，擅长使用铁炮。此人当夜正好在瞭望楼上，其他巡夜的士兵可以作证。"

助三郎的语气甚是激动，调查结果也说得不清不楚。但村重没有为此斥责他，觉得与其浪费口舌教训这个迟钝的手下，不如抓紧时间办正事。黄昏恰似拂晓，都是天色转瞬即逝的时分。

村重没有指责，追问道：

"是杂贺吗？那人带弓箭了吗？"

"下针巡夜时向来只带铁炮，但没有人能确认当夜他是否只带了铁炮。"

"这样啊。"

村重摸了摸下巴。

有冈城内有少数本愿寺援军和杂贺众。杂贺本是纪伊国的一个小小乡村，那里的住民大多以海贼勾当为生，因此杂贺众成了第一批拥有铁炮的人。于乱世中身经百战的杂贺众逐渐成了精锐兵团。他们从孩提时代就习惯了战争，战斗意愿强，擅长驾船水战，上岸后又是铁炮高手。然而他们终究不是武士。

弓马娴熟乃武士本分。水平虽有高下，但绝没有不会拉弓骑马的武士。杂贺众的情况就不一样了。不同于使用铁炮，使用弓箭者需经过长期练习方能掌握。而使用铁炮者，若非为了成为高手，则仅需练习一两天就能掌握。练习弓箭，单是拉弓一项就得至少练一个月，方能有所得。既是铁炮高手，又能轻松掌握弓箭，这种想法是徒劳的。

村重心道：如此看来，下手的人不是杂贺众吧？

况且安部自念死时，天光尚未大亮，从那座瞭望楼应该看不到安部自念的身影。若要从那里射杀自念,即便是那须与一①,恐怕也办不到。于是村重否定了下针从瞭望楼射杀自念这个可能性。但如此一来,思路就被堵住了。

"唔……"在仓库和庭院、城墙和走廊查看一番后,村重说道,"不管行不行,先试一下。助三郎,去拿一捆稻草当作自念横放在仓库拉门内侧,再准备好弓箭、手套和麻绳。"

"麻绳吗?"

"没错。你叫下人去找一根十间左右长度的麻绳。"

"是,属下遵命。"

助三郎小跑着从走廊上消失了。村重又吩咐其他御前侍卫各自前往指定位置,自己提着鞋子进入庭院。考虑到自念死去时雪地上没有足迹,他沿着庭院绕了个大圈走到城墙边上。

不一会儿,有人将稻草摆在了自念死去的位置。捆作一团的稻草原本是用来练习弓箭的标靶。村重拎起助三郎带来的弓,试拉两三次弓弦。这是一张强弓,但村重打小力大如牛,他全神贯注地拉满弓弦,忽地想起自念的背部并没有被箭矢贯穿,于是稍稍减了些使力。

村重站在城墙边上。自念死去的那天早晨,这里由森可兵卫负责监视。从此处越过庭院能看到立在那儿的稻草。距离差不多为五间,不算近,但对弓弩来说也不

---

① 平安时代武将,传说中的神射手。

算远。

村重瞥了一眼手举火把的御前侍卫。当天负责自念警备的"五杆枪"，眼前只有乾助三郎一人在场。

助三郎单膝跪地，回道：

"麻绳送来了。"

"好。在这三根箭上打个结。"

助三郎用粗胖的手指十分笨拙地打好绳结。随后，村重将打了绳结的箭矢搭上，吩咐道：

"好，且试一试。以防万一，你们离那捆稻草远一点儿。"

御前侍卫遵命行事，村重张弓搭箭。

村重和稻草之间隔着春日灯笼，多少有点儿受妨碍。他收起弓，稍微挪动一下站位，再次拉弓。十二月的夜晚万籁俱寂，夜空下，唯有燃烧的火把噼啪作响。已是黄昏时分，那捆稻草隐没在黑暗里。村重突然松手。

箭矢带着破空之声直插进稻草。紧跟着，第二箭、第三箭也深深地射入稻草。

"主公好箭法！"

助三郎的语气不似表面客套，而是真诚的赞叹。村重面无表情，心下暗忖：射中五间外的目标不是理所当然的吗？

村重手中紧握三根打了结的绳子。

"接下来……"

他一边自言自语，一边用力拽动其中一根绳。

但他没能拔出箭矢,反而拽散了助三郎打的绳结。绳子耷拉在雪地上。

"请别过于用力。"

村重充耳不闻,拉动第二根绳子。这一次,他又拽散了绳结。更糟糕的是,他拽的时候把箭羽也弄散了,回廊上抖落一地箭羽。

村重沉默不语,继续拉动第三根绳子……这一次,他成功地把箭矢从稻草上拔了出来。箭矢跟着绳结在地面滑行,很快回到了村重手中。

"噢!"助三郎高声欢呼,"原来这就是射杀自念大人后让箭矢消失的手法!"

村重瞪了他一眼,说:

"助三郎,作为御前侍卫,光磨练武艺可不行。好好看看,这手法是行不通的。"

"但是,主公,箭不是拔出来了吗?"

"射出三支,还有一支。"

村重看向稻草。御前侍卫手持火把上前,稻草上仍插着一支箭矢。

"拔出来两支箭。也就是说,杀死自念的人必须花时间在这里拽绳子才行;还得使用弱弓,否则箭矢有可能在自念身体上插得太深。而且,助三郎,你看。"

村重指了指地面。平整的积雪上面留下一条拖动箭矢的痕迹。

"无论如何,绑了绳结的箭矢都会在雪地上留下痕迹。那天早上并没有这种痕迹。我也试了试能否用力将箭矢直接隔空拉回来,但做不到。助三郎,自念不是被这个手法杀死的。"

"主公明见。"助三郎拜服,语气不知怎的却有些开心,"那么,主公,杀人凶手就不是森可兵卫大人了吧?"

如果在箭矢上打结这个手法确实可行,有机会下手的人只有在城墙边巡视的森可兵卫。助三郎与其同为"御前五杆枪",显然不愿看到森可兵卫被问罪。

村重依然神色严峻。

"瞭望楼上那个叫下针的不可能杀人,可兵卫也不可能。由此说来,杀害自念的,只可能在郡十右卫门、秋冈四郎介、伊丹一郎左卫门和你四个人之中。"

"请问,接下来该当如何?"

"明早让四郎介和一郎左来宅邸见我。把可兵卫也叫上。你也来。我要问询。"

"遵命……那个杂贺的下针,要如何安排?"

"把他也叫上。"

助三郎低头从命,神情十分痛苦。

9

拂晓,太阳还未完全升起,一天就开始了。

铺了地板的宅邸大厅里悬挂着八幡神①的画轴。村重让来者先在别室等待，再依次单独传唤至大厅。

大厅里没有护卫，只有村重和被传唤者。当然，为防万一，强健的武士同时在隔壁房间里待命。不过开口交谈的只有村重与被问询者。

率先被传唤的是杂贺的下针。他刚满三十岁，身材矮小，眼神呆板，缺乏生气。是因为身份卑微而对国主村重心怀忌惮吗？但下针的举止并没有透露出胆怯，只是眼神阴暗了些。村重心想：这的确是久经沙场之人的眼神。

"您找小人来，有何吩咐？"

他居然先开口了，的确有些粗鲁。

"你就是下针？"

"大家是这么叫的。"

"也就是说，不是你的本名？"

"不是。下针乃诨名，人们夸小人是连吊着的针都能命中的铁炮高手，就给小人取了下针这个诨名。只因在战争时期这个名字更方便，小人干脆以这个名字行走。"

"你的铁炮技艺很高超？"

"大家是这么说的。"

下针应该已经听说了村重传唤自己的理由，于是村重闲话少叙，直入主题，问道：

"安部自念死的那天早晨，从你所处的瞭望楼能看到

---

① 日本传说中的弓箭之神，平安时代受佛教影响而称八幡大菩萨。

关押自念的仓库，对吗？"

"是。但那时小人并不知道仓库里关押的是何人。"

"你当时携带弓箭了吗？"

下针露出惊讶的表情，回答道：

"小人擅使铁炮，不会携带弓箭。大人可以去问其他杂贺众。"

村重点了点头，心道果然如此。

"那么，自念死时，你有没有留意到什么？"

"这……说到这个，"下针稍稍坐正身子答道，"大人，您的家臣说听到了安部大人的尖叫，但小人没有听到类似的声音。小人听到的是铠甲碰撞的响动声，接着就好奇地朝大人您的宅邸那边看。"

"是吗？你看到了什么？"

"小人的眼力在夜间虽不差，可距离过远，只能看到小小的火光。"

"火光？"

村重抬起了眉毛，他是第一次听说这件事。下针波澜不惊地继续说道：

"没错。小人认为那是手持烛台的火光。火光忽然跳了一下，就灭了，我想多半是那人受了伤、烛台掉落的缘故。然后看到类似火把的火光聚过来。"

那应该是十右卫门他们举的火把。村重一边想着一边问道：

"你看到了几支火把？"

"两支。"

"你确定没看错?"

下针放肆地笑道:

"除了略懂铁炮,小人的记性也出名。那一日,小人看到的火把,不,是类似火把的火光,毫无疑问只是两支。"

村重赏给下针些许银两,命他退下。

下一个是伊丹一郎左。

确切地说,他叫一郎左卫门。当这座有冈城还叫伊丹城的时候,国人众伊丹家已将此地作为居城,一郎左就来自于伊丹家。他年约二十四岁,身形瘦小,其貌不扬,但铁炮技术一流。说到有冈城所处的伊丹之地形地貌,没有比他更懂的了。他原本深受伊丹家信任,受派遣前往堺港①购买铁炮,但也因此遭谗言中伤,曾流亡过一段时间。伊丹家后来为村重所灭。按理说,一郎左应该视村重为家族仇人,然而在这个时代,为仇人效力并非稀罕事。

村重问道:

"你和乾助三郎搭档守备,是吗?"

"如主公所言。"

一郎左的回复非常沉着。

"天亮前,你听到安部自念的声音了吗?"

---

① 日本战国时代重要的贸易港口,位于今大阪府中部。

"属下听到了，但无法断言是自念大人的声音。"

村重略感意外。一郎左的说法很严谨，将想到的和听到的区分得非常清楚。一郎左原本是这样的武士吗？村重稍感惊讶，再次问道：

"那么你听到的是怎样的声音？"

"是惊讶的声音。属下以为，那不像是人在临终前发出的痛苦叫声。"

村重抖了抖眉毛。一郎左的回答，条理过于清晰。莫非因为事发已数日，他早就盘算好该如何作答了？村重这几天迫于无奈，未能专心调查自念被杀一案。他不禁心下懊悔，要是早点儿问询御前侍卫就好了。

"之后呢？"

"助三郎大人立即打算跑去查看，但属下劝阻了他，提议让属下先去看看。"

"唔，你为何不让助三郎去，而要自己去？"

"因为助三郎大人配有持枪，属下以为，与其让他进入仓库，不如让他在外守备。"

持枪也称短枪，比足轻所用三间枪①略短，多为武士所用。根据使用者的身高，长度为身长的一半至两倍长。

"属下所持的武器是铁炮和打刀②，于是放下铁炮，一手在篝火上点燃准备好的火把，一手拔刀向仓库跑去。"

的确，若与歹人在狭小的仓库里打斗，助三郎体形魁

---

① 日本战国时代常用的长枪。
② 刀刃向上插于武士腰带上的日本刀，刀身呈弯曲状。

梧，又拿着持枪，情况极为不利。村重认同了一郎左的判断。

"原来如此，继续说吧。"

"遵命。跟着属下赶到仓库时，郡十右卫门大人和秋冈四郎介大人已然到了。自念大人仰天躺倒在地。属下听到了十右卫门大人和四郎介大人奔跑的脚步声以及他们让自念大人'振作一点儿'的呼喊声。"

连村重没问的事都回答了。一郎左是想说，十右卫门和四郎介的行为并无可疑之处。如果他抢先回答的动机是维护同袍，就有可能是撒谎。村重的脑海里霎时闪过这个念头。

但村重转瞬间又想到：眼下还不是判断撒谎与否的时候。况且直觉告诉他，一郎左无论怎么看，都不像是撒谎。

"是吗？你还留意到了什么特别的事？"

一郎左深深地俯首道：

"属下有罪。自念大人丧命时，属下未曾留心周边的动静。"

村重心知不能在这一点上苛责一郎左。宅邸有人被杀，若在往常，他必定会在第一时间大张旗鼓地四处搜查凶人。但一郎左既然受命保护自念，首先留意的自然是自念的伤势。因此一朗左绝对不算是疏忽。

"是吗？退下吧。"

村重说完，一郎左便退下了。

下一个传唤的是森可兵卫。可兵卫和扎根于阿波国①的国人众森家有戚,森家则和毛利家沾亲带故。森可兵卫三十岁,身形高大,留着豪放的胡须。荒木与本愿寺关系甚笃,森可兵卫起初是作为本愿寺使者的护卫而来到有冈城,后来留在了城里。他精通十八般武艺,擅使长枪,技艺之精湛,几无敌手。但他的直觉迟钝,也没有上位者的器量。诚惶诚恐的森可兵卫和村重面对面地坐着,他庞大的身躯缩成一团。

"安部自念死亡当夜,你在城墙边监视,对吗?"

村重问道。可兵卫答道:

"是……是的。"

他的声量很大,却没有抬起头。

"我问你,不在仓库前反在仓库外围监视,为何?"

可兵卫没有站在仓库前监视拉门这个唯一的入口,而是选择站在隔着庭院的城墙边上。可兵卫用粗嗓门回答道:

"嗯,这是首领大人的吩咐。"

首领是指郡十右卫门。

"十右卫门具体如何说?"

"如果在拉门外朝外监视,就变成背对自念大人了,很危险。可如果面朝拉门监视,或许难以察觉从背后接近的歹人。因此首领大人在天黑前命属下远距离监视。"

---

① 位于南海道,日本古代令制国之一。

村重颔首，换作自己，多半也会下达同样的指令。

"好。我再问你。你为何没有步入庭院？"

命案仓库外的庭院不过是徒有庭院之名的空地。以雪地上的足迹推测，可兵卫绕开了庭院。

可兵卫粗声答道：

"属下这种身份，怎敢轻易踏入主公的庭院？属下绝无怠慢之意，而是一心想着完成任务，仅此而已。"

"我明白了，你这份忠心值得表扬。"

"感激不尽。"

可兵卫高声喊道，额头在地板上叩出了声响。

"抬起头，可兵卫。自念死去的那个早晨，你听到了什么？看到了什么？"

可兵卫直起上半身，虎躯微微一震，片刻后，才从牙缝里挤出声音：

"天亮前，属下听到自念大人'啊'了一声。仓库外似乎有烛台掉落，自念大人也倒下了。属下本想赶紧冲过去，又想不该践踏庭院，正在左右为难之际，几位同僚陆续赶到，属下便想现在赶去怕也派不上用场，不如继续留在原地仔细监视接下来的动静。"

村重点头说：

"那么你看到了什么？歹人？飞矢？看到什么就说什么。"

可兵卫再次将额头贴在地板上，答道：

"属下愚钝，什么都没看见，甚是惭愧。"

"这样啊……"

其他御前侍卫都守在看不到仓库的走廊转角处。当晚天色很黑,从外头能看到仓库里的只有可兵卫和下针,但下针身处瞭望楼,距离遥远,看得不真切。这样一来,真正目睹自念被杀瞬间的只剩下可兵卫。村重不免心生沮丧。

"我问完了,你退下吧。"

可兵卫起身正要离去,村重忽然想起一件事,问道:

"可兵卫,当晚你携带何种武器?"

已转过身的可兵卫仿佛被雷劈中,停下脚步迅速转身再度拜伏。

"恕属下无礼。"

"行了,快回答。"

"遵命。属下当时穿着盔甲,手持打刀。"

"就这些?"

"是。"

带刀自是理所应当的,但问题在于可兵卫只带了刀。对身负警戒任务的人来说,这未免过于轻率了。村重暗自揣摩:这个男人因机缘凑巧而被拔擢,该不会是没钱置办武器和装备吧?可即便如此,也不能作为借口。

"你太轻率了。武器装备可轻忽不得,就算一时来不及准备,也总该想到去兵器库里拿柄长枪吧?只要战事未开,兵器库就不会上锁。"

听了村重的斥责,可兵卫脸形扭曲,快哭出来了。

接下来是秋冈四郎介。

除了四郎介，秋冈家还有很多成员在荒木手下做事。四郎介刀法精湛，族中无人能出其右。他身形瘦长，目光如老鹰般锐利。刀法拔群的高手不知为何总是令人难以接近，四郎介也不例外，鲜少同他人交往。但若不与旁人交心，一旦上了战场，就不敢把后背交给他人。对武士而言，性格过于孤僻绝非好事。然而作为视村重的安危为第一要务的御前侍卫，四郎介倒是再合格不过了。

"四郎介参见主公。"

四郎介在村重跟前平伏行礼。村重没有立即说话，而是沉默了一会儿。四郎介也不觉得奇怪，继续平伏在地。

"抬起头来，我有几句话问你。"

村重终于开口。

"属下知无不言。"

"安部自念死的那天早晨，你听到像是自念发出的叫声，然后和郡十右卫门跑去仓库，自念马上断气了。是这样吗？"

"没错。"

"你想仔细再回答。"

四郎介双拳抵在地板上，摆出认真聆听的姿态。

"安部自念是在你和郡十右卫门赶到之前还是之后倒下的？"

四郎介没有立即回答，这让村重感到满意。

"当时听到可疑叫声之后,属下立刻拿起火把跑向仓库。率先赶去的是属下,率先经过走廊转角的也是属下,所以……"四郎介小心翼翼地选择措辞,"率先看到倒下的自念大人的也是属下。话虽如此,十右卫门大人仅比属下迟到片刻,他所见到的,应和属下所见到的完全一致。属下看到仰天倒下的自念大人胸前被染红,便拔出刀来,提防仓库中可能潜藏着的歹人。"

"等等,当时你的左手不是拿着火把吗?"

"是的。"话音未落,四郎介微微一笑道,"属下单用右手也能拔刀。"

"这样啊。"村重说道,"继续。"

"遵命。接着,属下很不礼貌地用脚打开拉门,进入仓库。主公应该也知道,仓库里全无杀人者踪影。属下检查仓库的时候,十右卫门大人放下弓箭,抱起自念大人,试图救他。"

村重问道:

"唔,十右卫门拿的是弓箭?"

"正是。因属下的趁手兵器是刀,首领大人就选了远距离武器。"四郎介抬起头,"如此——回想,属下应该没有记错——自念大人在十右卫门大人赶到之前就倒下了。"

"知道了。"村重轻轻叹了口气,"十右卫门抱起自念的时候,你看到或听到了什么?任何小事都行。"

"是。属下一面小心提防着仓库里可能潜藏着的歹人,一面检查仓库的各个角落。后来在走廊地上找到一盏烛台,属下以为那是自念大人使用的烛台。"

村重稍作思考,问道:

"烛台究竟是在何时、何处出现的?自念究竟是如何点燃蜡烛的?"

点火需要打火石,可那天自念只穿一身薄薄的衣物就被直接关进了仓库,连佩刀都被拿走了,身上只有一本佛经。除非自念平日有随身偷偷携带打火石的习惯,否则单靠他自己是没法点火的。

"你对烛台有何想法?"

四郎介不假思索地回答道:

"仓库里有火盆,是用埋起来的炭火点燃的吧?"

"这样啊。"

村重没有下令准备火盆,多半是有人担心自念着凉,给他送去了火盆。是谁这么照顾自念?

最后是乾助三郎。

助三郎本是牢人①,原本在美浓斋藤家做事。织田灭掉斋藤后,他流亡到了北摄。当时村重还在他人手下当家臣,尚未大张旗鼓地广纳贤才,但见到虎背熊腰、力大无穷的助三郎,便将他招入。时过境迁,如今村重贵为摄津守,助三郎也被提拔为荒木家的"御前五杆枪"。

---

① 发音和浪人相同,指失去家主后又找到了下家、有过多个家主的浪人武士。

村重不认为助三郎会是杀害自念之人。助三郎为人愚忠。若村重命令助他杀掉自念,他肯定会动手。作为武士,助三郎多少有些天真、幼稚。他很可能会为"杀死年幼的自念"这个命令感到悲伤,但依旧会执行。不过村重下达的命令是保护自念,那么助三郎绝不会杀害他。但还是得问询他。

"安部自念死的那一夜,你和伊丹一郎左在一起,是吗?"

助三郎听了回答:

"是!"声音很有气势,他把额头重重地叩在地板上,说道,"属下和一郎左大人共同守警备。"

"是吗?天亮前,你听到安部自念的声音了?"

"属下听到了。"

"是怎样的声音?"

助三郎的气势立时弱了,眼神涣散,声音也含糊起来。

"是……那是……'啊'这样的声音……就是'啊'的一声……"

"你真的听到了?据实回答。"

"属下真的听到了。"

村重打消了进一步追问的念头。人上一百,形形色色。对不同的人,需要采用不同的方法。助三郎是忠诚的大力士,如此便足够了。对愚钝的人,不要逼他用脑子。村重换了个问题。

"听到声音,你做了什么?"

助三郎深深低头,高声回答:

"属下当时想立即冲去仓库,但一郎左大人说不能让回廊上无人看守。属下便留在原地,由一郎左大人去察看仓库了。"

"原来如此。你很镇静,做得很好。"

"主公之赞,愧不敢当。"

助三郎的表情瞬时放晴了。看来由于没能亲自赶往现场,他很害怕被村重责备。

"你留在原地,有没有注意到异常?"

"属下没注意到任何异常。"

助三郎挺胸答道。

"我再问一遍。有没有人经过?有没有什么声音?有没有异常?"

助三郎立刻丧失了自信,垂头丧气地重复着同样的答案:

"没有,什么异常都没有。出事后,主公和侍从走的是十右卫门大人把守的那条走廊,没有人经过属下把守的这一侧。属下始终把任务放在心头,不曾松懈。"

村重心想,有助三郎堵着走廊,如果有人经过那里,他不可能没留下印象。

"好,最后一个问题。当夜,你和一郎左分别携带什么武器?"

助三郎再次昂首挺胸答道:

"属下当时身穿乾家祖传铠甲，腰佩备前名刀，手拿持枪。"

"一郎左呢？"

"属下不记得了。"

作为武士，要在第一时间辨识敌我装备，否则既无从判断敌人身份，也无法为战友的战功作证。即使上了你死我活的战场，也得把这件事牢记于心。助三郎居然会忘记和自己一同彻夜守卫的同僚所持的武器，真可谓粗心马虎到了极致。但村重觉得，这不是一时半会儿能教好的，让助三郎退下了。

至此，当夜身处命案仓库附近的人已统统询问完毕，除了一个人。

乾助三郎和伊丹一郎左为一组，听到好像是自念的叫声，一郎左向仓库跑去。

郡十右卫门和秋冈四郎介为一组，二人都向仓库跑去。四郎介检查仓库时，十右卫门独处。

森可兵卫独自站在他人看不到的地方，没有接近仓库，也没有进入庭院。庭院里没有足迹。

下针在距离仓库四十间外的瞭望楼上，有人作证他整晚都在瞭望楼。

只有十右卫门一个人携带了弓箭……

村重面对着大厅里的八幡大菩萨画轴闭目沉思。

少顷，近侍在拉门外说道：

"郡十右卫门大人求见。"

村重张开双眼。

"让他进来。"

10

十右卫门满身污渍地走进门。

一身尘土的他在昏暗大厅里盘腿坐下,双拳抵地,低头行礼。他穿的不是常服,倒像是足轻所穿的麻布破衫。十右卫门受命前去调查上腊冢寨,没想到这么快回来了。村重本以为他没个两三日回不来,当下很是意外。

"十右卫门前来复命。"

十右卫门深深垂首说道。

"很快啊。查出缘由了吗?"

"传令过程并无阻滞。"

十右卫门的长相本就莫名透着点儿傻气,当下满身尘土、衣衫褴褛的他更是毫无"御前五杆枪"首领的风采。然而他的眼神依旧锋利。

"上腊冢寨为何没有及时出兵支援与武藤的那一仗,个中缘由,属下已大致查清。具体细节的证据先放一边,总而言之,属下决定赶回来复命。"

"什么?你已查明?"

"是的。属下这就报告结果。"

"好。说吧。"

十右卫门缓缓坐直身子，说：

"属下恰巧有位小厮，和上腊冢寨的足轻相交甚密，在那个人的帮助下，我悄悄混入上腊冢寨。荒木久左卫门大人已去上腊冢寨问过话，山胁、星野、隐歧、宫胁四将都说没听到太鼓声。"

"是吗？原来久左卫门去过上腊冢寨了。"

战斗结束后，上腊冢寨因行动迟缓而遭村重责备，因此他去调查原因吧？村重并未下令，久左卫门却擅自向足轻大将追责，这给村重心里留了个疙瘩。但久左卫门毕竟是家老，这点儿行为还不至于越权行事。

"法螺贝呢？"

"听到了。他们说开始准备出阵时已经来不及了。"

有冈城涵盖了整个伊丹村，幅员辽阔。正因为如此，传令效率低下在所难免。若四将所言属实，没有听到阵太鼓，一切就说得通了。但听不到太鼓而能听到法螺贝，这又是一桩怪事。

"他们的话属实吗？"

十右卫门字斟句酌道：

"属下不知，但四人或有串供可能。"

"唔……会是谋反吗？"

"主公所虑极是，可依属下看来，不像谋反。隐歧土佐曾当众放言要在此战立下大功，成为将军的家臣。另外三位足轻大将的情况也大体如此。"

村重将双臂交叉摆在胸前。

上腊冢寨四将曾到处招募吃不上饭的流民，皆是刀口舔血、贩卖气力之辈。虽然他们不值得十分信赖，可确如十右卫门所言，目前尚不能判定他们有谋反之心。

十右卫门整个人笼罩在熹微晨光下，说道：

"只是……"

"只是什么？"

十右卫门少见地欲言又止。他端详村重良久，终于下定决心般地以低沉嗓音说道：

"请恕属下斗胆直言。下至足轻、上至武士都在散布关于主公的诽谤谣言。"

村重的粗眉毛跳了一下。

"什么谣言？"

"属下不敢。"

"无妨，说吧。"

明明身处腊月寒冬，十右卫门却直冒汗。

"不是其他，正是安部人质事件。自念大人之死是佛罚这一说法固然流行，但自念大人为人所害这个说法也逐渐在足轻之间越传越广。他们说，无论磔刑也好，斩首也好，速速杀掉方能立威。但您一边扬言不杀人质，却又转头食言，杀了自念大人，还散布流言说不是您下的手。他们说，主公您既胆小又卑鄙。"

村重默不作声地听着。徐徐吹来的冬风冷彻刺骨。

"还有一些人说，尽管自念大人口口声声说祈求往生极乐，但他终究是个少年，觉悟想必不够。您扬言不杀他，肯定让他满心欣喜。可您在给予他希望之后，又扭头剥夺了他的性命。他们说……"

村重死死地盯着十右卫门。十右卫门把话语卡在舌尖，视线下移，接着，终于把后半句话释放出来：

"您无情、残忍的程度堪比信长大人。"

不知从何处传来一声犬吠。

"是吗？"村重说道，"十右卫门，你想说，上腊冢寨四将就是因为这件事才没有遵从我的命令？"

"主公明鉴。太鼓、法螺贝的声音或许难以听清，属下的确未求证上腊冢寨是否能够听清军令，可他们行动迟缓的根源不在此。他们的心中到底存有什么疑虑？"

略微停顿一会儿，十右卫门继续说道：

"山胁、星野这些人既然能当足轻大将，就早把胆怯、畏战之情置之度外。对他们来说，最危险的是自己的老大出尔反尔。如果豁出性命上战场立下功劳，却得不到老大的犒赏，岂不是白白送死？他们害怕的是这个。"

"一面扬言不杀安部自念，一面食言杀了他？如此谤议我的人很多吗？"

"恐怕为数不少。"

村重心想，谣言多半不止流传在足轻之间，武士之间多半也有流传，连伊丹百姓之间估计也有类似流言。

突然，一股寒意蹿上村重的脊梁背，令他直冒冷汗。

村重绝非同情安部自念。他不杀自念，自有他的理由。只是这个理由大约无人能懂。村重说道：

"知道了。退下吧。"

十右卫门离开了,大厅里再次剩下村重一个人。

11

村重闭目沉思。

人即是城。一旦士兵对首领有所怀疑,那么无论战壕挖得有多深,城池都将脆弱如纸。士兵一旦产生怀疑,就有可能乘夜色逃亡,将领就有可能被敌方挑唆。据十右卫门的报告,自念之死已经极大地动摇了军心。往常一直很顺利的军议,眼下也逐渐生出龃龉,连足轻大将都开始不听号令。于乱世中磨练出来的首领直觉,此刻正在向村重发出警示:若放任自流,待织田大军来犯,有冈城必被攻破。

村重身为武士,并不害怕战死沙场,那对他反倒是一份荣耀。他不是没有想过会在这场大战中落败。哪怕弹尽粮绝、无计可施以致切腹,对武士而言,亦是求之不得的死法。然而,若是因军心动摇,因部下不再信任他这个荒木摄津守而失败,实在有损声名。

数万织田大军此时正一步步逼近有冈城。织田首战就会使出全力,那么避免与其正面冲突方为上策,但眼下军中已心生动摇,城,还守得住吗?军心动摇的城池绝不可能抵挡前右府大人织田信长。

村重的直觉再次悄声提醒他:还来得及。只要彻查案件,查清究竟是何人杀死安部自念,查清对方究竟是用何种手段杀死自念,一切还来得及。可村重实在想不通,自念的的确确是被弓箭射杀,箭矢为何会消失?杀死自念的那个人又是从何处、通过什么方法接近那间仓库的?难道真有佛罚之说?

实在想不通。

不过,村重手里还捏着一枚棋子。

在这座城里,没有人比村重更擅军略,没有人比村重更懂谋略,没有人比村重更具智慧。

但是,准确来说,应该是在这座城的地盘上没有这样的人。

村重慢慢站起身。

天守阁下,有地下井。

守城时,为避免敌方切断汲水之道,守城方通常会在地下打井。这不算稀奇。村重手持烛台走向地下,在井前停下脚步,黑暗中响起一个沙哑的声音。

"大人何以屈尊来此?"

烛光下,一名四十岁上下的男性低头行礼。他弯腰时,挂在腰上的钥匙"哐啷"作响。村重不多说话:

"把门打开。"

"是。"

地底的一角,有一扇上锁的小门。男人将腰间钥匙插入那扇门,一个浑浊的声响过后,锁开了。

"小人陪您进去吧。"

"不必了，在此等候。"

男人默默低头退后。

小门打开后，是继续往下的楼梯，台阶被泥土中渗出的水汽打湿。村重一步步走下台阶，耳畔是窸窸窣窣的虫鸣。他拿着烛台照过去，蜈蚣、千足虫及其他叫不出名的虫豸迅速逃窜。

台阶不算长，尽头处是未铺地板的土地。村重伸腿跨过一摊积水，此时听到黑暗中飘来"咯咯咯——"的诡异窃笑。

循着声音方向看去，率先映入村重眼帘的是木栏。那是能工巧匠打造的比铁栏更坚硬的栗木栏。木栏内是人工凿出的洞穴，二者组成了一间狭小的牢房。

最后，村重看到了一个背朝自己蹲坐的人影。是烛火过于炫目才背过去的吗？

村重开口道：

"官兵卫。"

地牢里的人影晃了晃。一阵微风吹进土牢，村重手中的烛火随风摇曳。笑声消失了，地牢里静谧无声。寂静中，唯有虫鸣与烛火。村重深深地吸了口气再次开口道：

"官兵卫。"

阴影中的官兵卫徐徐起身，转身面对村重。

官兵卫被囚近一个月。仅仅一个月的时间，竟能令人变化如斯。

蓬头虬髯，手脚纤细，脸颊凹陷，衣裳破烂。牢房过于狭小，以致他无法伸直手脚，四肢呈现异常的扭曲姿势。在眼前这个人身上，已看不出一丁点儿当初那位理直气壮陈诉谋反弊端、堂堂正正的武士的影子。

官兵卫的眼神变了。蹲在牢房里的官兵卫不习惯烛火，仰视村重时不停地眨眼。他的双眼空洞无神，眼底空无一物，眼神变得浑浊。

村重俯视着官兵卫，问道：

"官兵卫，刚才是你在笑？为何发笑？"

声音在地牢中回荡。官兵卫沙哑地回答道：

"小人随便笑笑罢了。"

"恕你无过，快说。"

官兵卫低头小声说道：

"因为我听到了和狱卒的体重不同的脚步声，便立刻想到是摄津守大人来了。"

"噢，那又如何？"

"小人本以为只能等到战争结束才能再见摄州大人，想不到不出一个月又见面了，颇感意外。"

"所以你笑了？"

"……"

"官兵卫，别信口开河了，岂会有人因惊讶而发出那般笑声？"

村重的话语里没有怒意，相反，还很亲切。官兵卫仍低着头，说道：

"战事虽不可预测，但织田绝不会这么快败退，那么答案只能是有冈城陷落。如此一来，您这次谋反就只是区区一个月的小打小闹罢了。一想到我黑田官兵卫居然是因为这场不值一提的战事而丧命……小人不禁发笑。"

官兵卫毫无惧色，坦白相告。村重忍不住气血上涌，怒道：

"胡说！有冈城绝不会陷落！"

村重不自觉地激动了。官兵卫长发缝隙间的那对浑浊眼球朝上一瞟，眼神中隐隐有深意。

"您……是打算挽救摇摇欲坠的有冈城？"

村重的怒火立时消失得无影无踪。官兵卫单凭脚步声就判断出有冈城有难。虽然目光呆滞，但他的脑袋看来还很灵光。村重露出满意的微笑，说道：

"不愧是官兵卫。好吧，城内前日发生了一件怪事，若是解决不了这桩怪事，城池几乎等同陷落，你也等同命在顷刻。城破之日，我会带着你的首级作为前往冥界的伴手礼。你如果不想死，就仔细听着。"

"城主大人亲自到访，还拿性命要挟小人听着……摄州大人究竟有何事要小人效劳？"

"嗯，你应该能猜到吧？"

官兵卫沉吟片刻，摇头道：

"莫非……"

"正是这个莫非。我以为能破解这桩怪事的，非你莫属。"

官兵卫沉默。

"我认为此地的家臣中能称作栋梁的有三个：一个是备州浦上家的宇喜多和泉直家，一个是曾在摄州池田家做事的区区本人，还有一个是播州小寺家的小寺官兵卫……不对，你说过，要我忘掉小寺这个姓氏，那么就是黑田，官兵卫黑田孝隆。"村重隔着木栏对蹲坐的官兵卫继续说道，"官兵卫，借你的智慧一用。"

"摄州大人说的这是什么胡话？请不要开这种无聊的玩笑。"

牢中的官兵卫脱口而出。

村重早就知道没有这么容易说动官兵卫，但他心中有数，官兵卫是个精明绝顶的男人。正是因为这份精明，他在缺乏小寺家家老的支持下获得主君的信任。正是因为这份精明，他劝小寺家投靠织田。正是因为这份精明，他绝不会满足于只在小寺家成为重臣，而是选择和织田家越走越近，甚至在羽柴秀吉麾下长袖善舞。即使落到这般田地，也要时时刻刻寻找施展才华的机会。黑田官兵卫就是这样的人。

说白了，武士就是这么一回事。刀法精湛的，靠刀法立命；长于算术的，靠算术谋生；擅长军略的，当然不能不使用军略。活在镰仓幕府时代的武士或许有所不同，不过当今的武士必须找一个能尽用其才的主公。在众多武士中，村重洞察到官兵卫深不可测的才能。只要把难题交给他，他就无法控制必须率先解决问题的头脑，这是这个人的禀性。尽管官兵卫器量之大非常人可比，但若能戳中他本性中的软肋，要借用这个男人的智慧应该不算难事——村重如此盘算着。

他盘腿一屁股坐在泥地上，瞬间感受到地牢湿气之寒意。面对沉默的官兵卫，村重再次劝诱道：

"官兵卫，同意与否，先放一边。在地牢里想必百无聊赖，就当作听我说个故事解闷。事件的起因是大和田城主安部二右卫门谋反，详细说来是这样的……"

于是村重将这一个月里的战况以及高山右近、中川濑兵卫、安部二右卫门等人的背叛，加上被看不见的箭矢射杀的安部自念、当夜警备状况和各武士位置、本曲轮和村重宅邸的构造、自念之死为佛罚的谣言、军议上的骚动等，一五一十、巨细无遗地向官兵卫和盘托出。

起初，官兵卫扭脸不听，可他没法堵住耳朵，只能装作听不到。不过随着村重越说越深入，官兵卫有点儿按捺不住，时而身形晃动，时而眼神向上偷瞟。

终于，村重说到了他此刻走下地牢，故事至此结束。闭上嘴，手中烛台的烛火仍在随风摇曳，腊月的寒意已彻底浸透村重全身。

"呵……"

官兵卫轻声一笑。

下一个瞬间，官兵卫大笑。他咧开嘴，用几乎能摇晃整间地牢的声量大声狂笑，如被天魔附身。狱卒打开小门喊道：

"出什么事了？"

村重喝斥道：

"退下，无甚大事！"

但村重的吼声里藏着一丝颤抖。他心下琢磨：刚才自己说了什么值得黑田官兵卫如此失态的话吗？

不知分寸的虫蚁爬上村重的膝盖。村重挥拳，将它们一下碾碎，接着抬高嗓门道：

"官兵卫，你疯了？"

官兵卫立马止住笑声，双腿盘起，低头道：

"请恕小人无礼。摄津守大人这般人物，竟会被此等小儿把戏玩弄，甚至作好了城池失守的准备。哎呀，实在有趣至极。"

官兵卫慢慢抬起头，眼神闪闪发亮，亮得简直像涂了油。

"破解自念被杀之谜，对我来说易如反掌。"

12

"哦？仅凭我刚才所说，你就看穿了？"

"当然。"

官兵卫衣着褴褛，蓬头垢面，胡须拉碴，言语中却透着满满的自信和古怪的兴奋。阴暗的角落里，他嘴角挂着似有若无的笑容。

这还是刚刚那个抱膝蜷曲、眼神呆滞、语气低落的男人吗?但凡给他一丁点儿施展拳脚的机会,他就会不由自主地施展傲人的智慧。果然不出村重所料。

甚至可以说超出村重的预期。

村重顿时心生疑虑。官兵卫上钩了?此人的确对自己的智慧极其自负,但他会不会在假装上钩?这个人真的只是个忍不住卖弄才学的毛头小子?他适才那番大笑究竟是在笑什么?正思忖间,官兵卫开口道:

"摄津守大人,您特意屈尊来此讲故事解我寂寞,小人感激不尽。现在小人也有几句话想问,可以吗?"

"想问自念被杀的真相吗?"

官兵卫摇头,晃了晃乱糟糟的头发。

"这个不急,比起这种小事,小人想乘此良机问摄津守大人一个问题。"

村重没有立即答允。战场上训练出来的直觉发出了警示:不能让他问。也许黑田官兵卫不是村重能轻易掌控的人,也许村重不该走进这间地牢。这个男人很危险——直觉悄悄地对村重说出这句话。

但是村重无法拒绝官兵卫的请求。如果就这样离开地牢,这座城就完了——直觉也说出这句话。

"可以吗?"

见村重踌躇不决,官兵卫又问了一遍。他为什么不直接问?村重陡然意识到官兵卫在引诱自己说出"准了"二字。村重摆出提防伏兵的架势,缓缓道:

"准了。"

"感激不尽。那么，请问摄州大人……"

官兵卫目光神采奕奕，突然向村重靠近。

"为何没有杀他？"

"此话何意？"

"还想搪塞敷衍啊，唉，猜到您会这么说。"

说完，官兵卫微笑着从光亮处抽身，再次潜回黑暗中。

"那我就按顺序来问。摄津守大人如今地位显赫，"官兵卫说道，"不过，当年在池田家的摄州大人身份低微。您的主君，筑后守池田胜正大人迟钝愚鲁，以他的器量，不足以在乱世中振兴池田家。是听信了近臣谗言还是因战事将至而谣言四起？小人身为小寺家臣，确实不知池田家内情，但小人知道池田家有位侍大将[①]为求自保，索性将主君胜正大人流放了……那位侍大将就是如今的摄津守大人。"

"这件事……"村重说道，"摄津的小孩都知道。此刻重提旧事，你想说什么？"

官兵卫在牢房中摆手道：

"请勿动怒。您刚才不是亲口准许小人提问嘛。摄州大人，您没有杀主君，而是流放了他。此事在这乱世之中不算罕见。斋藤放逐了土歧，宇喜多放逐了浦上，织田放逐了斯波……他们都没有选择杀害旧主，而是流放之。因

[①] 拥有城池的武将，比足轻大将地位高，是家臣团的中坚力量。

此，摄州大人您不杀胜正大人，实乃武士作派。"

"……"

"后来就是这场战争。摄州大人您让令嗣新五郎大人休妻，新五郎的妻子是织田家那位鼎鼎大名、原名十兵卫明智光秀的惟任日向守大人之女。与织田为敌意味着与惟任为敌。敌人的女儿不能留在身边啊——道理虽是这样，可您没有杀她，而是把她送回织田。"官兵卫夸张地故作纳闷道："武田攻打今川之前，同样把今川的女人送回去。北条攻打武田之前，也送还了武田的女人。浅井虽然一度让织田的女人留在城中，可最终还是送回去了。虽然万般无奈休了女人，但既为武士，果然还是做不出杀害女性的行为。原来如此，摄州大人所为，果然堪称武士之表率。"

"适可而止吧，官兵卫，别废话了。"

村重喝道。官兵卫却丝毫不显惊惧。

"不，接下来才是重点所在，"他接着说道，"摄州大人在织田麾下时，全权负责攻克大阪，独力肩负筑城、布阵等任务，您完成得可谓滴水不漏，不愧为摄州第一人，连官兵卫我都佩服得五体投地。后来织田派来了监军。今年秋天，您投靠了本愿寺和毛利。您是如何处置织田监军的呢？"

村重已料到官兵卫话锋所指，沉默了。

"摄州大人没有动他们一根寒毛，统统送还织田了。织田方本以为您一定会把这些能征惯战的监军全部斩首，

087

却看到他们都活着回来了，大为惊诧——这也难怪，那些监军对这座城池的防御工事了如指掌，您却把他们送还。官兵卫不才，敢问摄州大人，这究竟是何缘故？"

让织田的监军活着回去，这件事在村重族内掀起了不小的风浪。监军的身份地位虽然不高，但终究是敌人，更是熟知荒木家内部情报的敌人。赞成把他们一杀了之的家臣绝不在少数。当时尚未背叛村重的中川濑兵卫就怒不可遏，高山右近也对村重的做法表示无法理解。

村重当时是这样说的：与织田为敌，是与数万人为敌。监军不过一二十人，杀之益处不大，就放掉吧，不过是些喽啰，无关大局。

当时就有家臣听了这番话立刻拍手称赞。

"真不愧是主公。"

"与织田作战需要的正是这份豪气。"

于是中川和高山也露出勉强同意的表情。将士们气宇轩昂，对村重又添了几分信任。然而只有村重自知"将监军送还织田"这一非常之举另有深意。眼下，官兵卫正在挑战这一非常之举。

村重回答时，语气略带苦涩：

"你问这个，有何用意？我只想知道是谁杀了安部自念，仅此而已。"

"那是自然。可是摄州大人，小人我只有掌握全貌，才能将整个事件串起来。好吧，容我继续说下去。摄州大人您刚才说没有杀中川和高山的人质。不杀高山的人质这件事让家臣有所非议，这就无须小人赘述了。那么中川又是什么情况呢？中川与您有戚，几乎可算作家族中人，因此摄州大人您没有向中川要求人质，家臣们想来不会反对。"

的确如官兵卫所言。在中川背叛村重之前，家臣中没有一个提出应该向中川要求人质。

"考虑到事态发展，官兵卫不得不推敲一下：难道摄州大人别有意图？依小人之见，中川作战英勇，堪比猛虎，他所需要的只是战争。摄州大人和织田，无论哪一方成为主君，对他而言并无分别。他不是那种会在意人质性命的武士。如此看来，摄州大人不向中川要求人质的理由，小人隐隐约约能猜到了，换言之……"

"别说了，官兵卫。"

"摄州大人，您是为了不必在中川背叛时杀害人质，因此打从一开始就没向他要求人质。小人是否说错？"

村重偷偷朝身后瞟了一眼，确认狱卒没有偷听二人谈话。如果狱卒在旁偷听，他就打算斩了狱卒，因为黑田官兵卫一语中的。绝不能让官兵卫的话传到外头，否则城内士气将大大削弱。

当然，他可以拔出刀，一劳永逸地封住官兵卫的嘴。但他犹豫了。他必须解开自念被杀之谜。官兵卫单凭一番话就看穿了真相，令村重既嫌恶又胆寒。不杀他，会坏事；杀他，未免太可惜。两股念头在心间缠斗、徘徊，村重仿佛被施了定身术，动弹不得。眼看村重神色犹豫，官兵卫再度发笑。

"最终轮到小人了。"接着,身处地牢的官兵卫缓缓抬起右手放在胸前,问道,"您,为何不杀我?"

这个问题想必隐藏在官兵卫心中已久。

黑田官兵卫作为织田的使者进入有冈城。村重可以选择杀掉他,也可以轰他走,就算割去他耳鼻再将他赶回也不算稀罕事。可这些做法,村重统统没有选,而是把官兵卫抓起来投入地牢。

囚徒也要喝水吃饭,还必须分出人手看管,这对守城方来说几乎没有益处。可即便如此,村重就是不杀官兵卫。

官兵卫说道:

"小人很清楚您不能放我走的理由。官兵卫虽不才,但在播磨多少算有点儿虚名。放我走只会削弱荒木家在播磨的势力,妨碍摄州大人的大业。官兵卫既然做了织田的使者,就没指望能活着回去。"

官兵卫眼神闪烁,从牢房里盯着村重。

"不料小人竟会横遭此祸。您的家臣想必都知道官兵卫被投入地牢了吧?摄州大人,为何不杀小人?究竟是何缘由?"

"你想知道的就是这个?你就这么想死?"

"是。您不会忘了我当时恳求一死吧?"

村重当然没忘。

官兵卫猛然把脑袋往前伸,似乎无视挡在二人之间的粗木栏，小声对村重说道：

"不过小人想知道的却不是此事，因为摄州大人不杀的理由，小人已经了然。"

"你在虚张声势？"

"并非虚张声势，小人是方才终于想通的。摄州大人，您要是也在牢里思索一个月，不明白的事都会渐渐找出头绪。"

村重克制住想后退的冲动。但是面前这个男人身处地牢，身为武士的自负不允许村重撤步，不允许他从官兵卫那神秘、戏谑、狂傲的眼神下逃离。村重冷静下来，再次发问：

"杀害安部自念的人是谁？"

官兵卫不答，又一次隐入黑暗，说道：

"摄州大人，您违背了武士的习俗。不杀织田监军，不向中川要求人质，不杀、不放使者而投入地牢。因果循环，最终导致安部自念离奇死亡。嘿嘿，摄州大人，小人有最后一问。"

官兵卫的声音好像一下子飘散到天边，但仍清晰地钻进了村重的耳朵。

"荒木摄津守大人，您究竟在恐惧什么？违背武士习俗——对织田反戈——究竟何事令您如此恐惧？官兵卫我想知道的正是这个。求您替小人解惑。"．

烛台燃烧着。

蜡油"啪嗒啪嗒"滴落在地。

村重站起身来。

"真是浪费时间。官兵卫，你其实根本破解不了自念被杀之谜吧？"

村重自忖：官兵卫的确很精明，但还没有精明到只听了村重一番描述就能看穿自念被杀案的地步。眼下已无他法，该如何应付织田大军？

村重边思索边朝木门走去时，背后传来歌声。

"粗木①的弓，折断的枪，点不了火。走也不是，留也不是。"

村重猛然转身，但是他手中烛台的微弱烛光已无法照亮歌声主人的身影。

13

十二月的清冽寒气被升起的旭日逐渐驱散。

不断有斥候②来到宅邸向村重报告织田的动向。成功劝降大和田城之后，织田军如浓雾般笼罩了有冈城。泷川左近和惟住五郎左卫门率军绕到有冈城后方，在摄津国西侧与播磨交界处大肆骚扰。无数寺院被焚烧殆尽。无论僧俗，不分男女老弱，织田军都格杀勿论。通往村重儿子所据守的尼崎城的道路已被织田军阻断。

村重不打算出城迎战。

---

① "粗木"（あら木）和村重的姓氏"荒木"（あらき）发音相同。
② 侦察兵旧称，中国古代军中职事。在日本奈良时代也指忍者。

战况演变如此之迅速，出乎村重的意料。但无论如何，一切终归取决于有冈城能否守住。织田围住有冈城，意味着他们已重兵合成了包围圈。那么，和村重结盟的大阪本愿寺、丹波、丹后及播磨的大小势力就轻松了。有冈城之固，天下闻名，那些被织田长久欺压的各地国人众早就蠢蠢欲动了。时机一到，毛利援军和足利将军便会赶到。有冈城才是这场战争的关键要害，村重对此深信不疑。

但眼下，这座城因将士心疑而变得风雨飘摇。不管怎样，必须想办法破解自念被杀案。

村重盘腿坐在佛堂中独自思索。他事先吩咐过下人，若非十万火急，不要来打扰。他注视着释迦摩尼像，在心中复演自念死去那天早晨的情况。

不知过了多久，村重开口：

"来人。"

在宅邸中侍奉村重的近侍立刻拉开佛堂的门。

"随我走。"

"是。"

村重穿过回廊前往命案仓库。这是他第几次前往那间小屋？

村重询问十右卫门他们六个人时，已在脑海中反复推敲过数种可能性。安部自念死于箭伤，现场却不见箭矢。村重想到一点：以箭为凶器不一定要用弓。

太鼓声令村重停下脚步。听出是士兵操练的鼓声后，他再次抬腿向仓库走去。

单用箭矢也能杀死自念,用箭矢就能刺死。手持箭矢与张弓射箭相比,有一个优势。箭矢得足够长,才能搭在弓弦上;手持箭矢的话,多短都行。

村重继续琢磨这一点。那天早上安部自念发出尖叫声时还活着。尸体只有一处伤口。听到自念的叫声,御前侍卫赶去仓库。接着,此人假装救自念,实则乘其他侍卫不注意,把箭矢刺进自念的胸膛。他不可能随身藏住整支箭,想必事先斩断了箭矢,再藏于盔甲内。这么一来,答案只剩下一个。

如果这条思路是对的,杀害自念的人就是郡十右卫门。抱过自念的人只有他。

不过,斩断箭矢后以迅雷不及掩耳之势迅速杀人这一可能性,村重那天询问众人时就排除了。十右卫门之所以比伊丹一郎左和乾助三郎更早赶到仓库,是因为一郎左提议助三郎留守原地。更何况秋冈四郎介比十右卫门更早一步赶到,当时自念已经倒下且胸部被染红。不对,杀死自念的手法不是这样……

"主公,有何吩咐?"

一名近侍突然问道。

"什么?"

村重对这没来头的问题颇为纳闷。

"您自言自语数次,小人才问您有何吩咐。"

"我都说了什么?"

一名近侍低下头，不安地说：

"您说走也不是，留也不是。"

村重呆立。他完全没意识到自己竟呢喃着官兵卫在地牢所吟狂歌。

官兵卫唱的不是老歌，是重新填词。

今年春天，播磨的上月城被毛利大军包围，织田派羽柴筑前和村重驰援。毛利布阵严密，织田方久攻不下。

实际上，村重当时已与织田貌合神离，因此荒木军士气低迷，全无斗志。在此情形下，军营中传唱的就是这首狂歌。

粗木为弓，勉强拉弦。走也不是，留也不是。

这首狂歌嘲讽荒木军：白白来到播磨，什么都没干成。官兵卫唱这首狂歌，难道只是为了嘲讽村重？

村重深知官兵卫绝非这种人。这首歌理当是他给村重的暗示。自念被杀的真相就在其中哦。官兵卫用这首歌挑逗自己——这就是说，只要跟随这首歌去思考，就能解开谜题，还能使村重逃离窘境。这个念头在村重的脑海里萦绕着。

萦绕不去的念头因此在不经意间从自己的嘴角漏出。村重咬紧牙关，重整姿态，恢复往常的神情自若，对身边的侍卫下令道：

"忘掉那句话。"

可村重情不自禁地想道:"走也不是,留也不是"是指射箭[①]却不拉弓还是指进退两难的荒木军?官兵卫的狂歌意指弓箭?射箭却不拉弓,想必是指持箭刺杀自念。官兵卫也认为杀害自念的是郡十右卫门?

但狂歌不止这半句,还有上半句:折断的枪,点不了火。

折断的枪是指伊丹[②]?有冈城位于伊丹,这是不言自明的。这句用意何在?说到枪,当夜持枪的只有乾助三郎。接下去那句"点不了火"又是什么意思?御前侍卫拿的是火把,安部自念拿着烛台,秋冈四郎介说他发现烛台时烛火已灭……

村重摇了摇头,心想,官兵卫果然还是在戏弄我吧。不论他如何思考,思路总会折返同一处。粗木弓……

村重站在命案仓库前,察觉到里头有人的气息。是谁在这间无人使用的仓库里?村重命令两位近侍准备拔刀。近侍咽了口唾沫,走到拉门前。"咔拉咔拉——",没想到纸门从仓库内侧拉开了。

"啊!"

一声尖叫,是个女人。

仓库里的人是千代保及其两位侍女。这令村重深感意外。其中一名侍女发出尖叫声,另一名侍女看到从刀鞘抽出的白刃,吓得脸色煞白。不过村重发现,千代保的眼神

---

① "留"(いる)与"射箭"(射る)读音相同。
② "折断"(いたみ)和"伊丹"(いたみ)读音相同。

中并没有流露出丝毫惊讶。

"原来是主公驾临。"

千代保手指点地行礼。

这间仓库平时少有人使用，和宅邸的里间及外室都不相连。女人为什么会到这里来？村重露出疑惑之色。

"你到这里做什么？"

"妾身……"千代保缓缓抬手，指着角落里的火盆，"是为了取那个而来。"

村重心道，果然不出所料。

"那是你的火盆？"

"那是妾身平日几乎不用的火盆。为了避免妨碍主公调查，就一直放在那里没有取。如今距离案发已过三天，妾身心想是时候取回来了。给您添麻烦了吗？"

"没有。"

说完，村重看向火盆。

"是你给自念准备的火盆？"

"是。虽是叛徒之子，但自念毕竟是由妾身负责照料起居的。寒夜漫漫，我担心他受冻，是以在晚饭时候送来火盆。"

"这样啊。"

村重没想到给自念准备取暖的物具，倒是千代保想到被关进仓库的自念可能会受寒。她考虑得很周到。

"火盆这么重，侍女搬得很吃力。谁去帮忙？"

离火盆最近的一名近侍高兴地回应："是！"

"我要查案了,你们都退下吧。"

"是。"

说完,千代保在侍女的陪同下静静离开。

村重本想调查仓库,视线却移至立于庭院的灯笼上。阳光明媚,空气中的寒意已大半散去,庭院里仍残留着洁白、美丽的夜间积雪。村重穿鞋走下庭院,走近灯笼,身后的平坦雪地上踩出了一道黑色足迹。村重并没有什么特别的想法,也许只是觉得庭院中没有任何脚印而感到莫名不快,也许是临时起意想欣赏古田左介所赠灯笼之美。

灯笼当然是为了存放火源而存在的,也有人是因为钟爱灯笼本身而摆设的。在庭院修好之前,宅邸里的灯笼还派不上用场。此刻,雪覆盖了灯笼的斗笠顶,宝珠上也有些许残雪。村重从未如此近距离地看过这盏灯笼。

忽然,村重喃喃自语:

"灯笼不亮……点不了火。"

他扫掉斗笠顶和宝珠上的积雪,又扫清台座上的残雪,仔细观察灯笼中央那从未点过一次火的火袋,往里一瞧,不禁挑眉。

虽然只有一点儿,火袋里确确实实沾有血迹。

灯笼火袋四面镂空,血迹沾染在朝宅邸方向的那一面。村重观察火袋,抬头环顾四周,猛地看到了事发仓库。

"这究竟……"

这里为何有血迹?自念死去的那天早晨无人接近灯

笼,这里为何有血迹?从灯笼至走廊,大约有两间半之遥,人不可能在二者之间飞跃,血迹更不可能飞溅至此。

和仓库反方向的一侧是山茶花丛,再往外是灰泥墙。从灯笼到山茶花丛约莫也是两间半。

突然,宛如被雷击中,村重全身一阵麻痹。

"折断的枪,"他忍不住说道,"是枪啊。折断的枪。原来如此,官兵卫,你指的是这个?"

半空响起笛音般的鸟鸣。村重仰天看到一只老鹰在天空中盘旋。

14

有人敲响阵太鼓。那是召开临时军议的鼓声。

只要天守阁的太鼓一响,搭建在有冈城各处的太鼓橹也会随即敲响,将城主的命令传至各个角落。

伊丹乡民听不懂鼓声的含义。每当百姓看到士兵骚动、将领骑马穿过街市,无不惴惴不安地面面相觑:要打仗了吗?

有冈城内三座城寨的主将都要前往天守阁参加军议。北边的岸之寨、南边的鹎冢寨和西边的上腊冢寨的守将们神色凝重,骑马向天守阁赶去。神色凝重是因身为城寨守将,他们亲眼看到织田军如波浪般徐徐推进、形成包围圈。为了提防织田在他们参加军议时发动突然进攻,守将们各自制定了防御策略。

天守阁一楼，村重盘坐在坐垫上。他没戴头盔，但身披一副无缝板甲①。村重双手置于膝盖上，轻阖双目，似在冥想。

离村重不远处并排坐着六个人。他们是"御前五杆枪"和一名铁炮兵——安部自念死去那天早晨守在仓库外的人。虽然程度不同，但"五杆枪"显然都很紧张。唯一不是村重御前侍卫的男人——杂贺众下针——神色了然，弓着背。

村重保持冥想姿势，琢磨着黑田官兵卫为何说出那道谜语。尽管身份低微，官兵卫说到底也是织田麾下将领。如果他以智慧化解了有冈城的难题，就等于背叛织田。但他如果三缄其口，他在村重眼里就会显得智谋不足，恐怕会令他本人更加恼怒。况且，一旦有冈城被攻破，官兵卫自身也性命难保。两难之中，他选择说出那道谜语。看来这个深不可测的男人大有苦衷。

将领们陆续到了。按身份地位高低，大家在村重身边依序坐下。武将里，有人身披铠甲，有人只着小袖。依各人职位不同，并非所有人都要整日披坚执锐。将领们注意到了坐在村重身前的六个人，不禁面露困惑。

诸将差不多到齐了，坐在前列的荒木久左卫门对村重说道：

"主公，诸将都来了。"

---

① 指大块板状金属制成的盔甲。

村重睁开双眼。

他瞥视诸将,缓缓开口道:

"攻打生田、须磨的泷川左近已经撤兵。织田军营栅栏矮、战壕浅,防备难称坚固。这证明他们没打算作持久战,也就是说,敌方打算一鼓作气发动猛攻,毕其功于一役。"

诸将屏声静气听村重说话,面无表情。但村重察觉到,他们都被迫在眉睫的战争震慑了。他们的不安都藏在勇气背后的阴影里,胜败的分野则会在那片阴影里生发。

"织田不日将发起攻势。不是今日就是明日。今天就把补贴军粮发下去吧,弹药、箭矢也一并发了。城内想必潜入了织田的奸细,诸位一定要牢牢看守火药、硝石等物资,绝不能轻忽怠慢。"

诸将齐齐低头,高声遵令。

果不出村重所料,诸将情绪低落,听说了织田的这番动向,士气越发低沉了。村重思忖着,或许一切还来得及。他又说道:

"还有一事,请诸位静听。有关自念被杀一事。"

悄声窃语瞬时漫布天守阁。

"主公,此事就……"

发问的是荒木久左卫门。常言道,打草惊蛇,他大概想提醒村重,没弄清楚的事还是先别提比较好。但村重挥挥手,让久左卫门住嘴,说道:

"此案已彻查完毕。是何人、用何种手段杀害了安部自念，我已知晓真相。"

中西新八郎向村重投以恳求般的追问眼神。一向将村重奉若神明的新八郎居然都对他是否真能解开疑团如此好奇，此案引发的危机着实不可小觑。

村重仿佛在谈论鸡毛蒜皮的小事，语气很是淡漠。

"说起来，自念被杀一事究竟因何透着古怪，估计诸位皆有所耳闻，但姑且还是再从头说一遍吧。"

村重从头阐述了自念被杀案，总结出两个难点：

一是走廊上有看守，没人能接近关押自念的仓库。

一是自念死于箭伤，现场却不见箭矢。

此二点迟迟悬而未决，以致自念遭佛罚和被村重逼死这两则谣言在将士和伊丹百姓之间流传，甚至有人声称，这一定是南蛮宗的奇技淫巧。

村重再次将自念之死不可思议的疑点向诸将说明。说完，他沉默片刻，顿了顿，再次开口沉声道：

"箭矢绝无可能如烟雾般消散。杀死自念的东西其实是这个。"

在村重的指示下，两个人抬上来一件长物。天守阁中的诸将没有一个知道这究竟是何物。

"请问主公，这莫非是长枪？"

有人如此问道。

长枪为足轻所用。几名足轻组成枪阵，专门对付骑兵。但若有敌人近身，这种长度的枪就完全无法灵活挥舞了，只能像大棒那样叩打。这种枪的长度正如其名，约为三间，是城中随处可见的武器。

此刻，这支被抬上来的长枪已卸掉枪尖，绑了一支箭。村重盘腿坐着毫不费力地拿起这杆长枪，说道：

"仅用这突刺便可留下箭伤，抽回长枪就能拔出箭。稍稍加工就能制成此物。"

众人哗然。有人喊道"竟有这种手法"，也有人故作聪明地说着"果然不出我所料"。一片喧闹声中，久左卫门问道：

"主公，您可想过究竟是何人使用了此物？"

"当然。"

这句话的含义，诸将都已猜到。坐在村重身前负责当夜警备的六个人也猜到了。蓦然间，四下寂静无声。村重略微抬手，指向眼前一人。

"伊丹一郎左。"

"在。"

被叫到名字的一郎左低下头。一向沉着、冷静的一郎左，此刻的声音也颤抖了。

"站起来。"

一郎左遵照村重指示，站起身来。

"一郎左，你正后方十步左右，有一枚新打入的钉子，去把它找出来。其他人给一郎左让路。"

在场的将领这才明白，村重不是在指杀人凶手乃伊丹一郎左。有人发出深深的叹息。

"主公，找到了。"

一郎左恢复往日的镇静,说道。

"好,站在上面。来人,给一郎左拿块盾牌。"

一名近侍走进来,将盾牌交到一郎左手中。村重持着枪慢吞吞地站起来,摆好架势说道:

"我和一郎左相距正好五间。"

长枪前端绑着的箭上下缓缓抖动着。

"主公。"久左卫门咳嗽了一声,似有些难以启齿,"应该够不到。"

长枪仅三间长,即便村重摆出架势,长枪离一郎左仍有相当一段距离。

"嗯,够不到的话,要想法够到。"

"将长枪掷出?"

"蠢货,掷出去如何收得回来?久左卫门,你在一旁看着就好。"

村重抬手,又有人抬上一杆长枪。这杆长枪的枪尖同样已经卸下。

搬运长枪的兵士还送来一捆粗绳。村重放下手中长枪,用粗绳将其末端和另一杆长枪捆绑,首尾相连。捆绑后的两杆枪,枪身略有重叠,长度虽非简单的三加三等于六,但至少有五间半长。村重把这杆怪枪像长棒那样举起。

"折断的枪?"

有人用几不可闻的声量悄声叹道。

没错,那句歌词不是指伊丹,而是指受伤。卸下枪尖，首尾相连，长枪不再完整，所以折断的枪，意指受伤的枪。

长度虽然足够，可如此长度的枪着实太重了，绑在枪尖的箭在空中剧烈摇晃。

"恕属下斗胆。"

久左卫门再次开口。

"弯成这样，这杆枪怕是派不上用场吧？"

"未必。"

村重拿着这杆五间半长枪，望向另一位御前侍卫。

"秋冈四郎介，站起来。"

"是。"

四郎介站起身来。

"我和一郎介之间也有一枚新的钉子。你站到那里撑住长枪，只需站着拿双手撑住就行。"

话音刚落，四郎介就遵照吩咐站到两人之间撑住长枪。长枪立刻不再弯曲，前端也不再抖动了。村重说道：

"那日清晨，取代四郎介的是那盏春日灯笼。将长枪穿过灯笼的火袋，便能控制住晃动，长枪便可准确命中目标。一郎左，架好盾牌，留神了！"

"遵命。"

伊丹一郎左举起盾牌，双脚前后错开，弯腰压低重心。村重左手不动，只用右手将长枪往前突刺。只听"当"的一声，箭矢扎进了盾牌。村重抽回长枪，再次突刺，随后踏着步伐刺出第三下。饶是伊丹一郎左提前作好

105

准备，还是被最后一下刺中。诸将呼声四起。一郎左放下盾牌，平伏在地，钦佩至极地嚷道：

"不愧是主公，天纵神力，属下俯首！"

村重放下五间半长枪，站着说道：

"杀死自念的手法正是如此。证据是灯笼火袋上残留的血迹。"

箭矢前端带有自念的血，抽回长枪后沾染了火袋。

"存放在兵器库里的长枪，谁都可以拿取。织田不知何时会发动进攻，因此兵器库并未上锁。绳子和箭矢同样极易入手。但若非力气极大之人，是使不动这杆五间半长枪的，也就不能一举杀死自念。不消说，也不可能在走廊上使用这杆长枪，只能在外头。越过落雪的庭院，一枪刺死自念的人，是你。"

所有人一齐朝那个人望去。

"森可兵卫。"

森可兵卫"刷"的一下拜伏在地。

他满脸汗珠，但仍从喉咙里挤出颤抖的声音，大声回答道：

"主公明鉴！"

"为什么？为什么要杀死我明令不准杀的人？"

可兵卫抬头拼命喊道：

"一切都是为了主公。叛徒之子即是敌人，即是佛法之人，即是主公之敌。敌人，不可不杀！"

他的叫喊声充斥了整座天守阁，令诸将如雷贯耳。村重发现对可兵卫这段话深表赞同而点头的将领绝非少数。

"所以你使了这把戏？"

"杀死自念的既是属下，又不是属下。"

可兵卫眼神炽热地倾诉道：

"像属下这般愚钝之人，能设想出这般巧工，非上天相助不可。也就是说，自念之死即佛罚，这正是主公受阿弥陀佛加持之吉兆啊！"

你以为这套歪理说得通？村重本想这么说，但终究忍住了。

时常有人把神谕挂在嘴边。人人都以为可兵卫愚蠢，他却想出了足以瓦解有冈城的妙计，所以这只可能是神佛在引导。试图否定这种说法是极难的。

霎时间，村重茫然失措。

他当然能以抗命为由，命可兵卫服罪自裁。然而诸将已对可兵卫的辩解心生认同，若此刻下令让可兵卫自杀，一定有人会出来庇护，族内必然滋生反叛情绪。再说，虽然可兵卫违抗上命，但是在许多人心里，杀死安部自念不足以构成死罪。

不过在村重心里还藏着一个不能杀可兵卫的理由，一个凌驾于以上所有理由的理由。

——信长会杀。

——我不杀。

村重决心和信长反着干。

他所做的一切都是为了这个。为何让织田派来的监军活着回去？因为如果换作信长，就一定会杀了他们。为何不杀高山由近的人质？为何不杀安部自念？因为如果换作信长，就一定会杀了他们。为何不杀黑田官兵卫？因为如果换作信长，就一定会杀了他。

村重心想：恐怕那个男人——黑田官兵卫——已经看穿了我的想法。他已经看穿我不杀人质的理由是反信长之道而行。正因为看破了这一点，他才出言嘲笑我。正因为看穿了摄津守荒木村重这场东施效颦般的谋反，他才放声大笑。

那么，该不该杀？

村重伸手推出腰间佩带的名刀乡义弘。在这种场合下砍了森可兵卫，可谓轻而易举，像折断婴儿的手腕那样容易。杀了他，给官兵卫看看，我才不是东施效颦。况且有的家臣还未见识过我杀人的本事。

不行……

不行！那是蠢人之举！

不管怎样，我都要和信长反着干。若继续走信长那条路，荒木家必亡——其中的缘由，怕是连官兵卫也不懂。

"嚓"的一声，村重收刀入鞘，开口道：

"可兵卫，你违抗了我的命令，这个罪过不轻。"

"是。"

"不过……"

村重不着痕迹地环视诸将。

"你所说的,也不无道理。暂且留你一命。待你立下大功,功罪相抵吧。"

可兵卫呆呆地张着嘴巴,泪水从眼眸中决堤而出。

"必立大功!"

可兵卫高声嚷道。满堂诸将也露出满意的表情,笼罩在他们心头的那片疑忌的乌云已然散去。村重判断了众人的心境后说道:

"好了,军议就此结束。"

话音刚落,他又以丹田之气喝道:

"诸将各回岗位,一定要击退织田!相信我!相信有冈城!这座城岂会陷落!让织田军的尸首曝晒于冬日荒野吧!"

噢噢!诸将呐喊着,吼声足以摇撼天际。

15

翌日,十二月八日,晴。

战争确实有着某种气息。一旦军队有动作,就会产生动静。若能将军队的气息隐藏起来,才可称作奇袭。不过织田信长似乎不打算掩藏。织田军把竹子扎成垛作为盾牌,在城中铁炮射程之外不断集合。织田要发动猛攻了。这一点,别说村重,连足轻和百姓都看到了。

黄昏时分,围在有冈城外的竹垛一步一步向城池逼近。斥候连忙跑入天守阁报告:

"报！前锋大将是堀久太郎、万见仙千代和菅谷九右卫门。"

村重颇感意外。这几人都算不得名将。他转头向身旁的荒木久左卫门浅笑道：

"看来前右府大人错判了有冈城呢。"

他唤来使者，传命道：

"传令诸将切勿急躁。静待敌兵进入铁炮射程。一旦进入，立刻一齐开炮。站立的炮手和跪立的炮手两排齐放。切记，留一队人马待命，以防敌人有后招。"

织田军转眼迫近。村重表面泰然自若，内心难免忐忑。若城内有谋叛者，动手机会就在此刻。织田不可能没向城内伸手。城内会起火吗？会有内应从内部打开城门吗？比起迫近的敌军，村重更惧怕城内有通敌者。

织田军开了第一炮。接着，大队人马瞄准岸之寨、上腊冢寨、鹎冢寨的防守薄弱处进行猛攻。天空乍然出现闪电，但是连雷声也压不住震耳欲聋的铁炮声。

没有内应。有冈城上下士卒严守村重的命令，勠力守城。

太阳落山，入夜了。藏在竹垛后的织田足轻探出身子放炮。村重军这边将炮口喷出的火光作为目标，还击以疾风骤雨般的铁炮弹丸。织田军的弓箭手射出火箭。村重下令事先候命的分队四下扑火，因此没有地方着火。

这时，一个男人跑到村重跟前。这名高大的武士身着室町武士般的古代铠甲，背插"南无阿弥陀佛"字战旗。

原来是森可兵卫。他单膝跪地，扯着嗓子高声嚷道：

"主公！森可兵卫难报主公恩情，决意拼死尽忠，向西方净土而行！抱歉了！"

话音刚落，不等村重开口便飞奔离去，消失在茫茫夜色里。

次日早上，织田军尸骸遍布的摄津荒野上，森可兵卫面朝前方跪立而亡。他的头颅已经被取走，他的双手却仍死死抱着敌人的首级。检验时，连织田方的俘虏都不知道可兵卫抱着的究竟是何人首级。

"小人不认识这张脸。此人虽然是武士，但恐怕名气不大。"

俘虏这样回答。

此役以荒木军大胜收官，还斩杀了前锋三大将之一万见仙千代重元。有冈城内士气大振，胜利的欢呼声响彻北摄枯野。

没有人知道可兵卫是如何战死的。

第二章　花影功勋

1

春满人间。远方的箕面和武库已漫山花开。有冈城内的梅花，绽放没多久就枯萎凋谢了。摄津守荒木村重作为千宗易[1]门下茶人，自然学过吟唱，当然他本来就喜欢唱歌。眼见花香山色，村重一时兴起，正想吟诵，却看见远方团团围住有冈城的织田军旗帜，顿时扫兴。

烟花三月，有冈城西侧的上腊家寨城外出现了一名骑马武士。这名武士毫不在意自己成了木栅栏内无数铁炮、弓箭的靶子，他挥动着一把巨大的弓，不急不缓、悠然高喊道：

"城里的人听着！在下乃泷川左近将监[2]家臣佐治新介。奉主公之命，来送文书与摄津守大人！"

说罢张弓搭箭，拉满弦，大喝一声。箭不偏不倚地飞过了寨门，武士发出畅快的笑声，然后调转马头扬长而去。足轻们正好奇地围观插入地上的箭，城寨守将赶到了。

---

[1] 日本茶道宗师，又称千利休。
[2] 左近和左近将监都是泷川一益的官名。

"让开，都让开！"

来者是中西新八郎。他因战功显赫而升任上腊冢寨守将，山胁、星野等四位足轻大将皆受他调遣。中西新八郎平日里趾高气昂，声称就算其他城寨都被攻破，他的这座上腊冢寨也能成为有冈城最后的盾牌。

新八郎走近一瞧，箭身的确绑有文书。即便处于交战状态，敌我两方互派使者也是常事，为何特意用弓箭射来文书？新八郎备感困惑。

左近将监泷川一益算得上织田家无人不知、无人不晓的名将。即使不了解他的经历，也知道他在尾张时代[①]就跟了信长，凭借出众的武功韬略为织田家攻下了伊势国。泷川寄来文书这一行为虽然古怪，但既然是寄给主君的，无论如何不能置之不理。新八郎拔出箭，命身边小厮赶紧去牵马。

从空中俯瞰有冈城，布局呈椭圆月亮形。东端是天守阁最深处的本曲轮，本曲轮外不仅挖了战壕，还围有半月形的武士住所。在武士住所的外部，北、西、南侧都建有城寨。新八郎从上腊冢寨骑马赶到武士住所，穿过住所，越过战壕，抵达本曲轮。

新八郎步入本曲轮时，村重正在宅邸中对着诹访大明

[①] 织田信长出生于尾张，后来实际控制了尾张，成了事实意义上的大名，从此开启霸业。

神①的画轴双手合十。

武士过着刀口舔血的生活。没有武士不曾在心中祈祷神佛庇佑。为了避免在战场上遭遇不测，为了不被飞矢、流弹击中，没有武士是不求神、不拜佛的。

村重祈祷时，琐事由侍从代理。但如果和战事有关，就是大事。接到新八郎有事禀报的消息，村重立刻命新八郎进入大厅说话。

他在空旷的大厅里接见新八郎，从近侍手中接过箭上的文书，展开读完，说道：

"射箭者是泷川家的？"

"是。"新八郎双拳抵地，回道，"是泷川左近将监大人家中一个名叫佐治新介的。"

"新介？他是一益的亲信。嗯，可这封信……"

村重语带苦涩，沉默了。新八郎焦急地问道：

"主公，信上说了什么？"

村重把信纸重新、慢慢折回原状，自言自语道：

"信长来了。"

新八郎泄了气似的，"啊"了一声。信长去年冬天就来了。这回又"来了"是什么意思？这种消息有必要专程拿弓箭射过来吗？新八郎难免感到惊讶，不禁喃喃道：

"只写了这个？"

村重锐利地看了新八郎一眼。竟敢出言询问寄给主君

---

① 武田军的守护神。武田军重要将领武田信玄于1572年在三方原合战中大败织田军，次年病逝。

的书信内容！新八郎的言行未免多嘴多舌。村重绝不会饶恕任何胆敢轻视自己的家臣，因为轻视会演变为侮辱，侮辱会导致背叛，背叛则意味着城陷。

但村重在新八郎的眼神中看到了愤怒——他是在气泷川左近，气他为这种无聊书信大费周章。刚才的失言，大概只是因为新八郎这个人太粗线条了。村重决定宽恕新八郎的这次僭越，说道：

"不止写了这个。左近说，信长要我陪他去鹰狩①。"

"什么？"新八郎的脸涨得通红，"太无礼了！"

所谓鹰狩，意味着踏入领地。信长要在北摄鹰狩，也就是说，要让天下人都知道村重已败。信长命令村重陪他鹰狩，这是无比露骨的挑衅。

"可恶的泷川，卑鄙小人如此猖狂！"

"冷静。这不过是雕虫小技，不必放在心上。"

"可是主公，此等侮辱……"

"我说了，不必放在心上。左近将监是真正的良将，他居然采取这种卑劣计谋，可见他也意识到了有冈城难以攻陷。收到这封信可算是好事。"

新八郎仍满脸通红，低头说道：

"是属下没有想到这一层。"

"行了，退下吧。左近想用这封信激我出城，可能也想动摇城内军心。你要加倍用心把守。"

---

① 指放猎鹰打猎。

新八郎再次行礼,离去了。

村重没有责令新八郎三缄其口。当日黄昏时分,信长要来鹰狩的消息传遍了整座城。

2

本曲轮所在的天守阁正在召开每日军议。

军务自然不能单靠在城里的谈话来解决,所谓军议只是徒有其名,真正的目的是相互监视、消灭隐患。不过今天的军议格外热闹。

"主公,信长这混蛋甚是嚣张,若避而不战,实在有损我等武士名声。请立即派一员猛将,取了泷川的首级,作为那封信的回礼。"

荒木久左卫门一边流泪一边进谏。在列的许多武将也都发声赞同久左卫门的提议。"就是!""说得有理!"……此起彼伏。但是从久左卫门的下座方向传来一个声音:

"泷川左近的无礼行为当然不能容忍。可一旦棋错一着,我们与毛利形成合力的计划将化为泡影。"

声音的主人是个与久左卫门年龄相仿、长相却大不同的男人。这个皱着眉、板着脸的男人叫池田和泉,性格谨小慎微,做事一丝不苟,负责管理城内的武器、粮草和巡逻任务。久左卫门面色通红地反驳道:

"你说与毛利形成合力,可那个毛利到底什么时候才来？左等右等都没影。这份耻辱只能由我们自己来洗刷！"

和泉冷静地回应道：

"备前的宇喜多既然成了毛利的盟友，毛利在驰援路上就不再存在障碍，或许今天，又或许明天就到了。他们一定已经到了播磨附近。此刻切不可轻举妄动！"

所谓固守，就是要利用坚固的城池消耗时间，等待援军，然后守城方和援军形成夹击之势。如果在援军未到的情况下出城作战，则胜算渺茫。此时绝非出战良时——这一点，和泉知道，久左卫门也知道。久左卫门摆出一副"饶不了泷川"的样子，正是为了给和泉唱双簧。

"末将也认为不可妄动！"

中西新八郎在地位更低的座位上高喊。

"请主公务必三思而行。泷川左近实乃当世良将，他使出此等卑劣计策，显然意识到了有冈城难以以武力攻克。既然如此，收到这封信可算是好事。"

说完，新八郎沾沾自喜地看着村重。他把村重的话原封不动地重复了一遍，这就是新八郎应该起到的作用。

村重心下哂笑着新八郎这份可笑的忠诚。新八郎视村重为战神，对村重崇拜得五体投地。村重对新八郎重重点头，表示赞许。得到赞许的新八郎，脸上立刻浮现出和年龄不相称的笑容。

新八郎的话和村重的颔首令诸将大为动容。久左卫门看了新八郎一眼，斥责道：

"新来的真多嘴，"

随后却又说："不过你说得有几分道理。"

接下去，他开始自言自语，说不能让泷川毁了与毛利夹击的大计，只好暂且克制"争一口气"的念头。眼看军议就要这样结束了，有人从阴影中、从比新八郎地位更低的座位上开口道：

"摄津守大人，可否容小人说句话？"

说话的人身形瘦小，留着稀疏的胡须，双目炯炯有神。诸将低声窃语。谁都不知道这个男人要说什么。村重也疑惑，扬起了眉毛。

"是孙六？说吧。"

男人深深低头行礼。这个人叫铃木孙六，是有冈城内杂贺众的首领。

孙六大概是杂贺众头目孙一的弟弟，但具体关系究竟如何，村重不甚清楚。固守开始前，孙六率领杂贺众进入有冈城时，只说"受大阪僧人之命前来援助"这一句。村重原以为孙六是个只知打仗的男人。换句话说，村重没有把孙六视为将领。

身为摄津守，村重和纪州国人众孙六的尊卑有天壤之别。按理说，孙六根本见不到村重，虽然荒木军接受杂贺众的援助已是事实。这是孙六第一次在军议上发言。荒木家诸将的眼神都带着好奇，还有不加掩饰的责备。但孙六没有显露丝毫胆怯。

"我们杂贺众三年前曾在天王寺之战中跟信长那混蛋

交过手,并成功击中信长。可惜信长命大,那一炮竟没打死他,令人深感遗憾。三年来,小人一直等待着有一天再喂信长吃一记弹丸。摄津守大人,请命我等出战,小人定能取前右府的性命。"

议事厅一片寂静。杂贺众打伤过信长,此事尽人皆知。况且彼时荒木家还在信长麾下效力,荒木家都见识过杂贺众高超的手段。

若经不起一纸文书挑衅,贸然出城迎战,当然是无谋;可如果让杂贺众出战,或许真能击中信长……即便不成,折损的也只是杂贺众,我等皆高枕无忧。荒木家臣心中满是这种念头。村重敏锐地嗅到了这一点。

"不,铃木大人且等一等。"

一个沙哑的声音响起,这个声音距离村重很近,显然地位不低。这个白发男人身披铠甲,甲片由黑线仔细地串起来。此刻他握拳反对道:

"真要出城作战的话,我等高槻众理当为前锋。按军法也该如此安排。我等来到这有冈城是为了伸张武士的义气。欲取信长首级的可不止你们杂贺众。"

这位年迈武士是高山飞驒守,他皈依了南蛮宗,受过洗礼,如今改名为大虑①。

村重背叛织田后,高槻城的高山右近尽管跟随了村重一段时间,但很快又回归织田麾下。如此反复无常之举,

---

① 这是个由拉丁字母音译的名字,片假名写作"ダリョ",即"Dario"。

令许多武士颇为不齿,其中就有已经归隐的高山右近之父高山大虑。大虑率领志同道合的将士撤出高槻城,进入有冈城。

由新人担任前锋虽是战场惯例做法,但若让杂贺众和高槻众一道出城作战,荒木军就不能守在城中作壁上观了。这场战役有可能拖成野战。莫非真要打野战?在场诸将凝神屏息,等待村重作决定。

村重的身躯如岩石般岿然不动。他稍作沉默,注视着铃木孙六和高山大虑。

终于,他以低沉的声音下令道:

"不可。高槻众与杂贺众不得出战,守城任务不可大意。我没有多余的兵力去白白送死。不出战,要固守。"

孙六和大虑的表情都没有任何不满或不服。两人双拳抵地,平伏行礼,异口同声道:

"遵命。"

听到二人回应,诸将安心地长吁一口气。

军议结束后,留在天守阁的村重喊了声"郡十右卫门",十右卫门立马返回听从调遣。

"十右卫门,先解除你的警备工作。你去打探一下高槻众和杂贺众。"

十右卫门领命应道:

"是。具体该打探些什么?"

"双方的处境。"

"是。还有什么需要属下留意？"
"小心行事，万不可走漏风声。"
"属下遵命。"

说完，十右卫门站起身，小跑离开天守阁。此刻，春日高悬在正午的天空。

3

夕阳西沉，村重身处天守阁最高层。他身边只有荒木久左卫门一个人。

"属下表现如何？"

久左卫门问道，村重点头赞许。

久左卫门在军议上力主出战，池田和泉坚持守城，这都是村重的指示。声称已在一月出发的毛利军仍不见踪影，有冈城内士卒不免有些心浮气躁。在泷川的挑衅下，一旦有人轻言冒进，必然会获得一众将领的响应。虽然只要村重出言禁止，就不会有将领敢不从，可那样一来，诸将心中难免不抱有怨愤之气，这就不妙了。让久左卫门和和泉两人争辩，由主战派久左卫门引导众人愤慨，稀释武将们的血气。

久左卫门说道：

"飞驒大人……不对，大虑大人和杂贺那人同时请战时，属下的心都凉了。"

村重没有接话。

无论高山大虑和铃木孙六说什么，村重那时候都打算终止军议。大虑和孙六尽管身份悬殊，但终究都是外人。提出的要求都不会被准许，他俩应心知肚明，却依然请求出城作战，背后一定有什么缘由——村重心下琢磨。

久左卫门忽地长叹一口气。

"说实话，属下在军议上并非全都是演戏。毛利的动作着实太慢了。万一我方落败，下一个遭殃的就是毛利，两川不该不知道其中利害……"

毛利家家督右马头辉元还很年轻，支撑毛利家的人是吉川和小早川①，二人并称"两川"，能征善战，多谋善断。眼下只能相信毛利不会放弃有冈城，只有这样，有冈城的士气才不会被削弱。

如果毛利走陆路，就是从西边而来。必经之路上的备前冈山宇喜多家是毛利盟友，播磨国人众大多也跟随毛利，毛利军队通过山阳道前来有冈城的一路上应无阻滞。如果毛利走海路，就要从南边穿过濑户内海抵达尼崎。久左卫门在天守阁瞭望时，总是同时关注着西边和南边的动静。

村重环顾四周，南边的尼崎城和西边的三田城还在坚守。北边是被村重舍弃的池田城，织田军队在那里搭建了军营。当他把目光移到东边时，不禁"唔"了一声。

"你看，那是什么？"

---

① 即吉川元春和小早川隆景，都是毛利家家督毛利辉元的叔叔。

久左卫门听命站到村重身旁,凝神眺望。有冈城东边是一大片沼泽,远处是小小的茨木城。茨木城本由中川濑兵卫把守,如今已成织田囊中物。久左卫门以为村重指的是茨木城,于是露出一副无可奈何的苦涩表情。但村重所指的并不是茨木城,而是眼前的沼泽。久左卫门随着村重的视线看去,不由得"啊"地叫出声。芦苇丛生的沼泽中央有一座木栅栏围成的军营。

"竟有这东西,何时建成的?"

"昨日还没有,看来是一日之内建成的。"

"可恶,得寸进尺的家伙。"

有冈城东面没有设置任何防御工事,本曲轮孤零零地暴露在外。如此疏于防范,当然事出有因。有冈城原先的敌人位于西面和南面,也就是播磨国人众和大阪本愿寺。除此之外,还有一个原因:猪名川和这片沼泽本为天险,敌人难以从东面攻打有冈城。然而如今,敌军在东面搭了军营,就好比有人用刀尖对准了有冈城的咽喉。村重很是沮丧。

四方形军营由木栅栏围成,怎么看都只是结构简陋的营寨。军营离城墙大约不到两个村庄,虽然不在弓箭或铁炮的射程内,但已可说是近在咫尺。村重苦笑道:

"那是何人军营?"

"唔……从这里难以看清旗号。"

"诱敌出战还是……"

村重的声音太轻了,久左卫门不假思索地追问道:

"主公,有何指令?"

村重没有回答,而是高声喊来近侍。一直在楼下待命的近侍走上楼梯听候命令。

"叫御前侍卫来,郡……"

他正欲说出郡十右卫门的名字,忽然想起自己先前已命他去城中打探。

"不,叫伊丹一郎左来吧。"

近侍悄声退下,下楼匆匆离去。村重看了看久左卫门,说:

"你也退下吧。"

久左卫门神情略显不满,默然离开天守阁。

西边的天空开始被夕阳染成赤红之际,"御前五杆枪"之一的伊丹一郎左登上天守阁。一郎左在执行守备任务,因此身穿铠甲。伊丹家虽不算望族,但一郎左到底是继承人,他身着时下流行的佛铠星兜盔甲。尽管一郎左身形瘦小,穿戴好盔甲却尽显威风堂堂。依武家惯例,一郎左不必摘下头盔。他低头行礼。

"来了,一郎左,你看那里。"

一郎左顺着村重手指的方向往城外望去。村重继续说道:

"沼泽里有军营,着实不寻常。在那边作战如何?"

一郎左熟知伊丹地形,边凝视边答道:

"城东实属险地,在那种地方筑阵绝非良策。不过仍有几处可供落脚的硬土沙地，好比海中浮岛。确实可以在上面筑阵，然而一旦下雨，地面会变得异常泥泞难行，军士将无立足之地。"

"打好木桩铺上地板如何？"

"再怎么修缮，也只能多撑片刻而已。"

"唔。我看那座军营多半是引诱我等出城的饵儿。究竟是何人军营？有何企图？一郎左，你能查清吗？"

一郎左这才把视线从军营挪开：

"能。"

回答干脆利落。

"好。需要带何人同去？"

"无需带人。"

"需要何物？"

"金银即可。"

村重颔首，从怀中掏出一只小皮袋。他抻开袋口，从中抓出几把金粒放在一郎左手中。一郎左双手捧着金粒，问道：

"可有时限？"

"越快越好，但不可操之过急，查清事实为要。"

"是。"

"你去吧。"

一郎左稍作沉默，低头道：

"请恕属下斗胆，属下打算扮作军役贱民潜入敌营。若运气不佳，被识破而丧命，因未戴头盔，必会被敌人当成乡野百姓而弃置荒野,那可实在难以接受。如属下迟迟不归,请主公宣称伊丹一郎左乃决死奋战而亡。还望您照顾属下子嗣。"

"好。"

"但请以笔墨写在纸上。"

"行。"

村重命人取来纸笔,写下若一郎左丧命就照料其子的文字,签名画押后递给一郎左。村重暗想,一郎左此举,等同于认定自己必死,令人感觉不是滋味。一郎左看了文书,说:

"感激不尽。"

说完将额头贴在文书上。村重命道:

"行了,去吧。"

一郎左低头行礼离开。村重独自留在天守阁,眼神投向那座被黑夜包裹的无名军营。

4

翌日,正午刚过,村重命御前侍卫陪同他骑马离开本曲轮。

村重偶尔会在侍卫陪同下巡视城内。今日伴随在他身旁的是"五杆枪"中的秋冈四郎介和乾助三郎。四郎介腰间佩双刀,虎背熊腰的助三郎则肩挑大身枪[①]。

[①] 一种枪刃长的长枪。

为保持威严，城主大多隐居在深深的宅邸中，轻易不让他人见尊容。但村重的想法与众不同。他认为令臣民亲眼、亲耳认识城主会更好。巡视时，虽然村重鲜少责罚下属，可家臣们依旧十分畏惧他的视线。

白天的武士町尤为寂静，连随风摇动的影子都没有，所有人都守在各自的岗位上。有冈城落成不满两年，武士的居所还很新，梁柱和墙壁仍保持着白木的舒适手感。忽然传来一阵孩童的哭声，凄惨至极。一名侍卫皱紧眉头看向声音传来的方向，村重却充耳不闻，策马直行。

武士町和平民町之间有一条被称为大沟筋堀的护城河。一旦城寨被攻破，敌人入城，这条护城河就是守城方负隅抵抗的最后屏障。

平民町，顾名思义，是武士以外的平民所居住的场所。这里有冶炼刀剑的锻造铺，居住着木工、铁匠、农民、商人以及牧师和僧侣。传出"哐啷哐啷"的声响，听起来是某处正在打铁；又有歌谣般的怪语从另一头飘来，原来是有人在做弥撒。村重早知此处有信奉南蛮宗的教会。伊丹有不少南蛮宗信徒，虽然有冈城内没有传教士，但这些信徒依旧像模像样地持续做弥撒。他们背后的靠山是和传教士交往密切的高山大虑。

有冈城内的广阔土地被护城河与栅栏围住，那些未开垦的荒地上甚至住宅用地上尽可能地种植了供应军粮的蔬菜。几个人正在田里挥舞锄头，似乎没有注意到村重打这儿经过，没有人停下手里的活。直到不知是谁小声说了句

"啊，主公大人来了"，百姓这才从各自家中、从陋屋僻巷里走出来张望。村重仍是视若无睹的模样，却已暗暗将全身心的注意力集中于双眼双耳。

当初村重屈身于池田麾下时，每当战事迫近，他必定会去巡视村庄乡镇。池田治下的百姓习惯了战争，根本不在乎池田家究竟在与谁作战，一脸放弃挣扎的表情，做着日复一日的琐事。即便如此，人们见到村重时仍会产生微妙的情绪。有人会发出"不愧是池田家"的赞扬情绪，当然也有截然相反的情绪。如今村重巡视有冈城就是想了解百姓的情绪，这说到底并非易事。他们在想什么……他们心中有所顾虑吗？村重无法看穿人心，但或许百姓并无疑虑。

村重和随从巡视至一间寺庙。筑城时，村重把附近的好几间寺庙搬进城内，此处即其中一间。寺中似乎正在举行法会，众多平民聚集在寺门前。乾助三郎不知为何满脸欣喜地向村重报告：

"主公，是阿出夫人。"

村重循着助三郎的目光，看到一名身披被衣[1]的女性。虽看不见脸，但无论是谁一看到那身衣裳就立刻知晓这名女性的身份了。助三郎看到的女人是千代保。

---

[1] 平安时代以来，日本上流社会妇女外出时穿的一种用来遮挡脸部的外衣。

村重举家移居有冈城之前，千代保住在出丸[①]，因此人们叫她"阿出"。因敬畏村重，家臣们不会对千代保直呼名字，而是叫她"阿出夫人"或"阿出大人"。

村重对着助三郎"哦"了一声，神色稍稍松弛了些。不多会儿，千代保也看到了村重，注目行礼。村重一言不发，却勒住缰绳放缓了速度。一行人正要经过寺庙继续向前时，一个步履矫健的男人穿过人群，试图接近村重。秋冈四郎介手握刀柄，正欲挺身而出，突然发现这个男人不是别人，正是郡十右卫门。村重开口问道：

"十右卫门，你为何来此？"

十右卫门表情讶异地回答道：

"杂贺众铃木孙六大人参加了这次法会，属下为打探他参加法会的缘由而尾行至此。不知主公也来到此地，属下多有冒犯。"

这是一向宗的寺庙，所以一向宗门徒千代保前来参拜。铃木孙六也是热忱的门徒，参加法会不算稀奇。村重点了点头，问道：

"交给你的事办妥了？"

"大致查清了，只是这里人多嘴杂。"

"到宅邸来见我吧。"

说完，村重掉转马头离去。

[①] 日本城的建筑结构中，被石墙与土垒围住的区域称作丸。出丸修筑于城池外侧，相当于前哨区域。

军务繁忙的村重直到斜阳西沉才总算空下来，于是召十右卫门进来报告。

大厅顶部开有天井，这是村重成为摄津守之后为接客而专门打造的。这段时间，村重在这间大厅里接见了各色人等。十右卫门此时盘腿坐在地上，双拳抵地，低头行礼。村重招呼道：

"说吧。"

"是。"十右卫门一边抬头一边答道，"首先是高槻众，他们放弃了自家城池来此助力，城内众人无不大加赞赏。大虑大人在武士中的评价也极高。但高槻众弃城时只带了数日口粮，军粮不足，如今每天吃的都是城内的粮食。另外，去年腊月的那场仗，高槻众也没有立下像样的战功。"

腊月那场仗是守城战役。高槻众没有立下大功，显然是因为织田军并未猛攻他们所防御的那一侧。这一点，所有人都明白。然而，不管理由如何，没取得功绩，武士就会气短。

"高槻众似乎对白吃军粮这件事感到极为耻辱。虽然目前还没有任何人公开指责他们无功而受禄，但高槻众领取军粮时，现场已经出现不言而喻的紧张氛围。高山大虑大人也行为可疑，似乎正在谋划什么。"

村重默然。十右卫门暂且按下高槻众的事不表，调转话锋说道：

"接下来是杂贺众。他们和有冈城内的守军相交甚少，对他们的评价，大家不置可否。因此臧否如何，属下无从得知。杂贺众都是虔诚的一向宗门徒，对参拜寺庙这件事尤为上心，因此属下潜身寺庙，找知情的僧人打探情报。这才知道杂贺众里有不少人对主公只安排他们放哨而感到忿忿不平。"

杂贺众本没有帮助村重的动机，他们只是单纯地听从大阪本愿寺的指令而前来驰援。如果不能参加战斗，那么他们待在有冈城里就是徒耗时日。

"坊间传闻，尼崎城的铃木孙一已经返回纪州。因无所事事，驻扎在尼崎城的其他杂贺众已提出要撤兵返乡。如果铃木孙六再不采取行动，继续保持沉默，恐怕没有底气制止手下的非议。"

"原来如此。"

"属下还需要作深入调查吗？"

"不必了，你做得很好。退下吧。"

"是。"

郡十右卫门行礼后退出大厅。夕阳照进大厅，村重沉默着，暗自思索。

依据郡十右卫门简明扼要的汇报，铃木孙六和高山大虑在军议上请求出战的动机已基本清晰。既然要坚守，就要贯彻坚守的信念，即便敌人近至眼前，也必须守在城中，一箭不发。这么做，虽然合乎兵法，但多少有伤士气。高槻众和杂贺众意欲出战，并非全无道理。

村重并非对所有不安隐患都高度重视——事事过于慎

重的人反倒不明事理。然而直觉此刻对村重说，高槻众和杂贺众的摇摆确实是不妙的火苗。当下虽是星星之火，但仍不可忽视。士气一旦耗尽，城内便如遍布枯草，只需一点星火，就能招致燎原之势。必须让杂贺众和高槻众有机会立下功勋！但不管怎么说，正面进攻织田军这种事还是使不得……

于是村重决定伺机而动。城主能做的是接见、指示、发文、祝祷，还有等待。村重原本料想至少该再等两天，未承想到事情发展之快超过了他的预想。第二天早上，村重刚刚用完早膳，就有近侍前来报告：

"御前侍卫伊丹一郎左大人求见。"

村重当时下半身还没有穿戴好铠甲，为了节约时间，他立刻提刀起身，让一郎左进殿。

一郎左浑身是泥，平伏在地。他的鬓角、手上以及地板上都是干燥的泥土，他的身后更是留下了一条泥印。

"抬起头吧。"

一郎左抬头起身，他的脸上也满是泥。一郎左没有为自己的窘状感到丝毫羞涩，也没有完成使命的志得意满。村重赞赏他的心境，说道：

"一郎左，动作很快啊。"

"是。"

"快说吧，调查得如何？"

一郎左垂下目光，低声回答道：

"在东侧布阵的,是织田军的大津传十郎。"

村重的瞳孔略微放大,问道:

"什么?大津?"

"千真万确。"

村重伸手摸了摸下颚,说道:

"想不到竟是长昌。"

大津传十郎长昌是信长的马回众[1],首要职责是贴身保卫主君。不过大津深得信长信赖,所以兼任了监察诸将一职。信长的马回众里出过多员大将。大津这么年轻,居然能独自领兵布阵,着实让村重感到意外。

"去年正月我去安土城时,负责接待的人就有长昌。但阴差阳错,我们没有碰上……没想到居然在摄津兵戎相见。"

往事一幕幕涌上心头,村重挥了挥手说:"继续。"

"是。大津传十郎原本和其他将领奉命据守高槻城,去年冬天的那场战役中,他眼睁睁地看着同袍倒下,心怀不满,因此出城求战。"

同为信长侍卫出身的万见仙千代在去年那场战役里战死,所谓同袍,指的应该就是仙千代。村重心下盘算。

"也就是说,他在城东布阵并非信长指示?"

"是,他是立功心切,自作主张。属下听说羽柴筑前在岐阜城立下大功一事令传十郎深受触动,他打算在有冈

---

[1] 由大将所信赖的直臣组成的警备力量,相当于直属卫队。

城立功。"

"唔,"村重瞟了一郎左一眼,"听说?听谁说?"

"属下化装成军役潜入兵营,发现织田军从周边拉来的壮丁中有属下的旧识。属下从他那儿打探到许多。"

"这个人会把你的事报告给大津吗?"

一郎左稍作思索,答道:

"他不像是口风松的人,属下施予他不少恩惠,他不至于在无人盘问的情况下主动向大津坦白。但如果遭人诘问,他不会为属下送命。"

"这样啊。敌军有多少人?"

"据说不足一百。"

既然是自作主张,大津就不可能带上信长的兵出城,只能动员自己的兵力。能带出一百人算不少了,但这个数字并不能造成威胁。

"你能带兵找到大津军营吗?"

"能。属下是在这里长大的,就算是在夜里也能带兵前往。"

村重点了点头,站起身说道:

"好。一郎左卫门,干得好!"

一郎左沉默着低下了头。村重高声呼喊下人,一名近侍打开拉门,村重命他将珍藏的美浓打刀拿来。没过一会儿,近侍回来了。村重伸手取刀,直接递给一郎左,说道:

"赏你的,拿去吧。"

一郎左的脸色陡然涨红。

"这实在……属下枉受殊荣。"

村重以强硬的口气命令道：

"我叫人准备房间和洗澡水，你今晚住下吧。"

一郎左稍显惊讶，但没有多嘴询问缘由。

"属下明白。"

说着，拜伏在地。

5

同一天，村重分别向铃木孙六和高山大虑派遣使者。使者向他们传达村重的指令，让他们各带二十个人于傍晚时分去村重的宅邸赴宴。铃木孙六没有流露出任何厌恶的神情，一副"既然命令我去，那我就去"的态度，二话不说，挑选了二十个人。

高山大虑那边却不怎么干脆。高槻众不是村重的家臣，没有立刻执行村重的命令。

"大人，他们该不会是怀疑我等而骗您入城吧？"

有人这样对高山大虑说道。大虑一副无法理解的表情，摇头道：

"如果是那样，为何让我带兵？不管如何，我不能拒绝摄津守大人的召见。"

于是，黄昏时分，杂贺众和高槻众各带二十名精兵进入本曲轮。大摆筵席意味着要开战了，所有人都披上铠甲，渡过壕沟上的桥梁，敲响了大门。开门迎接的是郡十右卫门。

"烦劳各位了，请随我来。"

有身份的登堂入室，身份低微的留在庭院中，主将与村重同座。侍女们送来酒菜，众人大快朵颐起来。

夜色渐深，村重下令关上本曲轮的大门。关门声传入兵士的耳中，一些人立刻面露不安，但大多数仍沉醉于久违的美酒佳肴。以村重为中心的这场宴席上，不时有人大笑。少顷，待众人酒足饭饱，村重让所有兵将集中在庭院里，缓缓开口道：

"今晚夜袭，目标是城东敌营，敌方大将是大津传十郎长昌。高槻众高山大虑及杂贺众铃木孙六为此次夜袭行动的大将。我也会率御前侍卫同往。铁炮或长枪等一切兵器，如有不足，诸位可从兵器库中自取。如有人心生胆怯，想留下也无妨。月悬中天之际，就是我等出城之时。愿人人奋勇，取大津首级。"

这道出人意料的命令顿时令兵将哗然。高山大虑涨红了脸说道：

"摄津守大人亲自出阵，太危险了，请三思。"

但村重表情松弛地说道：

"没事，手痒罢了。"

御前侍卫们不知不觉地聚在了宅邸周围。既然已经知道他们也是为夜袭而来，众士兵心中已打消疑惧。

村重下令，杂贺众和高槻众就在天守阁作战前准备。

夜袭以御前侍卫的太鼓和法螺贝为号，御前侍卫将行军暗号和作战步骤一一告知。有人悄悄地往铠甲缝隙里填稻草，大多数人选择睡一觉。当晚恰逢十三满月，月光璀璨，火把和篝火几乎派不上用场。此刻，受战事鼓动，有冈城本曲轮的空气中甚至氤氲着些微热意。

本曲轮内有一条通往猪名川的小道。

这条小道异常隐蔽，从城外根本看不到。别说杂贺众和高槻众，连村重亲手调教的御前侍卫中都有人不知道。平日里，村重让人从这条小路前往猪名川搬运货物。战争开始后，他关上了出入口。小路两旁堆有巨大的圆石，万一敌人注意到这条路，就用这些石头把道路封死。

夜袭部队从本曲轮出发，村重事先已命人藏了小舟。部队以舟作浮桥渡过猪名川。一旦浮桥有失，夜袭小队无法撤回有冈城，就必死无疑。秋冈四郎介刀法精湛，御前侍卫里无人可出其右。村重把他叫到身边，吩咐道：

"你带两个人把守住这座桥。"

四郎介昂然领命：

"属下誓不辱命。"

御前侍卫先行出城，高槻众和杂贺众陆续跟上。村重身着铠甲，行动受阻，为减轻负担，便将武器交给侍卫。寂静春夜，四下唯有流水潺潺声。芦苇遮蔽了众人的视线，目光所及处尚未有敌军阵营。伊丹一郎左负责领路，他身先士卒地走在队伍前头。

夜袭的动静越小越好，因此马匹不在考虑之列。为了避免铠甲发出碰撞声，腿上的护甲要卷起来打上绳结。扛铁炮的人要把火绳藏起来。为免发出声音，新兵需要衔枚，但今晚夜袭的部队都是精锐，因而不需要这东西了。连同御前侍卫共七十人在淤泥中缓慢前行。尽管人不多，然而踩踏泥土的脚步声、呼吸声和拨开苇丛的声响在静夜里显得出奇之大。苇丛前端隐隐有光亮，似是敌军燃起的篝火。

在泥泞中走多远了？村重忽然转头，有冈城的庞然之躯躺在皓月下，那一端的篝火看上去很美。他推测自己和城池的距离，心想敌营应该就在眼前。这时，走在前头的一郎左停下脚步。村重走近问道：

"怎么了？"

一郎左压低声音回答道：

"前方苇丛稀疏，容属下先去探查。"

"是吗？但一郎左你不能去。"

村重看了一圈身旁的兵士，视线落在郡十右卫门身上。

"十右卫门，听到了吗？去吧。"

"是。"

十右卫门小声答应。为免发出声响，他脱下头盔交给同袍。十右卫门拨开苇草，迅速消失了在黑暗里。夜袭部队屏息静气，原地等待。众人尚未等到心焦，苇草已再次摇晃，十右卫门回来了。

"前方苇丛稀疏处再稍远一点儿就是敌营所在。营外有两名铠甲武士，似乎没有留意这边的动静。"

"好。"

村重把铃木孙六和高山大虑叫到跟前。这二人多少显得有些紧张，村重对二人小声说道：

"接下来，先射死敌营外的两名武士。万一射偏，就赶在敌人察觉到夜袭前冲上去斩杀他们。像事先安排的那样，高槻众攻右侧，杂贺众攻左侧，我押后负责调度。太鼓敲两下就进攻，法螺贝吹长音就撤退。你们冲上去时，如果听到法螺贝，就代表敌人有防备，你们就迅速撤退。"

孙六和大虑异口同声地应道：

"好，开始吧！"

说完，二人退下。村重又叫来十右卫门，说道：

"我们到前头能看到敌人的位置去。"

十右卫门回道：

"是，此处即是。"

说着走上前。村重叫上捧着自己弓箭的小厮、太鼓兵、法螺贝兵及两名持弓御前侍卫。他们拨开苇草，踏过泥泞后，眼前瞬间开阔，生起篝火的敌营就在前方。距村重数十步之遥处，两名武士站在月光下，皆身披铠甲，但右侧的武士未戴头盔。村重猜测站在左侧的是有身份的武士，没戴头盔的要么是小厮要么是守夜足轻。敌人一边聊天一边盯着有冈城，完全没察觉村重一行的气息。村重唤来小厮，拿过弓箭，脱下自己的头盔递给他。选用弓箭而不是铁炮当然是为了不发出声音，脱下头盔则是为了避免头盔的护颈甲片妨碍拉满弓的手。

两名持弓御前侍卫并排站在村重身旁。

"我射右边的，你们俩射左边的。"

下完指令，村重张弓搭箭。

村重的眼睛已习惯黑夜。皎洁的月光下，不但敌人的脸清晰可见，他甚至能看清对方的五官。那人还很年轻，端正的长相此时扭曲得厉害，是在说什么吗？微风吹拂苇草，"沙——沙——沙——"村重拉满弦。

村重在心中祈祷。南无……此箭必中。

一片云遮住了月亮。那人若有所思，忽然转头。他的目光捕捉到村重的一刹那，村重松开手指。

箭射中他的眉心。他在死前的一瞬确实看到了村重，刚欲张口叫喊就倒在了泥地里。

紧跟着，侍卫们朝左侧射出两箭，一箭未射中，一箭射入武士的肩膀。武士瞬间睁大眼睛，跪在地上想扶起刚刚倒地的那个，同时张大嘴巴大喊：

"喂……"

叫喊声并没有持续太长，因为村重的第二箭穿进了他的背，御前侍卫的箭则贯穿了他的腿。武士立刻失去了叫喊的气力，无声地朝阵营方向冲去。村重瞄准他的背影，搭上第三支箭，使出全力拉弓却没有放箭，因为目标已没入黑暗，完全看不见了。不管是小厮还是足轻，杀掉的总归是无名之辈，反被武士逃了。村重不免有些懊恼。夜袭行动也暴露了。村重一时陷入踌躇——逃走的武士很快会去报告，他们需要多久能作好战斗准备？

但他立刻走出迷惘。

"敲两下太鼓！"

太鼓兵得令，立马敲鼓。响彻苇丛的鼓声打破了静夜。苇草齐齐摇摆，是杂贺众和高槻众冲了出来。村重深吸一口气，高声喝道：

"战吼喊起来！"

周围霎时间响起一片呐喊声。御前侍卫围到村重身边，其余兵士则冲上前破坏敌营栅栏。随着一发铁炮划破静谧的夜空，夜袭部队开始朝敌营射击，弹如雹落，矢如雨下。

不多时，栅栏就被手斧或木槌破坏，士兵从缺口处拥进去。夜袭时，每一刻都很珍贵，不能浪费时间去割杂役喽啰的脑袋。众将争先恐后地砍杀敌兵，放着眼前的脑袋不顾，立刻转身去砍杀下一个敌人。铁炮声、呐喊声、悲鸣声在黑夜里此起彼伏，敌军阵脚大乱。村重双臂交抱站在营外，一言不发地注视这场战斗。

突然，阵中篝火前跳出一个黑色人影，这人戴着头盔，却只穿着兜裆布，肩扛武士刀，一副窘相，乍看似乎要向后逃跑，忽又转身向前朝村重这边飞奔过来。御前侍卫架起长枪和铁炮，更有人张弓搭箭瞄准了这个男人。男人察觉到自己成了靶子，表情一下子扭曲了。他张开双

手,高声嚷道:

"我乃大津家臣堀弥太郎。看诸位这架势,想来定是武士,夜袭大将在此!乞请尊驾首级一用!"

说完便矮身向村重冲来。铁炮与弓箭齐放,但不可思议的是,这些老练的御前侍卫竟无一人命中他。弥太郎边嚷边跑,转眼距离村重仅七步、六步、五步……一名侍卫丢下铁炮,抽刀出鞘,挡在弥太郎和村重之间,是伊丹一郎左。

村重也伸手至腰间拔刀。他所收藏的名刀乡义弘还在宅邸,此刻佩带的是一把以钝刀闻名的奈良刀。刀锋远不及名匠打造的乡义弘,但便宜、多产,可以毫无顾虑地在战场上挥舞,所以村重选了这把打刀。村重缓缓拔刀,月光照亮未刻铭文的苍白刀刃。

伊丹一郎左大喊:"小子!"不断挺刀刺向对方。其中一刀刺中了弥太郎的右肩,弥太郎换左手持刀,"唰"地对准一郎左的喉咙使出快如闪电的一招。他的刀出乎意料地锐利,尽管一郎左用刀尖护住脖颈,对手的刀锋仍切中了他的脖子。血雾飞溅。

"可恶!"

众侍卫勃然大怒,刀枪齐发,可弥太郎漂亮地一一躲闪过去,转瞬间,他已冲到村重眼前。明知手中是一把钝刀,村重仍沉着地挥刀下劈。左右侍卫逼近,弥太郎再无闪转腾挪的余地,只得举刀硬接村重这一击。月光下,火星四溅。

"唔!"

弥太郎难挡村重的臂力,虎口一震,手中刀掉落在地。他正捂着被震麻的手臂,周身已被刀刃与枪尖戳中。弥太郎喉头发出"咕"的一声,瘫倒在地。他的头盔下颚系带松开,骨碌碌地在泥地里打滚。一名御前侍卫迅速砍下他的头颅。村重瞥了一眼弥太郎沾满泥污的的头盔,再转眼看向倒地的一郎左。

一息尚存的一郎左紧抿嘴角,试图阻挡已然逼近的死亡。村重俯视一郎左,说道:

"你做得很棒,一郎左。"

一郎左微微点头,将颤抖的手伸入怀中。鲜血淋漓的手指抓住的正是村重在天守阁写给他的文书,那份承诺照顾一郎左子嗣的文书。村重见状,重重点头道:

"好,放心吧。"

一郎左眼中似有光芒闪过,嘴角浮现一丝笑容,接着再也不动了。

"主公,该传令了。"

说话的是郡十右卫门。十右卫门伸手一指,村重顺着方向看去。明月照耀下,有冈城本曲轮里有人举着火把在比画圆形,是瞭望楼上的兵士在告知敌军正朝大津军营赶来。村重立刻下令:

"吹法螺贝。"

负责法螺贝的人马上吹起长之又长的螺声。当然,战斗不可能在法螺贝响起的一瞬间立刻停止,但铁炮声已越来越少，呐喊声也越来越小。不一会儿，铃木孙六和高山大虑回来了。孙六的脸颊沾满血迹，大虑的臂甲插着箭。

"织田援军就要到了。撤兵！"

"是。"

二人低头从命，各自召集队伍。十右卫门将伊丹一郎左的发髻剪下，随后根据事先的筹划安排殿后。夜袭部队有条不紊地向有冈城撤退，背后是遍地尸体的大津军营。月挂西梢，离破晓还很早。

6

一场胜仗。大津阵中狼狈至极，荒木军尽其所能地攫取了军功。夜袭部队在宅邸庭院集合，村重站在走廊上高声欢呼，兵士们也应声庆贺胜利。每个人的脸上都沾满血污，没有一个人感到丝毫疲倦。但今晚还不能就这样结束。

武士就是靠立功来换取名声和土地的。每打完一仗，就得立刻核实何人立下了何等功劳。在本曲轮盛放的樱花下，留守宅邸的御前侍卫早已布置好专门用来检视首级的帷幄。

杂兵、足轻的脑袋砍再多，都不算立功；如果敌方大将是被弓箭或铁炮所杀，由于发射炮弹和箭矢的人极难判断，想靠弓箭、铁炮立功同样很难。想获取战功，最重要的还是率先冲到敌人身边。此外，不管怎样都要拿到敌人的头盔。上好的头盔是武士的象征。砍下戴头盔的首级，方能证明所杀的敌人是有名有姓的将领。

首级要先送到侍女那里，让她们给死人的脸化妆。即使是敌方武士，也要对这些散落在战场的首级给予必要的尊重，有教养的大将都会把他们的脸清洗干净。黎明即将到来时，检视首级的准备工作已就绪。

村重坐在帷幄中央的马扎上，左右两边站着御前侍卫。他们持枪、佩弓是为了提防有敌人的首级因执念附体而飞起来复仇。负责检视首级的捧来第一颗头颅，是一位非常年轻的武士，很漂亮。

东方泛白时，首级检视完毕。

杂贺众拿到的首级，一颗是年老的，一颗是年轻的。高槻众取得的首级，同样是一颗年老的和一颗年轻的。村重心想，伊丹一郎左说大津军不到百人，少说有十位武士，多则十五位也有可能。斩获四颗戴盔首级算是差强人意。

按理说，检视首级需要记录下所斩杀武士的姓名，但很不凑巧，没人认得这些头颅。大津传十郎平时很少上战场，几乎无人知晓他家臣的姓名，更别说相貌。这种情况下，一般会去询问抓获的俘虏，然而这次抓到的俘虏居然是信长从伊丹附近拉来的壮丁，令人无计可施。

"不知道？且饶你一命。"

村重说完，下令释放俘虏，接着在首级账册上写下

"戴盔首级"几个字。他决定等天亮后再问问城中有没有其他人认识大津的家臣。

检视完毕就要开始记录我方死伤及幸存人数。记录文书的人命令受伤者自行出列,然后一一写下何人负何伤。基本为轻伤,而战死者仅伊丹一郎左一人。另外,杂贺众组头下针尚未归来。

一切结束后,村重回到宅邸房间小酌,试图平缓身心,平复情绪。他借着拉门外篝火的光亮,在房内喝味增汤。千代保坐在村重身旁,她也彻夜未眠。

"为了一郎左的事过意不去,是吗?"

千代保冷静地问道。村重呢喃道:

"是啊。他是为我而死。"

"妾身听说杀死一郎左的是个赤身武士。"

赤身即未穿铠甲。村重不作声,点了点头。千代保双目低垂,说道:

"不知为何,妾身想起长岛之事。"

"长岛?你当时也在场?"

"是的,历历在目。"

村重手中的酒杯稍倾。

五年前,在与尾张国毗邻的伊势国长岛,尸横遍野。负隅顽抗的一向宗门徒在长岛城与织田展开了旷日持久的战斗。那一年,他们决定开城投降。但人数众多的一向宗门徒驾船出城后,信长突然下令开炮,遂血流成河。受信长欺骗的一向宗门徒义愤填膺,其中数百名人不着铠甲、赤身裸体地朝信长主阵营发动敢死突袭。包括信长的兄弟在内，不少织田家臣死于这番突袭。织田军竟挡不住没穿铠甲的兵士。

千代保的父亲当时效力于大阪本愿寺，本愿寺命他前往长岛城。千代保随父亲一道入城时，目睹了赤身武士们的那场突袭。

"那向死而生的狂态着实印刻在妾身心中。"

"的确。没有比死士更恐怖的存在。"

村重当然深知这一点，才没有选择包围大津军营。只要留下一条逃生路，士卒就会在第一时间想逃跑，不会触发决死的觉悟。出现在村重眼前的那个武士却陷入了决死状态，一郎左真是不走运。村重不会跟千代保聊这些想法。现在不管说什么，都像是逃避的借口。

"一郎左是个了不起的武士。"

"确实是了不起的武士。"

御前侍卫负责保护村重，时常出入宅邸，千代保与他们中的大多数有接触。既然是战争，有人死是正常的，可这不代表处于战争中的人能摒弃爱憎别离等情绪。村重心想，千代保向自己道贺的同时，肯定也在为一郎左心痛。

拉门外，有铠甲的响动声。

"属下有事禀报。"

是郡十右卫门的声音。

"何事？"

"杂贺众的下针回来了，属下觉得有必要通报主公。"

"知道了。"

村重放下酒杯,站起身。千代保低头行礼,送村重出屋。

下针躺在置于庭院的门板上,他肩膀上裹着的布渗出血。杂贺众、高槻众及御前侍卫都远远地围在边上。下针看到村重现身于走廊,挣扎着想起身。村重说了句"不必起身",下针又躺下,打起精神说:

"小人一时疏忽,真不能用铁炮肉搏啊。"

下针说着笑了。

铃木孙六单膝跪在下针身边,苦大仇深的表情和往常一样。他瞪了下针一眼说道:

"有人看到这家伙冲进了敌军阵营,用铁炮击杀了一员武将,跟着就被边上的人砍了一刀。这个没脑子的家伙当场就昏了过去,幸好小命没丢。请您饶恕他迟归之过。"

村重点头道:

"我明白了。下针,干得好。"

听了这话,下针正色道:

"能得到您的亲口褒扬,小人感激不尽。"

"你是有什么话想说?"

"说到这个嘛……"

下针的表情因伤痛而扭曲着,费力说道:

"小人醒来时,敌营已乱成蜂窝。小人担心被敌人察觉，就潜身钻进了苇丛。藏身期间，小人听到敌人的交谈声，随后听到了大将被杀的说法。"

此话一出，在场众人发出雷鸣般的欢呼。村重的粗眉毛不自觉地陡然一挑。

"什么？"

他不禁问道。

"千真万确。小人后来又听到了第二次、第三次一模一样的说法。而且听说后来指挥士兵拔寨撤退的是一员老将。"

大将多半指大津传十郎。此番夜袭斩杀大津，是远超预期的大胜。指挥撤退的老将恐怕是代行大津职务。村重马上传唤十右卫门。十右卫门连忙跑上前跪在村重身边。村重命道：

"你听到了？快去敌营打探。"

十右卫门脸上看不出刚刚彻夜作战的疲倦，神情昂扬振奋。

"属下遵命。"

说完冲了出去。

村重让人把下针抬进天守阁好生休养。留在原地的其他兵士不断交头接耳。

"这是真的？"

"我们真的斩杀了敌方大将？"

"但带回来的有四颗头颅。"

"大津大人还很年轻，其中两个脑袋明显年老。"

"也就是说……"

村重所考虑的和他们所谈论的并无二致。年轻武士的首级有两个，一颗是杂贺众拿到的，一颗是高槻众拿到的。假如此番夜袭真的斩杀了大津传十郎，到底哪颗脑袋才是他的？

到底是哪个？此等大功究竟属于高槻众还是杂贺众？

首级正摆在方才检视首级的帷帐后。村重的目光不禁被吸引过去，在场的将士们也转脸去看帷帐。天刚破晓，残月映照着那道帷帐。

7

漫长的一夜过去了。

本曲轮正门大开，夜袭部队已离开，返回各自的住所。喂马、打扫的仆人小厮走进来。

村重独自在帷幄中注视着首级。传说敌人的头颅会突然飞起来咬人，但村重不信。

当然，村重不否认死者的怨恨会在世间造成灾厄。他也会害怕诸如诅咒或冥罚之类的事。可他自懂事以来就活在战争中，被死人的头颅包围着。他见过几千个脑袋，没见过一个是飞起来咬人的。头颅会飞这种事，此刻的他无论如何不信。

先排除两颗年老的，他们也许是声名显赫的武士，但不可能是大津传十郎。只需考虑两个年轻的头颅。杂贺众取得的那个面朝地，瓜子脸，薄唇，细眉，高鼻梁。高槻众取得的那个双目朝天，脸颊胖胖的，厚嘴唇，粗眉毛，大鼻子，短脖。两个人看上去年龄相仿。信长喜欢挑选美少年侍候左右，根据这一点，杂贺众取得的瓜子脸更符合外貌要求；但大津传十郎是能独立作战的统兵武将，根据这一点，高槻众取得的那个短脖子生前也许更符合武士应有的体格。

他们在临死前都作好了心理准备，表情都可以说是平静的。他们都留有稀疏的胡须，毫无疑问，是男性的头颅。究竟哪个才是大津？村重凝神注视着。

郡十右卫门还没回来。村重决定暂回宅邸小睡片刻。

村重做了个梦。

他梦到自己待在小船上，千代保也在。定睛一看，同船的还有铃木孙六、高山大虑、郡十右卫门及伊丹一郎左。小船从伊势长岛城向外驶出——和织田休战后，村重一行正要驾船逃往安全地带。

"真是艰难的一战啊！总算停战了。"

堀弥太郎站在船头笑道。小船驶入大海，不知要漂向何方。村重环视周围，发现有数十艘、数百艘小船从城内驶出，他不禁心下暗叫：这可不成！信长绝不会放过城内士卒。不管有多少人作保证，不管写了多少份誓约文书，信长一定会杀了我们。这一点，村重再清楚不过了。

果然不出所料。伴随着波涛声，铁炮部队同时开炮了。不经意间，太阳已落山。火绳枪的闪光如萤火虫般摇曳。指挥铁炮的是大津传十郎。村重极想看清大津的长相，于是从船上纵身跃出，但就是看不清那张脸。不知怎的，他却能清楚地看见大津在微笑。

铁炮齐射，大海顷刻间化为阿鼻地狱①。十右卫门胸膛上开了个洞，倒下了；一郎左脖颈处鲜血如泉涌，倒下了；堀弥太郎不知何时浑身被刀枪刺穿，仍一边笑一边划船。村重担心千代保的安危，转头回望。千代保正坐在船中央，沐浴在数十发弹丸的火光下，微笑着说：

"不知为何，妾身想起长岛之事。"

城池在燃烧。村重仔细一看，那哪里是长岛城，岂不正是摄津国伊丹有冈城？一颗大笑着的头颅从燃烧的城池中飞出来。铃木孙六手攥念珠，高山大虑握着十字架，分别声称那颗头颅是自己的功劳。头颅转眼朝村重的喉头扑来。

"主公……主公。"

房间外有近侍的喊声。村重立刻睁开双眼，说道："何事？"

"郡十右卫门大人回来了。"

村重马上清醒过来，梦境一扫而空，起身打开拉门走出去。太阳此时还停驻在正东方向。

他在大厅里会见十右卫门。和昨天的伊丹一郎左相

---

① 佛教八大地狱之一，又称无间地狱。

似，十右卫门同样满身泥污。一郎左是为了化装成军役，十右卫门身披铠甲竟也弄得如此风尘仆仆。村重挑眉问道：

"怎么这副模样？"

十右卫门平伏行礼道：

"万分抱歉。属下不巧遭遇了劫掠武士的宵小之辈，不得已交了手。砍翻三人后，他们呼喊同伙，属下只好藏身于莽丛。"

"原来如此。"

劫掠阵亡武士的歹徒会把尸体身上的铠甲剥下换取钱财。无论在哪里，只要战斗结束，就会出现这种人。不过如果大津军营还在，就没有人敢去劫掠，更不敢去袭击十右卫门。听了十右卫门的话，村重已摸清了一大半。

"敌营情况如何？"

"如下针所言，敌人已拔寨撤离。现场残留了不少武具、军粮，显然撤退得非常匆忙。"

"大津呢？"

"属下抓住一个盗取军粮的脚夫，从他那里确认，大津军确实因大将阵亡而发生骚乱，匆匆撤兵的。"

村重曾怀疑下针是为了洗脱逃兵的罪名而编造故事，如今这份疑虑被十右卫门的探报彻底打消。此番夜袭斩杀大津传十郎已确凿无疑。

"好！"

村重刚打算下令，忽然想到十右卫门或许打探到了大津的长相，又道：

"十右卫门，随我来。"他穿上近侍准备的草鞋走下庭院，一边朝樱花下那道帷幄走去一边问道，"大津的头颅和其他头颅有何区别？"

十右卫门立刻明白了这个问题的分量，慎重回答道：

"这个嘛，属下只听说大津乃前右府的宠臣，不知道他的长相。但他既为领兵大将，头盔及铠甲必定很贵重。"

"唔，头盔吗？"

竟然没想到通过头盔的优劣来判断，村重略感羞耻。看来，彻夜作战后检视首级，让他的头脑变迟钝了。

村重检视首级时并没有看到头盔。作为战利品，头盔应该在杂贺众和高槻众的某个人手中。村重本想让十右卫门去令他们把头盔呈上来，但稍加思索后又作罢。十右卫门从昨夜至今尚未休息片刻，还是叫其他人去吧。

村重走近帷幄，十右卫门将帐幕拉开。台上摆着四颗头颅，皆以后脑勺对着他们，村重说道：

"里面是两个年老武士的头颅。大津是右边的还是左边的，十右卫门，你仔细看看。"

"是。"

君臣二人绕着台子走到四颗脑袋正面。

刚走到一半，郡十右卫门就"啊"地叫出了声。村重不由得瞠目结舌。

村重最后一次看这些头颅时，两个年轻武士的脑袋一切如常。如今，一颗头颅的一只眼却闭上了，另一只眼则恶狠狠地瞪着左边，牙齿更是死死地咬住嘴唇，渗出了血。这颗头颅面部表情之狰狞，令村重这等强人都不禁寒毛直竖。

战争中有各种各样的吉凶之兆。日子也好，食材也好，连落马的姿势都有吉凶之分。敌人首级的表情当然也是如此，安详瞑目的首级是吉相。十右卫门凝视着这颗表情诡异的头颅，以颤抖的声音说道：

"主公，这……这颗头颅……是大凶之兆啊！"

村重眼前的头颅仿佛正在冷笑。

8

流言不胫而走。待这天的太阳完全升起时，城内的杂兵及百姓都已知晓昨夜突袭大获全胜这件事。去年腊月斩杀了万见仙千代，如今连大津传十郎的首级都拿下，本该士气大振，然而似乎城内没有人在尽情享受这份快乐，大家都在屏息凝神，静待事态发展。理应获取极大功勋的高槻众和杂贺众神情严肃，闭口不谈昨夜之事。

城内的闹市街头竖立起一块木牌，上面写着招募知晓大津家臣情报的人。御前侍卫里有人进言，说不用竖牌子寻找知情人，直接把大津的首级在街头示众即可。此言遭村重严厉驳斥。让一个可能是无冤无仇更无罪的武士遭受首级被示众这等侮辱，不是村重所希望的。

没过多久,关于凶相的流言也传开了。
——听说那个脑袋很古怪。
——听说大津大人的面相极为扭曲。
——你说得不对,我听说是这样的……
杂兵和平民津津有味、七嘴八舌地私下谈论着。
武将中则流传着关于战功归谁的谣言。村重没有带家臣去夜袭,而是调遣高槻众和杂贺众,这令诸将大为吃惊,有人表露出不满,但也有人细细思索后,点头称赞村重的决定。高槻众在冬天的那场战斗中没能和敌人交手,杂贺众作为援军也没有派上用场。同为武士,不会注意不到这两方的尴尬处境,因此必须让他们获取战功。
——到底是哪一方斩杀了大津?
——想必是高槻众吧,高山大人实乃武士表率。
——不,是杂贺众才对,他们才是精锐。
有人对近乡出身的高槻众抱有好感,也有人对能征善战的杂贺众心怀佩服,两派意见不一,争执不下。城内各处都有人在议论。
村重又睡了一小会儿,起身着手处理军务。首先要处理的是对伊丹一郎左子嗣的安置,他让文官写下文书。其间,他命人去取高槻众和杂贺众缴获的头盔。
他在宅邸的一个房间内检视头盔。两个年老武士头盔颈部的护甲翻边都非常大,极具古风。年轻武士的头盔则有所差异,杂贺众的那个瓜子脸武士的头盔是桃形钵,前端装饰着弦月;高槻众的那个粗脖子武士的头盔是杂贺钵，前端装饰着日轮。虽制式不同，但都是当代风格。

斩杀年老武士的，分别是高槻众的久能土佐守和杂贺众的冈四郎太郎。斩杀年轻武士的，据说是杂贺众的铃木孙六和高槻众的高山大虑。孙六也就罢了，大虑这把年纪，居然能在太刀①对决中获胜并斩夺年轻武士的首级，实在令人难以置信，想来应有家仆相助吧。因只能有一人凭斩夺首级取得功勋，所以仆人把功劳让给了主人，也算是武家惯例。高山大虑提着头颅在名册上写下了自己的名字。

村重捧起两个年轻武士的头盔，翻来覆去，仔细端详。为祈祷武运，武士会在上战场前焚香，给头盔熏香。但这两个头盔上的余香已经完全消失了。

桃形钵和杂贺钵，实难判别哪一个是传十郎长昌之物。依村重的眼光，乍一看似乎桃形钵更好，但杂贺钵才是能工巧匠用心打造的那种。

"主公。"

外头有人说话。

"何事？"

"中西新八郎大人求见。他把认识大津家臣的人带来了。"

"知道了。"

村重把头盔置于地板上，慢吞吞地站起来。

---

① 一种单刃刀，刀身弯曲度较大，长约3尺以上，5尺之下。

新八郎早在庭院里等候着村重，他身边是个上了年纪的足轻，这个人显然因为步入村重宅邸而有些胆战心惊。见村重和两名侍卫出现在走廊上，新八郎马上单膝跪地，足轻也"唰"地趴在地上。村重问道：

"你就是那个认识大津家臣的人？"

"是。"

"你是何人？"

"小人是上腊冢寨的足轻，当过近江浅井家的陪臣，作为使者出使过大津家。"

村重点了点头，高声对足轻说道：

"把头抬起来，准你仰脸答话。你做使者时见过长昌的脸？"

足轻直起身子，后悔似的撇了撇嘴，说道：

"万分抱歉，小人只是对家臣有印象，不知大津大人的长相。"

听他的口气，看来是有人跟他说过知道大津长相就能得到更多赏赐了。

"好吧。"

说着，村重穿上草鞋。

帷帐仍立于樱花树下，那是昨夜检视首级的地方。樱花像昨夜那般在微风下摇曳着鲜明动人的身姿。侍卫走在前头拉开帐幕。

桌台上并排摆放着三颗头颅。因不能让大将看见已呈凶相的头颅，所以事先已把那颗脑袋放入桶中。桌台上是两颗年老武士的和一颗年轻武士的，足轻站在三颗头颅前，凝神注视。

"老人的那个我有印象，名字好像是……"

足轻很费力地说出了两个名字。

"你是在什么场合见到这两个年老武士的？是他们自报姓名的吗？"村重质问足轻。足轻一一作答，支支吾吾，极不流畅。新八郎默不作声，单膝跪地，一副被人骗、挂不住脸面的表情。最后，村重问道：

"那么，浅井家派你去大津家是为了何事？"

足轻被这个问题难住了，一脸词穷。

"这个嘛……"

"怎么了？答不上来吗？"

足轻伏拜在地，双手拍起尘土，答道：

"这一点请恕小人无法坦言。小人如今虽落得卑贱下场，到底曾为武士，前主人命我无论如何都不能把那道命令说出去。万分抱歉。"

新八郎在旁气得直瞪眼，说道：

"你这贱人，快回答主公的问题！"

村重挥手制止新八郎，说道：

"行了。给他赏赐。"

说完，呼来近侍，将事先准备好的碎银交给足轻。足轻再次平伏在地道：

"小人感激不尽。"

"只要立下功劳，就恢复你武士的身份，请振作。"

"是!"

足轻感激万分,高声遵命。村重继续说道:

"你且莫回城寨,退下等候新八郎。"

足轻领命退下。

村重和新八郎站在头颅前。村重缓缓说道:

"新八郎,你还有别的事吧?"

新八郎吓了一跳,随后立马低头道:

"是。"

把认识大津家臣的足轻带到本曲轮是分内事,但作为上腊冢寨守将的新八郎亲自带来就很不寻常了,因此这件事并非足轻被守将带来,而是守将借机而为。村重认为新八郎必有其他要事。新八郎小声说道:

"末将确有他事。主公,不知您听说了没有?"

"什么?"

"士兵都在说,首级发生了异变。检视时还是安详佛相的首级突然变成大凶之相。"

村重没有马上回答。新八郎以为村重沉默是对自己惧怕怪事的蔑视,不由得扯开喉咙说道:

"末将当然知道这都是些不着边际的谬论,可是杂贺众到处说此乃凶兆。"

"凶兆?"

"是。他们说高山大虑大人取得的头颅发生异变,是因为大虑大人信奉南蛮宗。南蛮宗违背佛法,被高山大人斩杀的武士因此无法往生。首级呈凶相是佛罚,是凶兆。

说这种话的不在少数。没有人敢为高槻众说话,南蛮宗信徒处境不妙。"

村重露出苦涩的神情。任何异常,都会被世人判为吉兆或凶兆。虔诚的佛教徒看见下雨会以为是佛祖的恩赐,看见大风会以为是冥罚。但这份虔诚把矛头指向南蛮宗的确不妙。

村重故意逞强地说道:

"真无聊。你也听说首级谣言了?"

新八郎咽了口唾沫,很是迷茫地说道:

"首级如果真的发生变化……不是很奇怪吗?"

"奇怪吗?"

"末将不信佛罚之说,但实在无法忽略此事。"

"唔。"

村重摸着下巴,心想,如果连将领们都无法接受首级发生变化,就不能放任不管了。村重问道:

"新八郎,夜袭的前因后果,你知道吗?"

"知道。"新八郎不假思索地答道,"主公以酒宴为由,召集高槻众与杂贺众的精锐,然后您亲自率御前侍卫,一道在夜半时分出城。众人受到您压阵的鼓舞,大破大津军营。"

"具体作战细节呢?"

"高槻众和杂贺众从两侧夹击,御前侍卫在正面守株待兔。主公您亲自挥刀斩杀出阵的敌方武士。末将就是这么听说的。"

新八郎单膝跪地，熟稔于心似的叙述。村重瞥了他一眼，说道：

"是敌人攻到了我眼前，不是我主动去斩他。如果是我上前斩杀，负责护卫的御前侍卫颜面何在？"

"是……"

新八郎似乎对村重的这番话心生不满。新八郎非常崇拜以武功扬名北摄的摄津守荒木村重。那些关于村重英勇作战的说法让他很是受用。

"关于斩夺首级之功，你又听说了什么？"

村重问道。新八郎惊讶地扬起眉毛说道：

"高槻众和杂贺众各取得两颗首级，两边的大将都获取了功勋……主公何出此言？脑袋不是摆在这儿吗？"

新八郎一边说一边看向樱花树下摆着首级的桌台。村重也看了一眼首级，说道：

"新八郎，既然你只听说了这些，就切勿再提首级异变，否则会令军心生变。"

遭到了意想不到的斥责，新八郎"咔嚓"一下平伏在地。

"是，末将惭愧！"但新八郎缓缓抬头后又不依不饶地追问，"可是主公您并未否定首级异变。属下刚才看到桶里有颗头颅，是否就是呈大凶相的首级？"

"确实，如你所言，正是桶中那颗头颅。"

新八郎貌似难以理解地摇了摇头，说道：

"刚才那个足轻没有看到桶中那颗头颅。再怎么样的大凶相，没准儿那就是大津……主公究竟作何考量，恕末将愚钝。"

"愚钝？"

村重喃喃自语后下令：

"逐一检查夜袭中取得的首级。"

新八郎虽困惑不解，仍扳着手指问道：

"是高槻众取得的年轻武士和年轻武士，还有杂贺众取得的年轻武士与年轻武士吗？"

"还有一个……"

新八郎闻言，不禁"啊"了一声。

"恕末将斗胆，莫非主公指的是御前侍卫取得的那颗头颅？"

"是堀弥太郎。他在夜袭中显得很狼狈，那决死的一击着实厉害。他的头颅如有凶相，并不意外。"

"首级有五个的话，就不难解释了。大虑大人取得的那颗脑袋其实并未发生异变，但有人用堀弥太郎的脑袋掉了包？"

村重点头道：

"小厮们正四下搜寻，那颗头颅应该还在附近。"

村重检视那颗呈大凶之相的头颅时，将领都无法得见。祛除凶厄、供养起来之前，并没有人看守这些头颅。虽说头颅是获取功勋的凭证，但在确定主人身份以前，头颅算不上贵重物品。

有人偷偷拿走了堀弥太郎的头颅,再掩人耳目地和高槻众取得的那颗头颅调换-——这就是为什么首级会发生异变。看到原本呈吉相的头颅变成凶相的一瞬间,村重和郡十右卫门都吓得忘了呼吸。那人是指望着村重因这番异变就把首级丢弃,还是想靠这件事来散布凶兆、佛罚的流言?村重还没看透。

新八郎嘟囔道:

"那……调换首级的人到底是谁?"

"不知,"村重淡淡地说道,"或许有人嫉妒他人立下战功。不对,应该没有不嫉妒他人的武士。肯定是有人懊悔于自己未能立下大功,嫉恨他人而滋生邪念,犯下大错。究竟是杂贺众、高槻众还是御前侍卫里的哪个呢?"

新八郎陷入了沉默。未能在战斗中立下寸功,战友却立下了大功,就算得到主君的褒奖,心中也总会留下或大或小的遗憾……新八郎既为武士,当然不会不懂这份心境。村重说道:

"争功也要讲谋略。但做出此等不端行为,一旦查出何人所为,必令其自裁,绝不可放任佛罚谬论流传。新八郎,明白了吗?去告诉士卒,首级没有发生异变。"

"是!"

新八郎高声应答。

不出村重所料,没过多久,就有小厮在本曲轮的某个角落发现了头颅。那颗头颅被放入桶中,藏在离天守阁不远的草丛中。经检视，正是昨夜高山大虑送来的首级。

村重马上叫人去找那个认识大津家臣的足轻，问他对这颗头颅是否有印象。足轻不胜惋惜地回答"不认识"。

太阳逐渐升高。村重万万没想到，等不到一个认识大津传十郎的人。

9

今日军议的时间还没有确定。如军议每天都在固定时间举行，就会导致将领在固定时间离开岗位。因此意味着召开军议的太鼓时而在早晨时而在傍晚响起。

村重命人唤来荒木久左卫门，指示道：

"今日军议由你代为主持。"

久左卫门正坐答道"属下明白"。村重事务繁忙，时常需要由他人代理主持军议。这一直是久左卫门的任务，他答应得干脆，随后问道：

"主公要去何处？"

"我有要事。"

"是关于首级吗？"

"嗯。"

那五颗首级，已弄清三个人的身份，都不是大津传十郎。看来大虑和孙六所取的首级里必有一个是大津。城内如今分为支持高槻众和支持杂贺众的两拨人，整日唇枪舌剑，争论不休。目前虽停留在闲聊、调侃的程度，但如果关于南蛮宗的恶意炒作持续发酵,终将导致将士不和,那就不是开玩笑了。判明到底是谁立下大功,此事刻不容缓。

"主公,您有何打算?属下听说首级早已检视完毕,事到如今,总不能再查一遍吧?"

村重默然。

从头颅能得到的线索就这么多。无论再怎么仔细检查,想必也查不出什么。正如久左卫门所言,首级已经检视完毕。当时还不知大津传十郎已死,因此只记录了是谁砍了第一刀以及是谁协助。如今如果再次向高槻众和杂贺众询问细节,他们肯定会认为村重怀疑战功的真实性,这对武士来说等同于侮辱。

武士是无法容忍侮辱的。被侮辱,就拔刀雪耻。有的武士对侮辱自己的主君挥刀,更多的武士则选择引刀自戮。不管哪一种情况,侮辱导致流血是必然的。高槻众的首领高山大虑绝对是那种会拔刀的武士。至于铃木孙六,在杂贺众跟前总不能保持沉默。若遭侮辱而毫无表示,他就会被手下人视为胆小鬼,颜面尽失,从此再无资格统领部队。不过,经过再三思索,村重心想,只要能让他俩保住面子,不是不可以和大虑和孙六谈谈。

"必须跟他们单独会面。"

村重自言自语。久左卫门问道:

"这可不是件容易事。如果是家臣,还可以轻易传唤,但高山大人并非家臣。"

村重喃喃道：

"我有一计。"

"哦？"

久左卫门一时语塞，接着单膝跪地，笑道：

"果然是主公。何计？"

村重不语，低头陷入沉思，仿佛忘了久左卫门的存在，就这么走开了。

原本，村重就鲜少向他人袒露自己的想法。背叛织田也好，攻打伊丹家也好，流放主公池田胜正也好，村重从不曾向身边人透露过心事。但战友和家臣得知了他的决定，总会异口同声地赞成。因此村重如此不告而别并未令久左卫门感到过于惊讶。但有那么一刹那，在久左卫门的眼中，村重庞大的身体变小了。

"主公……"

听到久左卫门的声音，村重才恍如刚看到他的身影似的，抬起头来。

"久左卫门，军议上，别作任何决定。退下吧。"

"是。"

久左卫门行完礼，起身离开了房间。午时将至。

有冈城内有竹林和树林。作战时若缺乏竹材或木材，可以就地取材，这也是幅员辽阔的城池所拥有的一大优势。离本曲轮不远处，就有一小片禁止军民随意砍伐的竹林。

竹林中有一条蜿蜒小道，老将高山大虑此刻正走在这条小路上。道路前方有座小庵，小庵走廊外摆着用来放置草鞋的石头。两扇薄薄的拉门内隐约有个人影。大虑在门外停下脚步，庵内传来声音。

"进来吧。"

是村重的声音。大虑遵命，踏上走廊打开拉门。

这是铺有榻榻米的四叠半房间。三面墙壁都贴着墙纸，剩下的一面是大虑打开的拉门。墙纸未着点墨，仅白纸一张。地上挖有地炉，天花板下吊着一口锅，锅里的沸水正在翻腾。

这个房间是村重的茶室。装饰风格为绍鸥流[①]，打造到一半，城里就开始坚守不出了，但村重依旧对这间茶室十分用心。

"摄津守大人召我来此，不胜荣幸。"

大虑双拳抵地说道。村重回道：

"不必拘礼，先喝一杯吧。"

但大虑没有应声，窥视左右，他在观察此处是否还藏着什么人。大虑对茶道毫无兴趣，但他至少看得出来，这茶是由专通此道的茶人所泡，而此处并无第三者。正当大虑纳闷着这道茶究竟出自何人之手，村重伸手拿起了茶壶和茶碗，大虑不禁出声：

"摄津守大人，这怎么敢当！"

[①] 茶道流派之一，由武野绍鸥创立。

村重取下茶壶盖,说道:
"不必大惊小怪。此处只有你我一主一客而已。"
若是平民备的茶也就罢了,但由村重这般高贵的主人亲手备茶,这大大出乎大虑的意料。村重的神态、动作没有显露出丝毫古怪,他豁达、潇洒地泡着茶。看到大虑满脸困惑,村重微笑道:
"点茶人岂非蛇足?这句话不是我原创,乃茶道千宗易的名言。"
与其吩咐点茶人,不如主人亲手泡茶,这就是最新的茶道。高山大虑年纪大了,对这种新潮流不免心生抵触。但心中疑窦获得解答,大虑确实放松了不少。
村重是大虑的恩人。大虑曾是和田家的家臣,和田家在战争中失去了家督,衰落的和田家一度极其忌惮高山家,几乎到了敌视的地步。大虑担忧主君不知何时会对自己动手,心想与其被动不如主动,便举兵叛乱。和田家当时的家督果然没料到大虑会先动手。大虑的儿子高山右近在这场战斗中身受重伤。那道颈伤让所有人都以为他必死无疑,不料他竟然活了下来,令全军震惊。
四面楚歌之际,大虑决定向外求援,响应他的是村重。客观来说,兵强马壮的村重当时帮他的真正目的是将和田家取而代之。但无论如何,对大虑来说,村重都是大恩人。
除了这份恩情,两人的身份也有高下。大虑从未实际掌控飞驒,更从未被朝廷正式任命为飞驒守,只是自称罢了。村重不仅被朝廷任命为摄津守,而且拥有实权。从各种意义上来看,村重单独召见对谈,是大虑做梦都未想过的事。

此时此刻,在这间四叠半的茶室中,在等待村重为他泡茶时,大虑的的确确感到了快乐。不知为何,大虑想到了年少时凭一杆长枪行走天下的日子。

喝罢茶,大虑开口道:

"多谢大人赐茶。"

村重点头道:

"茶乃好物。只有品茶时方可摘下头盔。"

大虑惊讶地问道:

"头盔?"

"嗯。"

村重仅说了一句。大虑虽不懂茶,却听懂了。大虑常年戴着高山家家督和高槻城城主的头盔。村重的头盔上也刻着荒木家家督和摄津守的铭文。以有冈城为首,荒木军在尼崎城、三田城等众多城池都进入了坚守不出状态。压力有多沉重,实在难以估量。

村重忽然问道:

"右近伤势如何?我听说他的颈伤已痊愈了。"

"劳您费心了。犬子愚蠢,但运气出奇地好……真是个不知羞的蠢儿子。"

大虑一边说,一边深深低头。

"摄津守大人,右近所为叫人无话可说,老夫惭愧之至。摄津守大人您救了那小子的性命，他本该舍命尽忠，居然一箭未发便开城投降！"

大虑还在提高山右近在高槻城开场投向织田一事。村重说道：

"我听说信长派传教士去劝降，说如果不开城就杀光南蛮宗，是这样吗？"

"是。但既为武士，怎能在武门和宗门之间选择效忠宗门？"

村重挑眉道：

"你也是南蛮宗信徒，难道不了解右近的心思？"

"恕老夫难以理解，"大虑斩钉截铁地回答道，"武士求神拜佛是为了武门荣耀，不光是上帝。八幡大菩萨、诹访大明神、摩利支天、毗沙门天……只要是能庇佑战事的神明，老夫都拜过。摄津守大人不会不知道吧？"

战争就是看运气，有许多人力不可抗之事。人会死于意外，也会意外生还。是斩获功勋还是战败受辱，说到底都要看运气。活在命运夹缝中的人，有谁能不去求神拜佛？村重心知大虑所言合情合理。无论哪一家的武士都会皈依宗教。

"老夫被传教士维埃拉大人说动了，永禄六年，接受了洗礼，皈依上帝。这片赤诚之心绝无虚假。是升入天堂还是坠入地狱都无所谓，老夫只祈祷铁炮弹丸会避开身体。身为武士，只把心思放在打胜仗上就是。"

摩利支天又称光明天母。光是无法捕捉也无法伤害之物，因此武士拜摩利支天——祈祷自身能像阳光般刀枪不入。村重突然想到，假若没有铁炮这种东西，大虑或许不会皈依南蛮宗吧？铁炮是渡海而来的南蛮人防身之物，是否意味着有南蛮神加持……大虑有这样朴素的信念，村重并非不能理解。

"即便武运不济，战败身死，老夫也要让取我首级之人说一句'不愧是高山'，那才堪称实现武士心愿。所以，为保护南蛮宗而开城投敌这种事实在毫无道理！"

面对口若悬河的大虑，村重淡淡地说道：

"右近想来也有他自己的想法。武门谋反，也有下克上，那么开城投敌或许也不算放弃武门吧。"

"摄津守大人，"大虑含泪低下头，"您是在为犬子辩解吗？感激不尽。但自保元平治以来，父子反目就已屡见不鲜。有朝一日捉到右近，请您至少要让老夫亲手斩了他。"

"我有一个问题，"

村重发出一声叹息后正色道："大虑大人，我有一个难以启齿的问题想请教。"

大虑缓缓摇头道：

"摄津守大人说哪里话，您想问夜袭和首级？"

"不愧是大虑大人，正是。"

"如今城中各处都在议论首级的事，老夫就算想找出第二个话题也找不到啊。"

大虑调整衣冠，正坐说道："您的这份体谅，老夫感念在心。您特意选择在此地商谈，想必是为了顾全我的体面。请问吧。"

"你取得那年轻武士首级的具体经过。"

"是，老夫据实禀告。"大虑行了一礼，开始讲述。

"按摄津守大人的命令，老夫率领高槻众自敌营右侧迂回前进。听到太鼓发出进攻的暗号，我们在弓箭手的掩护下，上前砍栅栏，总算用木槌打破了第一道栅栏，接着，其他栅栏就不费力了。然后，我高呼圣徒名讳冲进去砍杀。大津的人都在睡觉，被夜袭吓得惊慌失措，一个劲儿喊主公，溃不成军。我砍翻了数不清的足轻杂兵，就在此时遇到了个不得了的武士。他哪有时间穿戴铠甲？赤身裸体戴着头盔，挺着一杆长枪朝我冲来。我高槻众里响当当的刚猛人物久能土佐和他交了手。我为求战功，便继续深入敌营。"

大虑谈起战斗就焕发出年轻神采。寂寥的茶室吹来一阵微风。

"老夫也算是久经沙场，但从未经历过似那晚那般顺风顺水的夜袭。除了那个赤身武士，大津兵士几乎一看到我们就大叫着仓皇逃窜。人群中出现了个武士，他身着时兴的铠甲，头盔在夜里闪闪生辉，身旁还跟着两个戴斗笠的小厮，也可能是足轻。我与他四目交会之际不禁骂道：'黄毛小儿，欲取老夫项上人头否？'跟着我俩就各自拔刀。只要老夫手中有枪，面对拿刀的敌手，就算再长几岁也无所畏惧。我命左右挡住杂兵,架好长枪,以逸待劳。突然不知从哪儿飞来一支流矢,击中了对手的头盔。"

讲得兴起,大虑嘴角忍不住上扬,声音也越发洪亮。

"他吓了一跳。这个年轻武士不知是粗心大意还是过于匆忙,连护颈都没戴。老夫一枪刺穿了他的喉咙。夜袭以时机最为紧要,我砍下脑袋正想去找其他敌人,忽然听到法螺贝声,心知战斗到此结束,便提着那个武士的脑袋率兵撤退。"

大虑重重喘了一口气,巧妙作结。

"来龙去脉就是这样。年近花甲,居然毫发无伤地取得战功,没法不让我想到是上帝庇佑老夫啊。"

送走高山大虑,村重独坐在茶室里。

没有茶会,也不需要结算军俸。四周环绕着竹叶随风摇动的声音,村重独自给炉子添上炭火。客人心满意足地回去了。对茶人来说,这是最好的结果。但村重依旧神情严峻。此时没有家臣在场,村重漠然地添着炭火。

远处传来召开军议的太鼓声。

10

铃木孙六到访茶室时,太阳开始西沉。房间里备有烛台,孙六朝烛台看了一眼,心想自己应该不至于要在这儿待到天黑吧。

像往常那样说完礼节性辞令后，村重着手泡茶。对村重亲自泡茶这件事，孙六和高山大虑不同，他毫无讶异之色。他当然不可能知道千宗易提倡的新茶道，只是对茶道没有半点儿了解罢了。村重心下暗道，看来没法靠喝茶让孙六放松情绪了。

村重贵为摄津国国主，身份与纪伊国国人众有天壤之别。孙六被尊卑关系束缚，时刻紧绷着神经。村重会在茶里下毒吗？拉门外是否藏着刺客？……孙六一面保持警惕，一面故作平静。

不过，孙六的注意力还是被村重的行为吸引了。村重的动作看似随意却又刻意，这一刻需要的道具在何处、下一步又要用什么、身体要如何移动……所有的一切，村重皆了然于心，仿若舞刀弄剑，一举一动间竟无一处破绽。孙六大受震慑，不禁开口道：

"妙极！"

村重停下手中动作，问道：

"何事妙极？"

孙六本不愿和村重谈话，但既然城主发问，就不能不作答。孙六为自己的失言感到些许懊恼，说：

"这……请恕小人无礼。"

"恕你无罪，想什么就说什么。"

"是……那小人就说了。"

孙六不善言辞，稍稍花了些时间打腹稿，说道：

"杂贺的铁炮术向以口传，从塞火药的方法到瞄准的姿势都是口耳相传。把一个个简单环节连在一起就能学会放铁炮了。但言传身教久了，总会在某个环节产生扭曲或出现纰漏，因为学艺不精的人是教不出好活的。"

村重一边听孙六说话，一边继续泡茶。

"小人兄长孙一的技术已臻化境。从站姿到放炮都像口耳相传的那样标准，动作衔接没有分毫停滞，那身影说是优美也不为过。恕小人冒昧，适才摄津守大人的动作和兄长放炮时的模样极为相似……小人方才所想的就是这个。"

村重将泡好的茶递给孙六，说：

"原来如此。"

孙六接过茶碗，侧头看架子上的茶壶，陷入沉默。村重问道：

"怎么了？"

过了好一会儿，孙六才开口：

"寅申。"

村重不由得抖了抖眉毛。

"哦……"

村重收藏了不少茶道名品。茶室里的釜[①]上刻有铭文"小畠"，用来吊住釜的小豆锁乃千宗易所赠，锁上绘有

[①] 日本早期茶具中没有壶嘴和把手的铁壶，需要悬吊起来，用舀子取用。

牧溪①的《远浦归帆图》。孙六所指刻有"寅申"的茶壶更是价值连城的名品。这世上不知有多少人愿花成千上万金银，只求到这间茶室里看上一眼。

"真是小瞧你了，没想到你挺有眼光。"

"不是小人有眼光，"孙六摇头道，"是听过传闻。小人以打仗谋生，靠传闻吃饭……这茶碗也是名品？"

孙六盯着自己手中茶碗，问道。

"那个嘛，"村重笑道，"只是一只简单的备前烧茶碗，但在我的茶具里也算是极上品。你看它的形状是不是极好？"

孙六似乎不解村重为何发笑，但到底喝下了第一口茶。他心想，村重不至于在这间摆满价值连城之物的茶室里杀了自己，再说，想杀的话，多的是简单方法，多半不会选择在茶里下毒。

村重见孙六喝了茶，问道：

"你说你靠传闻吃饭，那么听说过佛罚的传闻吗？"

"如果您指关于首级的传闻，小人确实听过。"

"流言传得真快啊。"

"确实。"

"我听说驻扎在有冈城里的杂贺众都是虔诚的一向宗

---

① 宋末元初中国僧人，擅画山水及写意僧道人物，笔墨淋漓而有禅意。作品多流落于日本，在幕府时代藏品中被归为上上品，备受推崇。句中的《远浦归帆图》真迹据传藏于京都国立博物馆。

信徒。你们害怕佛罚一说吗？"

"这个小人不知。"

"孙六，你害怕吗？"

村重牢牢盯住孙六，他怀疑传言是从杂贺众流出的。检视首级时尚未破晓，首级被掉包是在黎明，日上三竿时，佛罚流言已传得满城风雨。不管怎么说都散布得太快了。莫非是杂贺众为了中伤高槻众而炮制了谣言……心怀疑虑的村重伸手盖上釜。孙六觉察到村重的言下之意却装作没有察觉，低声回答道：

"小人以为是无稽之谈。佛祖不会惩罚世人。"

村重一时无言。孙六低头看着榻榻米，自顾自地继续说道：

"心中有阿弥陀佛的人，佛祖自会伸出援手。只要潜心向佛，佛祖绝不会无视。但若要说佛祖会出于什么特殊缘故而惩罚世人……佛祖会行恶这种想法，恕小人无法苟同。"

村重开口道：

"这真是闻所未闻。这番话跟僧人说的不一样。"

"小人不是僧人。冥罚是否存在，说实话，小人不清楚。像小人这样的下等小兵，不过是扛着长枪铁炮在山野间奔波罢了。死后能留个全尸、能叫人说一句'这就是杂贺孙六，真是个劲敌啊'，就是生平最大愿望了。除此之外，若能得阿弥陀佛庇护，安然往生，便可算是善果了。'前进方得极乐，后退即为地狱'的作战口号令人烦恼，小人我……"孙六轻轻叹了口气,吐出最后半句,"实在不愿把佛祖和战争联系在一起。"

村重也不是僧人。一向宗虽属禅宗,但村重对一向宗的教义知之甚少,一时难以判断孙六所言到底有几分真。不过此刻,他忽然感到一股滑稽的意味,不禁扬起了嘴角。

"大人为何发笑?"

眼力敏锐的孙六问道。村重收敛笑容回答道:

"没什么,想起了茶道。"

孙六听了,一言不发。村重继续说道:

"堺港的千宗易有位弟子名叫宗二。我跟他虽说脾气不合,可他对茶道的理解之深,着实令我望尘莫及。宗二曾作过一首狂歌:'吾之佛,邻之宝,翁与婿,天下军人之善恶。'这首歌是用来警告某些话题不适合拿来连歌[①],那么,茶道是否也……如此呢?"

村重看着自己收藏的名品茶具,转移视线继续说道:

"我对宗二所言颇以为然。对武士来说,一切都是战争。吃睡、佛祖、宝物、翁婿在武士的世界里都是战争。可唯独茶道,我不愿意将它扯入战争……虽然无可避免。你知道我为何召你来吗?"

孙六微微点头,说道:

"想来是为了首级一事?"

[①] 平安时代末期以来的民间娱乐,和歌的余兴节目。

"没错。你和高山,杂贺众和高槻众,究竟是哪一方斩获大功。我身为大将,除了假托茶会之名,再无办法单独找你们谈话……可这样一来,我还是把茶道作为战争工具了。一念及此,而你又说出类似的话语,我不免觉得有点儿滑稽。刚才绝没有嘲笑之意。"

孙六再次默然,但沉默中既无怒意,也无杀气。不多会儿,孙六以双拳抵地,深深俯首道:

"大人如此看重我这卑贱小人,不胜惶恐。小人嘴拙失言,先前一再冒犯大人,万望恕罪。"

"行了。"说着,村重长舒一口气,"铃木孙六,抬起头来。我问你,你究竟如何取得那年轻武士首级的?我想知道详细过程。"

孙六直起了上半身,说道:"既然摄津守大人这么问了……"便开始了讲述。

"杂贺众绕到敌营左侧等待战机,太鼓声响起后,就向敌阵放炮。我们用手斧劈木栅栏,因脚下泥泞不堪,所以多花了时间。冲进敌营前,听到了奇怪的呐喊声,大概是高槻众的声音,我瞬间以为我等落后了,但转念一想,明白那不过是作战前的呐喊。劈倒栅栏前,我命部下保持安静,作好冲进去斩杀的准备。大津的部队被高槻众的呐喊所诱,居然把在这一侧放炮的我等忘记了,所有人几乎都是背对着我们。其中一个就是发现大人您的那名武士。我们悄悄地潜进去,杀了不少足轻杂兵,总算有个人察觉到了我等。就在他想放声大喊提示背后也有敌人时，冈四郎太郎当机立断，一炮击倒他，跟着冲上去刺他。"

孙六的神情全无激动，只是陈述事实。

"小人让部下去料理杂兵，自己深入敌阵，寻找看上去身份高贵的敌人。大津的部队仓皇狼狈，什么都顾不上，完全不知该前进还是后退，都傻站在原地等候将令。这些吓瘫了的武士会被杀掉作为功劳。小人忽地感到一阵悲凉。织田军在天王寺之战中是多么强大，摄津守大人您应该有数。我等杂贺众是抱着要和那样的强者作战的准备而来的，眼前这幅景象难免令我有些沮丧。就在此时，有个年轻武士一言不发地狂奔。"

孙六再次中断叙述，好像试图回忆似的，看了一眼上空。

"对了，他是往阵营前方也就是有冈城方向狂奔，后头跟着两三个小卒，其中一个注意到了小人，便高呼'有敌人'。我放炮击倒了他，其余杂兵惊恐不安地逃开了。尽管只剩下那年轻武士一个人，他也毫无惧色，破口大骂着朝我挺枪突刺。他很勇敢，可惜太嫩了，既不呼喊同伴，枪法也杂乱。小人除了铁炮，只带了打刀。用打刀对付长枪，怎么说都太吃力了。就在小人决心撤退时，那武士一枪刺穿了帷帐，枪尖被布缠住了。小人暗想，这人真是太不走运，当下拔出刀来，一刀把他砍倒。没多久，传来法螺贝声，小人知道战斗已经结束，于是斩下那人的脑袋。"

孙六仿佛看向了远处,眼神放空。

"战争凭运气,那武士真是太嫩了。小人不知斩杀此人算何等功劳,但如若大人您问我他是不是大津传十郎,小人会说是。"

送走铃木孙六,天空从赤红变为夜青色。村重点燃烛台,为自己泡茶。他在脑海中巨细无遗地回想着高山大虑和铃木孙六二人所说的内容。接着,村重在烛光下品茶。归帆图和寅申壶都没于黑暗。月光被竹林遮蔽,连茶室的轮廓都不见了。

11

村重走出竹林茶室。竹叶晃了晃,从竹林里冒出两名武士单膝跪地。是负责护卫的秋冈四郎介和乾助三郎。竹林中有屯兵所,客人从茶室内无法看到。村重饮茶时,他们就在林中等候。当然,一旦发生意外,他们得赶来保护村重,因此在等候时也手握刀柄耳听八方。安排武士护卫是理所应当的,但村重仍感到很不痛快,他头一次体会到,掺杂了战争的茶道竟令人如此痛苦。虽说村重亲自点茶让铃木孙六大为钦佩,可村重自己不免遗憾。

通过这两次茶饮,村重确认了一点:斩杀年轻武士的两人,无论高山大虑还是铃木孙六,都没有自夸杀了大津。但即使他俩没有主动开口,两人各自的拥趸也绝不会像他们的首领那样冷静。这两人心里肯定期盼着自己所杀的就是大津……村重在他们品茶时读出了这份情绪。没有不想要功勋的武士，不是武士也想要。即便如此，大虑和孙六依然没有明说大功该归自己。也就是说，他们都没有自信断言谁是大津。

小厮牵来马匹，村重骑马赶回本曲轮。今夜多云，满月被厚厚的云层遮蔽，显得影影绰绰。经过寂静的武士住所，村重行在护城河的桥上。桥对岸有火把摇动，桥头是本曲轮正门。守门人看到这几个骑马武士，大为诧异。秋冈四郎介高声道：

"主公回来了，快开门。"

门里传来"遵命"的声音，大门却纹丝不动。直到村重越走越近，近到几乎能看清火把下门卫的脸，大门总算开了。大门穿有铁链，沉重、坚固，开闭都要耗费不少时间。等大门完全打开，村重才催马进门。他到宅邸前下马，早有御前侍卫在此等候，跪在地上说：

"报！荒木久左卫门大人已恭候多时。"

"是吗？让他来大厅见我。"

说完，把马交给马夫。

夜已深，宅邸外一片漆黑。在持刀侍卫的陪同下，村重步入大厅，坐在上座。烛光幽暗，他看不清楚久左卫门的脸，但能看清久左卫门此刻平伏在地的身影。

村重开口道：

"辛苦你替我主持军议。"

"是。"

"那么，今日军议如何？"

"没什么大事。"

久左卫门毫不迟疑。回答得过于迅速，村重感到久左卫门话里有话。

"到底出什么事了？"

"这个嘛。"

"但说无妨。"

久左卫门在阴暗里坐直身子说道：

"都是琐事。军议没什么事，只不过诸将果然都很在意功劳的归属，不断有人询问主公如何决定。其中，野村丹后等放言，称此功绝不可能归属南蛮宗信徒，因为他们抛弃了佛法。信仰南蛮宗的将领大为光火，立刻伸手按住刀柄反唇相讥，说不如现在就试试到底谁更为神明庇护。直到池田和泉出面调停，才控制住场面……"

话说到一半，久左卫门低语道：

"丹后大人说那番话，属下认为大有蹊跷。"

"蹊跷？织田吗？"

"主公明鉴。"

争夺功名在武家屡见不鲜。一听说他人取得大功，就诽谤那不是真正的首级；一听说要给他人殿军，就怀疑命令的真实性。这都是常事。但引发这场口舌之争的野村丹后并未参加夜袭，他没必要为一份跟自己八竿子打不着的功劳出言伤人，更何况要冒着与人兵刃相见的危险，这实在太不寻常。久左卫门怀疑野村丹后与织田勾结，故意放言扰乱城内军心。村重心想，这番怀疑不无道理。

不过，野村丹后虽说在战场上刚勇无双，却不是有城府的人。就算织田派奸细教他在军议上演戏，恐怕他也演不好。丹后负责守卫城南的鹈冢寨，杂贺众就驻扎在那里。

"丹后只是偏袒杂贺众罢了。"

村重淡淡地说道。丹后非常体恤下属，因而深受士卒爱戴。以他的性格，偏袒杂贺众不足为奇。每日和杂贺众朝夕相处，共理军务，他早已把杂贺众视为同伴，因而对高槻众出言诘难，这很符合丹后的性格。久左卫门说道：

"属下也这么考虑来着。但放任诸将在军议上互相攻讦，毕竟不大好吧？"

村重没有立即回答。

他心想，野村丹后的言论或许不全是出于偏袒。将士们日复一日地苦等毛利援军，连村重都有点儿焦躁。胜负、生死都系于毛利。把自己的命运交到他人手中，未免有违武士风范。所以人心浮动，情绪越来越紧张。这一切皆拜泷川左近那支箭上的文书所赐。

此时，一场大胜宛若灵丹妙药。夜袭正如村重所料的那样大获全胜，甚至拿下了敌将首级，获取了超出预期的大功。然而，这场大胜又令城中滋生龃龉。难道这就是福兮祸所依……

"上天……"

你不愿站在我这一边吗？村重把后半句话咽回去。这不是能让家臣听见的话。

无论如何，必须处理首级事件。村重通过茶道知晓了那两人斩取首级的来龙去脉，却依旧无法判断到底哪个杀了大津。那场夜袭此时已模糊得仿佛被春色朝霞溶解了。

假如这是一场普通战争，村重可以派遣使者去敌军阵营要求判明首级正身。但凡是有名有姓的武士，想弄清其身份的不仅是斩取首级的一方，对手方也有此要求。那样就能问清楚到底哪个才是大将的头颅。

然而这不是一场普通战争。荒木村重背叛了织田，还杀了信长的两位宠臣。信长想必视他为眼中钉、肉中刺。就算派人去询问首级身份，信长也会斩杀使者。

烛光摇曳。村重的沉默已不言自明，高山和铃木都没有向他邀功。久左卫门在阴影中说道：

"主公，且听属下一言如何？"

村重回过神来，答道：

"说吧。"

"是。"久左卫门行了一礼，忽然挺直腰板道，"属下以为功劳应归杂贺众铃木孙六。"

"理由？"

"请主公容我私下进言。"

村重摆摆手，让拿太刀的侍卫退下。等侍卫走出门外再关好拉门，久左卫门方开口道：

"第一，高山大虑虽为我方盟友，但有少数人记恨着他儿子右近背叛一事，这些人恐不愿看到大虑立下大功。反之，铃木孙六是奉大阪本愿寺之命入城相助的帮手，他们的功劳即本愿寺的功劳，这对我军风评有利。"

让援兵立功，送来援兵的一方也会脸上有光。给本愿寺一点儿好处，对有冈城有百利而无一害。村重摸着下巴，说道：

"继续说。"

"是。其次是野村丹后那番言论。属下认为轻忽不得，此番争功背后也是一向宗与南蛮宗之争，试问城内哪一边的信徒较多呢？"

自然是一向宗的信徒更多。南蛮宗除了高槻众，信徒其实不多。

"就这些？"

"还有第三点。"久左卫门在黑暗中越发低声地说道，"没能拿下大功的一方想必会心怀怨恨。高槻众和杂贺众，让哪一边怀恨会导致更大的影响？主公，请明察。"

杂贺众不单单是他国的国人众，背后的势力还是本愿寺。而另一边的高槻众不过是因不满家督高山右近而来到有冈城，他们没有后台。哪一边更有可能撒下不安的种子？哪一边更容易控制？

荒木久左卫门作为池田家屈指可数的佼佼者，他的话自有一番分量。如果实在弄不清功劳归属，就应当考虑谁更适合取得功劳。久左卫门所言合情合理，村重实难反驳。

久左卫门双拳抵地，平伏行礼道：

"当然，若能弄清楚斩杀大津的究竟是谁，就最好不过了。"

"这不用你说。"

"是。只是……"

村重竭力忍住叹息的冲动，说道：

"你这番忠言可嘉，但我不会采纳。这一仗，高槻和杂贺缺一不可。"

无论舍弃哪一方，对城内兵力都是极大打击。但迟迟弄不清大津首级归属哪一方，昨晚夜袭就等同于失败。久左卫门仍试图进谏：

"请恕属下饶舌，我一切都是为了家督您考虑啊！"

"不必了。退下吧。"

"是。"

久左卫门离开大厅。微弱的烛光里，村重一动不动，枯坐良久。

12

擎着烛台走进卧室，村重翻看首级和伤亡记录账册。

夜袭共取得五颗首级，但不可能只杀了五个人。高山大虑和铃木孙六都说杀了很多足轻。或许大津传十郎也混杂在其中。

可是随着一页一页翻动账册，村重否定了这个想法。所谓功勋，是拼了九死一生才能拿到的。如果有人杀了有名有姓的武士，战斗结束后就没道理不去四处宣扬。夜袭极为顺利，不会发生因战斗紧张而来不及割下头颅的情况。再说，就算没拿到首级，找战友作证也是常有的。账目上连这种记录都没有。

实际记录的只有四颗头颅，果然只可能是在杂贺众和高槻众取得的那四颗之中。也就是说，可能性仅在瘦脸和肥脸之中。

"到底是肥脸还是瘦脸……"

村重轻阖双目，回想两颗脑袋的相貌。是两个年轻武士。大津传十郎理应该很年轻，但到底有多年轻？去年正月，村重前往安土城向信长恭贺新年时，大津传十郎应该在那座城里。城堡之大，近乎荒唐，还有那些耀眼夺目的衣服和吃不尽的山珍海味，还有村重的亲家明智光秀……觥筹交错间醉醺醺的酒话，此刻浮现脑际。羽柴秀吉也在。那个人从村重手上抢走了攻打播磨的美差，但村重居然对他没有任何怨恨。那年正月，没错，那是一个晴天。大津当时在哪里？村重努力回忆着。那天，他在安土城真的没见过那张瘦脸或肥脸吗？

五年前，信长派使者前往东大寺去取名香兰奢待[①]。当时大津在不在场？兰奢待这样的宝物就收藏在正仓院，

[①] 日本香木，历代天皇或将军都曾切取小块赏赐有功者。

据说上一个切取香木的是足利义政公,现在轮到信长了。从正仓院到多闻山城,一路上都安排了人手护送兰奢待,村重也被委以重任。兰奢待收在约六尺长的木匣里。村重在运送长匣途中发自内心地感到恐惧,如背后有数千追兵杀近。兰奢待在六十一种名香里排名第一!护送这段被称作天下奇宝的香木,那段骄傲的回忆,他一辈子也忘不了。那时正值凉爽的三月……对了,差不多就是现在这个时候。那真是无上的殊荣。即便有朝一日我死了,那个天正二年在东大寺奉命接收兰奢待的荒木村重也会在世上留下一笔吧?那个好日子,大津传十郎在场吗?当时有这么一张肥脸或瘦脸吗?

村重猛然睁开双眼。不知不觉中,他竟睡着了。

半梦半醒时,烛台的火似乎燃尽,卧室陷入彻底的黑暗……不,仍有一点光亮从外头透过拉门照入房间。想来是夜间照明的篝火。

不,不对。村重心道。他感到有什么不对劲,正欲唤人,突然有人说话:

"主公。"

这声音是御前侍卫秋冈四郎介,他的语气非常紧张。

"何事?"

"起火了。"

村重慢慢站起来,说道:

"何处起火?敌军?"

"属下不知。郡十右卫门大人已赶去察看。"

村重早已习惯黑暗，提刀在手，打开拉门。今夜多云，不见月光，但他看到南边发出微微的亮光。警惕敌人纵火固然重要，但即使只是意外起火，也是大事，因为城内藏有足够坚守一个月的炮弹、火药等军需品。村重曾严令家臣，不管发现多么小的火情，都要立刻向他报告。

村重仰望天空道：

"跟我一同去天守阁视察。"

"是。"

村重返回房间穿上锁子甲，戴好头盔、笼手和足甲，再穿上皮制足袋。然后他走到屋檐下，穿上御前侍卫准备好的草鞋，接着经庭院离开宅邸。四郎介走在前面，二人登上天守阁。

背景是一片宛若浓墨的黑夜，前景有一点小小的火光。村重虽熟知有冈城地形地貌，但在漆黑之中还是难以判断距离。但他至少明白了起火点不在城寨，也不在武士住所。多半是在平民住宅南侧的荒地附近。他心想，那里没有可燃物，不必担心火势变大。他环顾四周，发现城外的织田军队没有行动。看来这不是他们发动的火攻，不是什么大事……他正打算这么说服自己，忽然感到一股挥之不去的嫌恶。有冈城不缺水，鲜少发生火灾，薪柴都沾染着初春的湿气，即便想点火也不易，却在城中出现不祥兆头的今夜发生了火灾。村重认为这不是单纯的意外失火。见眼前的主公纹丝不动，四郎介也屏住了呼吸。天守阁里只听见萧萧的风声。

楼下传来一阵急促的脚步声。四郎介手握刀柄挡在门前,发现上楼的人是郡十右卫门。

"主公……主公在此吗?"

十右卫门上气不接下气地问道。村重说道:

"十右卫门,怎么了?"

"是纵火。"

平日里喜怒不形于色的四郎介不禁失声惊呼。十右卫门在村重跟前单膝跪地,着急地大声说道:

"七八个平民放火烧了南蛮宗信徒的礼拜堂,南蛮宗信徒随即同纵火者发生争斗。最后是鹈冢寨的野村丹后大人带兵将他们驱散。"

"丹后抓住纵火者了?"

"属下不知。属下赶到现场时已经晚了。"

"这样啊,"村重盯着火势,咬牙道,"辛苦了。十右卫门、四郎介,你们退下吧。"

村重站在天守阁默然眺望那愈来愈小的火光,心头不由得陡生懊恼。

不管是在摄津还是其他地方,宗教之争早已司空见惯。早在天文年间[①],京都就发生过激烈的宗教争斗,那该是四十年前的事了。就算没有大阪本愿寺,前右府信长和一向宗信徒早晚也会兵戎相见。

---

① 1532 年到 1555 年。

一休禅师曾颂唱过这样一首歌："山脚多歧路，抬眼一片月。"意思是世上的宗门虽多，人们却头顶同一片天空。即便有人不解一休禅师此意，随着日子一天天过去，年岁渐增的人也不会再刻意强调宗门之别。虽然一休禅师不著书立说，但只要人们能尝试着体会禅师的真言，宗门冲突就会减少许多吧。因南蛮宗对佛不敬就要惩罚他们的人，在村重看来，才是信仰不坚定。但现在说这些话已于事无补。

紧绷着神经等待援军，这样的日子让人烦躁不安，以致有些人把身边人臆想成敌人。家臣里没有南蛮宗信徒，又不是摄津人，这些新来的高槻众和我们不一样，肯定会背叛我们——有这种想法的人恐怕为数不少。人在猜疑心的驱使下，会不断地相互猜忌，整个家族最终会毁于只言片语。这种事，村重见得多了，池田家和伊丹家皆因此而消亡。如今在这座有冈城里，人们已把南蛮宗作为猜忌的对象。

"蠢货！蠢事！"

村重忍不住破口大骂。

争夺功劳的是高槻众和杂贺众，可说实在的，当事双方并无争执。除首级变凶相事件以外，高槻众和杂贺众之间没有发生任何冲突。但偏偏有好事者把这当成了自己的事，散布不必要的流言，互相辱骂，还在城内纵火。

村重心下懊恼于自己的大意。在城内巡视时，他就该重视那份微妙的预感，好好刨根问底才对。他早就该察觉到百姓对南蛮宗的恐惧和猜忌。去年冬天，安部自念离奇死亡时，就有许多人声称那是南蛮宗要的手段。如今想来，猜忌便是那时在人们心中生根的。此刻摆在村重面前有两条路：一是顺从多数人，抛弃南蛮宗；一是不顾众人的信任，庇护南蛮宗。村重当下就站在胜负的分水岭，到底要选择哪条路才不会使有冈城陷落？

"不，还有时间。"

针对南蛮宗的猜疑虽然越垒越高，但终究要等一个点火的契机，那个契机就是"大功归高槻众还是杂贺众"这道难题。若村重能妥善解决这道难题，有冈城便可在很长一段时间里安然无恙，说不定还能把众人对南蛮宗的猜忌转化为对织田的同仇敌忾。不，不是说不定，是一定可以。

但时间不多了，村重必须在黎明前的军议上凝聚诸将之心才行。等到天亮，一切都晚了。可村重真的能处理好这件事吗？思前想后了这么久都解不开的难题，他能在天亮前解决吗？

村重抬头注视着浓云密布的夜空。他只剩一招。

13

村重手持烛台，独自走进天守阁下方的地道。借着摇晃的微弱烛光，他一步步走下楼梯

楼梯尽头是一个开着木门的小房间，门外有个约莫

四十岁的矮小男人,他就是不分昼夜守在此处的狱卒。狱卒看到烛光后缓缓跪在村重面前。

"这……主公,何事深夜至此?"

村重不答,眼光放在房间一角那扇锁上的门,说道:

"开门。"

"是。"

狱卒慢慢站起来。烛光下,村重发现狱卒眼神凶狠,眼球布满血丝。村重不禁皱眉,他把烛台放在脚旁。

浑浊的一声过后,门锁开了。狱卒打开门,然后后退到阴暗处,垂头道:

"门开了。"

村重命道:

"你先进去。"

"是……"

狱卒的语气中透着困惑。

"怎么?先进去。"

"是,遵命。"

尽管嘴巴上答应着,狱卒却完全没有要动的意思。村重假意问道:

"为什么不回话?"

一边说着,一边把脑袋转向暗处。就在这一刹那,狱卒大吼着拔出胁差:

"反贼受死吧!"

还没等出鞘白刃反射出烛光,村重就一刀横扫,砍中了狱卒身躯。狱卒所穿的粗布小袖迎刃而裂，鲜血四溢。狱卒呼出最后一口长气，倒地而亡。

村重用狱卒的衣服擦拭刀上血迹，俯视尸体。他感知到狱卒眼神中汹涌的杀意，因此早就作好了反击准备，但村重不明白狱卒为何想杀自己。

"为何？"

村重自语道。忽然，从打开的小门里传来了人声。那是笑声。起初这笑声还有所克制，转眼就变成了放肆的大笑。地底到处回荡着笑声。村重纳刀入鞘，对着那片黑暗怒喝道：

"住嘴！住嘴，官兵卫！"

笑声立马停止了。

村重拾起烛台朝里照了照。他在湿漉漉的台阶上小心翼翼地走着，总算走到了地牢。牢里有个蜷缩成一团的人影，村重走近后，这个人稍微动了一动。

"官兵卫。"

说完，村重拿烛光照向地牢。官兵卫须发胡生，那身发黑的衣服如今已经是烂布一块。肮脏不堪的官兵卫缓缓睁开眼睛，那双混杂着白、黄、黑三色的眼珠盯着村重。黑田官兵卫的脸部肌肉非常僵硬，表情似笑非笑。村重上一次见官兵卫是在去年十二月。与那时相比，他的胡须更长，连笑容都变了。

"摄津守大人真乃洪福齐天！"

官兵卫沙哑地说道。村重略感吃惊，问道：

"你知道了什么？"

"您问的是什么？"

"那狱卒是愚直之人，不像是能对主人挥刀的人，他竟会骂我反贼。"

官兵卫的样子着实古怪。

"小人哪会知道呢。"

官兵卫嘲讽的语气，加上刚才那句"洪福齐天"，村重心里暗自思忖着，问道：

"官兵卫，该不会是你挑唆的吧？"

村重的声音不由自主地嘶哑了。官兵卫眉开眼笑。

"大人英明，官兵卫钦佩之至。"

"可恶，你这家伙做了阶下囚，竟然还在盘算着要我的命？"

村重伸手握住刀柄，官兵卫仿佛驱赶飞蛾似的摆了摆手，说：

"怎么会！小人哪敢想那么恐怖的事？"紧接着，官兵卫一改嬉笑口吻，肃然道，"小人想杀的是那个狱卒。"

村重刚想骂他说大话，但一闪念，没有骂出口。确实如官兵卫所言，村重还活着，倒下的是狱卒。怎么看，官兵卫都不像是看情况随口敷衍。

"那个人对你做了什么？"

村重问道。官兵卫不说话，低下头。烛光照亮了官兵卫的天灵盖。村重一看，竟忍不住喉头发甜，差点儿呕吐。官兵卫的头顶残留着让村重感到惊悚的创伤——皮开肉绽处流出了脓水，还有虫蚁躲在其中啃噬。

官兵卫抬起头，将伤口隐没于阴影里，说道：

"作为这处伤口的回礼，小人稍稍跟那家伙聊了几句。"官兵卫在牢里缓缓说道，"摄州大人，身陷囹圄之人想杀人并不难哟。"

村重的手仍没有离开刀柄，问说：

"你是想说借我的手杀他，对吧？"

官兵卫没有回答。

村重一时间手足无措。他虽然是智勇双全的武士，但爬到摄津国国主之位，所依靠的是那份比任何人都敏锐的直觉。弓术、马术只是武士的表面功夫，真正的功夫是直觉和运气。而村重的那份直觉此时正呐喊着要他杀了官兵卫。

狱卒之死不能归咎于官兵卫。不管官兵卫在这间黑暗地牢里说了什么，对村重拔刀相向的始终是狱卒一个人。明知如此，村重的直觉却不停地说："那有什么关系？应该在此时、此地立即拔刀，一刀穿过木栅栏刺死官兵卫。"可村重无法做出这种事。一旦杀了官兵卫，他就找不到解决高槻众与杂贺众之争的计策了。

村重定睛一瞧，发现官兵卫根本没看自己，背向牢门蜷成一团。他这副样子无疑在说，他早就看透了村重不可能杀他。村重摒弃直觉的劝告——想杀他，什么时候都能杀，现在不杀也没事——在内心如此说完，他把手从刀柄上拿开。

"那么……"官兵卫淡然问道,"您找小人有何事?作为杀死摄州大人家臣的因果报应,我官兵卫姑且愿意听一听。"

官兵卫几乎已经猜到村重探监的缘由。村重怀着没早早杀掉他的懊恼,说道:

"事关两颗不知名的头颅。"

随后,他把泷川左近的箭携文书、鹰狩的邀请、军议上事先安排的争论、高山大虑和铃木孙六的请战、守备薄弱的敌营、先行查探的一郎左、夜袭、四颗首级、出乎意料的战果、事后的检视等来龙去脉向官兵卫说了一遍。

官兵卫闭着眼睛,像是睡着了,只在村重讲到茶室那段时歪了歪脑袋。村重身上的血腥味吸引来了虫蚁,当虫蚁逐渐爬到脚边时,村重已经讲到南蛮宗礼拜堂被烧一事,接下去就是斩杀狱卒。

"因此我……"村重最后说道,"必须搞清楚斩杀大津传十郎这份功劳归谁。好了,你是不是……"

官兵卫开口打断了村重:

"摄津守大人,您到底有何顾虑?"

"什么意思?"

官兵卫睁开双眼,不客气地看着村重。

"小人不敢相信摄津守大人这般人物竟会为这种小事苦恼。您必定有别的顾虑吧?摄州大人,对吗?"

村重稍稍将烛台挪远了一点儿。这不是深思熟虑之举，纯属不想让官兵卫看到自己的表情。他的身体不自觉地动了起来，尽管只是稍微移动了一下双手。连这一点点动摇，恐怕也逃不过官兵卫的眼睛。村重立刻打算用言语搪塞。

"别想用废话拖延时间，官兵卫，少说大话吧。"

不过官兵卫对村重的这句话充耳不闻。

"我早就清楚取得首级的人是谁。但令摄州大人真正苦恼之事，我一时半会还捉摸不透。是高山吗？铃木吗？抑或是更早的中西？不对，不对，这说不通……"

"官兵卫！"

村重大喝一声，地牢都震动了。

"你说在牢里杀人很容易，是吧？那你可知在牢外杀人更容易？"

"哦，您这是……"官兵卫的虬髯垢面露出了皮笑肉不笑的讽刺神情，深深低头道，"恕小人无礼。小人现在是很惜命的。万望您宽宏大量，饶恕小人。"

"你在戏弄我吗？"

官兵卫从喉头发出笑声。

"桎梏之人岂敢戏弄国主，摄津守大人？"说着，官兵卫一改嬉笑语气，"请摄津守大人想一想，此番夜袭为何能如此成功？如果织田军真是这样不堪一击，我官兵卫还有什么理由在此受苦？"

村重本以为夜袭之所以能大获全胜，是拜大津疏忽大意所赐。大津估计不知道从有冈城东边也能出兵，才没作

任何防备。官兵卫不等村重答话,又说道:

"虽说迟了些,且容官兵卫在此祝摄州大人武运昌隆。愿您能得八幡大菩萨、神明、日光权现、汤泉大明神等一并加持。话说回来,当武士真是造孽啊。小人也祈求菩萨能超度那名狱卒。"

说完,官兵卫紧闭双目、双掌合十。之后,无论村重问什么,官兵卫都不再睁开眼睛。

14

黎明时响起了太鼓声。召开军议的时间到了。

鼓声当然也传进了宅邸,传到了身处宅邸某个房间的村重的耳中。那间房里挂着卷轴,卷轴上书"八幡大菩萨"五个大字。村重面朝这五个字盘腿坐着,闭目冥想。太鼓声意味着将领们朝本曲轮赶来。平日里就算召开军议,也不代表所有人都会到场,因为让所有将领离开守备岗位很危险。但今天不同,此时太鼓的敲打方式在说,只要敌人没有兵临城下,所有将领务必出席。不用说,这是村重的命令。

太鼓又响了一轮。高山大虑和铃木孙六应该到天守阁了吧?荒木久左卫门、池田和泉也该到了吧?野村丹后和中西新八郎说不定也已进入天守阁。然而,村重此时仍旧不知功劳归谁。

拉门没关上,吹进一阵春风,村重睁眼向外看去,樱花花瓣随风飘散。夜袭过后的这一整天,村重简直像被催着奔跑。

去见官兵卫真的正确吗?村重心里一点儿底都没有。毫无疑问,黑田官兵卫是这座城里最聪明的人,判断力更胜村重,但那个男人教人捉摸不透。他没有任何理由帮村重,倒有无数理由恨村重。那么官兵卫在地牢里的那番话是否没有意义?官兵卫让村重想一想夜袭为什么能大获全胜。村重苦思整晚,差不多算是想明白了。可即便如此,村重还是不知道是谁杀了大津传十郎……

村重自语道:

"没办法了。"

军议迫在眉睫,如果还是找不出真相,就必须采纳久左卫门的意见。即使高槻众心怀不满,也只能把功劳颁给铃木孙六。这么做等同于抛弃南蛮宗信徒,但村重已经别无他法。

"南无……"

村重祷告着,又闭上了眼睛。他翻来覆去又思索了好几遍,依旧什么都琢磨不出来。没时间了。走廊上,一位近侍单膝跪地,小声说道:

"诸将都到了。"

"知道了。"

村重睁开眼睛,映入眼帘的是八幡大菩萨的卷轴。

南无……村重不断在心中默念……南无八幡大菩萨。

然后"啪"地站起身。

诸将平伏在地，村重从他们之间穿过，走到上座盘腿坐下。护卫手持太刀站立左右。

"诸位，有劳了。"。

村重说道。诸将齐刷刷地垂首行礼，跟着直起身子。村重不经意间扫视到高山大虑和铃木孙六的身影。高山既是武士，又是客将，因此和往常一样坐在上位。铃木孙六坐在比先前更高的位置，他身旁是野村丹后。这想必是野村安排的。

将领皆屏息静气，等待着村重开口。村重双目轻阖，如同过去在每次军议上一样，仿佛在假寐。他徐徐说道："昨夜有歹人在平民住所南边放火。和泉，你把具体情况且说一说。"

池田和泉拜伏遵命。他负责管理武器、军粮等城内事务。就算村重没有下令，池田也有义务调查纵火案。

"被烧的是南蛮宗礼拜堂，因四周皆是荒地，所以火势没有蔓延，但有个南蛮宗信徒被烧死。纵火者是五个平民，其中三人已遭逮捕，两个尚未捉到。有报告说看到那两个人逃出城了。"

"做得很好。立即将那三人处死示众。剩下的两个要是还躲在城内，捉到后也马上处死。"

"遵命。"

村重瞟了一眼野村丹后。听了郡十右卫门的报告，村重曾怀疑丹后是否故意放跑纵火者，但此刻丹后神色自若。如果丹后确实故意纵放了歹徒，就算他是村重的妹婿也绝不能姑息。不过看到丹后毫无畏惧之情,村重多少放下心来。

除了丹后,还有多少人心怀不满呢?处理完纵火案后,诸将之间的气氛仍不见缓和迹象。他们都不知道接下来这个话题有多么重要。

"那么……"村重说道,"昨日,我军夜袭敌营,斩杀敌方大将大津传十郎。在此,我将宣布大功归属。"

在座的诸将顿时紧张起来。身披铠甲的、身着小袖的、高的、矮的,所有人都睁大了眼睛。村重郑重说道:"无人取得大津首级。高山大虑和铃木孙六二人作战英勇,均有斩获,各赐备前刀一把。"

众将一片哗然,面面相觑。久左卫门抢先嚷道:"请等一等。主公的意思是大津没有死?"

"不。经过杂贺众下针及御前侍卫打探,大津确实被杀死了。"

"这……属下不明主公之意。"

"那我就多说几句。"

村重环视诸将。有人脸上写满猜疑和愤慨,更多将领一脸疑惑。

"夜袭为何如此顺利?再怎么说,那都是一座有栅栏、有篝火的军营,可我们居然能如秋风扫落叶般轻易攻破,为何?当然,其中不乏高槻众和杂贺众奋勇作战的缘故,也有我抓住了战机的助力。可即便如此,此番得手背后还有更大的动因。"

大虑和孙六转了转眼珠。村重继续说道：

"高山和铃木所讲述的夜袭经过几乎一致。他们都说大津士兵在等候将令，也就是说在寻找大津。过了一段时间还是如此，而且不止足轻杂兵，连披甲武士都有的往左有的往右。为何敌营里没有响起钟声、鼓声或法螺贝声？这让我看清了这场战斗的本质。"

全场鸦雀无声，连一声咳嗽都没有。

"这是一场没有大将的战斗。士卒看不到将旗就不知如何战斗。那一夜，大津自始至终都没有下达任何将令。"

"主公，难道您是想说……"久左卫门插嘴道，"大津逃了？属下的确听说这个人是头一次独自领兵。如果遭夜袭而择仓皇逃亡，倒也说得通。"

村重立刻否定了久左卫门：

"那样的话，下针就不可能听到有人说大将战死了。大津当夜就在战场上，死在了战场上。"

"可是……除了夜袭部队带回那五颗头颅外，再无他物。大津的首级究竟去哪儿了？请主公明示。"

"大津确实被杀死了，但没有人砍下他的头颅。"

军议上再一次炸开了锅。有人高声喊道"荒唐，绝无这种可能"，但村重眼锋扫过之处，众人立马安静了下来。久左卫门再次问道：

"主公，杀死敌方大将却未取首级，世上不存在这样的人。那可是大将的头颅，就算拼着一死也该取得首级。

若大津是被飞矢流弹打死倒还有可能。但那样一来，长昌的士兵们就不应该谈论大将被杀，士卒理应忙于寻找长昌才对。"

"当晚有两个人立了功却没有砍下敌人的脑袋。"

外头传来一声鸟鸣。

"一个是伊丹一郎左。他一刀刺中了敌方武士，遗憾的是他自己被对方杀死，他没办法取得首级。而另一个人……"

村重在脑海中回想着当时的情形。在伊丹苇丛，在满月下，在他张弓搭箭瞄准那武士的一刹那。

南无八幡大菩萨、全国的神明、日光权现、宇都宫、那须汤泉大神明……请让我正中目标吧！

"是我。"

"什么？"

久左卫门不禁哑然。诸将开始交头接耳。

村重是大将，就算取了首级也无处邀功，所以他不会取下对方的头颅。

"开战前，我一箭射死了营外的一名武士。"

当夜，村重借着月光瞄准那名武士，拉满弦。他现在已然忘记当时自己心里在想什么了。不过，任何人在一心求命中时都会不自觉地向神明祈祷吧，正如《平家物语》里的那须与一。

官兵卫列举了一大串神佛，就是在暗示村重射中了目标吧。看着八幡大菩萨的卷轴，村重才发觉官兵卫的用意。

"那个人未戴头盔,我下意识地把他当成了小厮或足轻。可他偏偏是大津传十郎。"

武士头盔是死后确认其身份的标志,因此人们追求戴盔首级,要杀就杀戴头盔的人。统军大将在战场上竟然不戴头盔,这实在出乎所有人的意料。

虽说头盔极其重要,作战时也不是绝不能取下。村重拉弓时,为了不妨碍手部动作,就曾脱去头盔。郡十右卫门侦察敌情时,为了减少自身发出的声音,也曾脱下头盔。大津也许也是出于同样的理由?

"一切皆因大津运气差。"村重说道,"他应该是为了亲自瞭望有冈城才会脱下头盔。如当时能检查一下尸首,估计能从铠甲的质地辨识他的身份。可夜袭时机稍纵即逝,无暇辨认尸体。这对大津和我来说,都很不走运啊。"

接着,村重将备前打刀赏赐给高山大虑和铃木孙六,再下令对火烧南蛮宗礼拜堂的三人处以火刑。表面上,针对南蛮宗的诽谤停止了,然而佛罚流言在民众心中已根深蒂固,私底下仍有不少人在悄悄地散布着。

大津传十郎之死被隐瞒了。没有人知道他到底是光荣战死还是意外猝死。后来,在织田家族内部,关于天正七年三月十三日这天所发生的事,只记录了大津传十郎病死。

军议后,村重回到宅邸,从怀中摸出文书。那是泷川左近将监箭上的文书。除了村重，无人知晓这封文书的内容。文书上仅写了一句话：

宇喜多已为我方盟友，请务必陪同我家主公鹰狩。

泷川说宇喜多已投靠织田。这会不会是计策？村重只能这么考虑。只因据守在备前冈山的宇喜多是毛利盟友，毛利才可能经山阳道抵达有冈城。如果宇喜多倒向织田，那么再等一百年，毛利援军也赶不过来……

村重之所以冒险夜袭，就是为了把将士们的视线从这封文书上引开。没有人察觉到村重被这封文书搅得心焦气燥。没有人。除了黑田官兵卫。

他叫人拿来不合季节的火盆，将泷川的文书投入火中。这封文书消失在了历史的长河中。

第三章　远雷念佛

1

夏天是死亡的季节。

男女老少的生命一点儿一点儿地被酷热的气浪夺走，无一例外。尸体在高温曝晒下迅速腐烂，水变浊，菜叶枯萎。但在这个六月，令有冈城陷入死一般沉寂的却并非夏日酷暑。

除去年十二月那次攻城之外，织田再无动作。尽管织田军持续筑造城寨，却没有发动过任何进攻，似乎没有出兵的意思。起初，有冈城的将士还嘲笑织田军胆小如鼠，以为是金城汤池吓退了敌人。可坚守半年之后，再迟钝的人都察觉出异象。织田之所以不攻打，不是因为打不赢，而是因为不打也能赢……待到织田获胜时，有冈城将是何等下场？

死亡的气息弥漫了整个夏天。

某月某日，荒木村重在宅邸会见池田和泉。

"听说斩了一两人？详细报来。"

村重命道。和泉平伏行礼回答：

"是。当时属下率队在城内警备，发现武士住所附近存放火药、硝石的仓库外有两个奸细。他们当场拔腿便跑,我领兵追赶。那二人似乎不熟悉城内布局,被壕沟挡住了去路,进退不得之际,他们拔刀和我们交手。人数悬殊,他们绝无生路,不出一会儿就死在我方刀下。"

和泉语带歉意,这是因为村重曾下令要诸将尽可能活捉奸细。

"是这样啊!"村重问道,"火药和硝石方面情况怎样?"

"都被奸细浇了油。若守卫再晚一步,后果将无法设想。"

村重点了点头,却不发一语。织田到底在城中藏了多少人,竟嚣张跋扈到这种地步?每日都有今天这般发现歹人奸细的报告,在城内斩杀敌人或者发现友军尸体也不是一两次了。

有冈城确实难攻,可幅员实在过于辽阔,无论安排多少人守备,总会有疏漏。有几个织田的漏网之鱼也在所难免。村重在战事之初就知道这一点,因此始终将城内守备视为重中之重。可即便如此小心,还是被敌人潜入城中跳梁。看来兵士们着实懈怠了不少。

"所有存放火药、硝石的仓库应该有守卫把守才是。负责把守的人查清了吗?"

"是。"和泉偷偷拭去额头渗出的汗水,"负责守卫的是两位足轻。有个陌生人呼喊他俩去喝酒,他们就擅离职守了。眼下两人已被捉拿归案。"

"是吗?那就斩了。"

"是。仅仅斩首是否妥当？"

和泉问道。他的意思是应该施以磔刑或火刑。村重无精打采地说了几个字：

"就这样吧，斩下首级示众。"

"是。"

"即日起，大沟筋夜间禁止通行。要安排人手彻夜守卫，除士兵外，没有我的命令，其他人一概不得通行。"

"遵命。"

西面响起了雷声，雷鸣的余音传入村重宅邸。常言道，打雷越多，一年的收成就越好。有冈城土地辽阔，水源充足，因此有不少耕地。等夏去秋至，想必能收获不少新谷。但有冈城能坚持到那个时候吗？

不必担忧！村重心道。城中军粮也好药物也好，一应俱足。别说几个月，就是再坚持几年都可以。真正的问题在于：这么坚守下去，真能守到胜利？

"打雷了。"

和泉忽然自言自语道。

"打雷怎么了？"

"没什么，属下随口一说。"

"是吗？退下吧。"

"是。"

大厅里剩下村重一人。他察觉到和泉没有说出口的话，恐怕他和自己不约而同地想到了同一件事。

要是这道响雷能落在安土城，一下劈死信长的话就好了……

村重嗤笑了一声。自己心中竟会浮现出这般念头，这难道不是最好的证明？这场战争已经结束了。

翌日上午，天守阁本曲轮召开军议。村重把火药、硝石被歹人盯上以及将怠慢守备的两名足轻斩首之事告诉诸将。诸将一言不发，大家都很平静地接受了这件事。村重一边严令要加强巡逻，一边察觉到众人似乎开始对自己的话置若罔闻。最后，村重沉着嗓子说道：

"这件事就到此为止。接下来，我还有一言，请诸位静听。"

听了这句话，众将方敛容听讲。

村重继续说道：

"宇喜多已投织田，备前美浓皆投向织田。"

这次诸将是真的鸦雀无声了。凝重的气氛笼罩了整座天守阁。

宇喜多背叛的流言早就传开了。他动向不明，不少人早就怀疑他朝秦暮楚。但激昂地驳斥这则流言的也是少数。就算他们再怎么不愿相信，宇喜多投降织田已成事实，毛利军从陆路前来驰援这个念想已化为泡影。

"那……"荒木久左卫门小声道，"主公作何打算？"

形势严峻。宇喜多背叛，有冈城下一步怎么办？

"我已有打算。但事关全城，请诸位也一同思索，不必顾虑，畅所欲言。"

村重说完，从上座方向响起一个声音：

"恕末将斗胆。"

说话的是个眉清目秀的年轻武士,名叫北河原与作,是村重前妻的亲戚。北河原家原本侍奉伊丹家族,因和村重沾亲而招致伊丹家怀疑,曾遭流放。村重前妻去世后,北河原家的家督也在战争中死亡,整个家族顿时衰败了。与作年纪轻轻就继任了北河原家家督之位,背负整个家族的命运,日以继夜地拼命。

与作曾随志摩守荒木元清学习马术。荒木元清乃马术名人,不但在荒木家独领风骚,放眼天下也难有人与其匹敌。志摩守此刻在别处,因此有冈城里论马术就属与作。他早已展示过驭马之术,之前突破织田包围圈给尼崎城送信的人也是他。

与作开口道:

"尼崎城的毛利军为避免与宇喜多交战,已经撤兵。城中空无一人,那里已没有援军了。主公,请明察,毛利不会参战了。"

与作亲眼见过尼崎城,诸将再怎么不满,都只能接受他的说法。忽然,有人笑起来。笑声的主人约五十岁,作僧侣打扮。

"主公,即便尼崎城真像与作说的那样成了空城也不必轻言放弃。行军就像浪潮,毛利军也有展示撤退而后复还的可能。大阪城坚若磐石,又有丹波援护在侧,这场仗的局势并未发生巨大转变。就算宇喜多堵住了山阳道,毛利军亦可从海路赶来。主公何虑之有?"

此人乃瓦林能登,是荒木家族中辈分数一数二的瓦林越后的亲戚。越后患病后,他就成了将领里唯一作僧侣装扮的。能登刀法精湛,因信奉香取大明神而对佛道嗤之以鼻,既不礼佛也不诵唱,是个桀骜不驯的武士。

北河原与作的妻子是瓦林家的人,与作和能登也算是亲戚,可这二人关系疏远。能登认为北河原家族明明已衰败,与作却仍装出一副名门武士的样子,这让他感觉受到了侮辱。而与作认为能登只是凡夫俗子,倚仗瓦林家的名号,夸夸其谈而已。

"能登大人所言极是。"

下座处有人响亮地说道,是守备上腊冢寨的中西新八郎。

"我方已抵挡住数万织田大军,就算毛利援军迟上一两个月,又有何不可?主公,我上腊冢寨兵强马壮,欲战久矣,真有度日如年之感。请容我明早出战,非取织田武士之首堆冢不可。"

"喂,新八郎说得好啊!"

高声赞扬新八郎的人是守备鸭冢寨的野村丹后,他用破锣嗓子大声说话,响彻了整座天守阁。

"主公,有冈城被织田攻破的可能性万中无一。我虽听说尼崎城的杂贺众已经撤回纪伊,但鸭冢寨尚有不少杂贺众。请问和泉大人,炮弹储备充足否?"

突然被点名的池田和泉一脸困惑地回答道:

"以去年腊月之战推算,炮弹还可用七八回。"

"这真令人鼓舞啊。也就是说,我等还能坚持七年八年吗?还能打很久呢!"

丹后说着,开怀大笑。在座诸将也表示赞同。相反,和泉却满脸凝重,他多半有话想说,可又不愿和野村丹后这位族中重臣唱反调。

村重扫视众人一眼,目光最后停在荒木久左卫门身上,问道:

"久左卫门,你意下如何?"

"是……"久左卫门行了一礼,冷静答道,"与作所言合情合理,这一战乃我方与毛利、本愿寺、播磨及丹波国人众合谋。本愿寺献出了人质。战争的下一步不是我等能单独决定的。就算宇喜多和泉守再怎么表里不一,也不会是一下子就背叛的。毛利必定有其顾虑。有冈城目前还能支撑,属下以为,观察毛利下一步如何行动再作打算方为上策。"

军议厅此起彼伏地发出感叹。

"不愧是久左卫门大人。"

"嗯,此计甚妙。就这么办!"

"主公,久左卫门大人所言有理,真乃高见。"

刚才还纷纷点头赞同野村丹后的诸将,此时又大大赞许久左卫门的相反意见。村重不耐烦地点了点头,说道:

"就这样吧,军议到此结束。"

2

村重是在作好万全准备的情况下决定背叛织田的。花重金雇足轻，购买铁炮，建造粮库，搬运大量的米和盐。要说有冈城还缺什么，那就是人，尤其能胜任使者的严重不足。

想要和远方的人交流，互通书信是一个法子，让心腹使者口传消息也不失为常用手段。使者必须把主君的意思分毫不差地传达给对方，然后将对方的意思分毫不差地传回来。因此，不懂礼数又嘴笨的家伙即便脚程快，也当不了使者，但知书达礼的人如果无法在保护文书的同时又能于山野间如履平地的话，同样当不了使者。

使者不仅要才思敏捷，礼数周到，还得懂地理，惯行长途，更要身强体壮速度快，身份还不能过于卑微，否则对方无法信任。可如果一个人具备了如此才干，让他仅仅当个使者未免大材小用，想必已是将领了。之前出使尼崎城的时候，村重让武将北河原与作充当使者，但这只是因为与作马术极佳，且他生长于北摄，熟知周边地形。若是去往更远的地方，恐怕与作就力有不逮了。

所以村重往往让苦行僧或行脚僧担任使者。

军议结束后，村重回到宅邸，郡十右卫门倏然近身，说道：

"无边大人到了。"

"是吗？"村重看也不看十右卫门，说道，"和往常一样吧。"

"是。"

十右卫门连低头行礼都免了,迅速从村重身边离开。君臣二人这番对话,从开始到结束只在刹那间。

无边是云游僧人,年纪在五十岁上下,战争打响前已是小有名气的得道高僧。织田包围有冈城,禁止商人和僧侣通行,但就在这个春天,无边不知从何处而来,忽然出现在城门外,以给死去的亡魂超度为由请求开门。此后,他多次到访有冈城。

某日,有冈降下瓢泼大雨。等到雨停时已近正午,转眼间,空中又射下毒辣的夏日阳光。无边在地面冒出热气的伊丹村独自走着。他的袈裟破烂不堪,斗笠也破了。他的包袱里似乎没装什么,显得很轻。手中那根锡杖也沾满了泥浆。

伊丹村是百姓的居所。百姓虽然厌恶守城的艰辛,可他们听说织田会把逃到山里的人尽数抓出杀掉后,也只好强迫自己勉力维持日常生活。然而说是日常生活,如今商道被阻断,工匠也接不到活儿,大家只是在这片酷暑中摆出死鱼眼,浑浑噩噩地度日。看到无边的身影,百姓宛如看到了救星。

"啊,无边大人来了。"

"有救了。"

无边双手合十颂佛。有人立刻跟着祷告起来。一个风尘仆仆的女人冲上来跪在无边身前。

"您就是无边大人？"

斗笠遮住了无边的双眼，他回答：

"正是。"

"家父三天前不幸去世，求求您，为他超度吧。"

"这样啊。但贫僧此刻有要事见城主，待我回来必为其超度。"

女人感激涕零，合掌拜倒在无边脚边。无边再次出发。伊丹村里连风声都没有，伴随百姓祈祷声的，只有无边锡杖上锡环相互碰撞发出的清爽声响。大路上转出四个足轻，起初他们误以为无边是出来化缘的僧侣，直到一个人说了句"这不是无边大人吗"，四个人立马沉默，和百姓一样作出合掌手势。

无边离开平民住所，跨过大沟筋上的桥梁。平常如果有不穿铠甲的人想过桥，守桥足轻都会逼他交一笔过桥费。但足轻认出这位过桥人是无边，立刻一脸难为情地让开了。

渡桥后，便到了武士住所，首先是足轻们所住的长屋。骤雨过后，道路泥泞。无边的金刚草鞋沾满泥泞，锡杖底端也沾上了泥土。没过多久，无边穿过足轻长屋，走到了将领的居所，住在这里的皆为守城武将。虽然看不到一个人影，但能听到屋里有女人和孩童的念佛声，那声音追着无边往前走。

从武士住所到本曲轮还要走过一座桥。御前侍卫不分昼夜地在这座桥上把守,绝对不会让陌生人通过。御前侍卫听到了无边锡杖的响声,但他们什么都没有问。在这些虎背熊腰的御前侍卫中间,无边如入无人之境,自顾自走进了有冈城最深处。

不一会儿,无边就走到了村重的宅邸。郡十右卫门早在门前等候,上前近身说道:

"容我带路。"

无边这才脱下斗笠,点了点头。

在顶部有天窗的大厅里,村重和无边对面坐着。雨后的耀眼阳光照进屋内,房间里弥漫着一股叫人喘不上气的热浪。外头是延绵的蝉鸣,房内是死一般的寂静。

房内只有村重和无边二人,连近侍或护卫都没有。往常,若村重要在大厅里与人会面,为防万一,事先会让御前侍卫在隔壁房间待命。但只有在与无边见面的时候,他不会这么做。当然,村重还是在自己左手边备了把刀,始终是要提防无边突然袭击的可能性。所谓密谈,是刺杀成功率最高的场合。就算密谈对象是僧侣,村重也不会放松戒备。

村重背后放置了一排大小不一的木箱,所有箱子都用绳子打了十字结。无边瞟了箱子一眼,但什么都没有说。

取下斗笠,无边露出一张被太阳晒成黑红色的脸。他的表情虽很柔和,却隐隐中透着坚韧。村重与无边相识数年,还是看不透这个人。无边确实是德高望重的云游僧人，要说俗气，似乎的确有些俗气，但要说脱俗，他又很脱俗。无边能讲述许多遥远地方的轶事，他的姿态给人以居高临下藐视世人的感觉。只要有人拜托他，不论什么样的请求，他都会满足。不管是引导临终者、为死者诵经还是讲述异域故事，只要有人开口，无边绝不会流露丝毫嫌恶。村重很难说自己信任无边，但他并不讨厌和无边交谈。

"无边，坐近些。"

村重开口道。无边双拳撑地，朝村重挪了挪。村重继续说道：

"辛苦你了。"

无边严肃地看着村重，答道：

"摄津守大人似乎消瘦了不少。"

这就是此二人打招呼的方式。

两年来，村重一直把无边视为使者。最初的契机是村重拜托准备前往京都的无边顺便送一封书信，那封书信正是村重背叛织田而采取的第一步。如今有冈城被织田团团围住，一切皆由那次无边捎带书信而起，这真是做梦也想不到的因果。

村重问道：

"信送到了吗？"

"是，贫僧还带了斋藤大人的回信。"

"内藏助斋藤利三的信？快给我。"

无边从怀中取出文书。村重接过，等无边稍稍离远些才展开文书。写信人是斋藤利三，效力于明智光秀——织田大将麾下的惟任日向守。

村重让无边把书信带给光秀，光秀此刻应在攻打丹波的军中，无边前去的也应该是丹波。然而回信人是利三，这不免叫他吃了一惊。村重读信时，无边纹丝不动，闭眼坐禅。直到村重读完信件，无边才宛如元神上身，睁开眼睛。

村重一边将文书纳入怀中，一边苦涩地说道：

"可恶的内藏助，给我吃了个闭门羹，竟然根本没有转交我的信。信上还说，让我问你详细情况。内藏助到底怎么说？"

"贫僧这就一一道来。"

无边朗声道。

"斋藤大人是这么说的。他不能透露日向守大人的住所，也不能透露军队的动向，因此不让贫僧去见日向守大人。斋藤大人还说，日向守大人与新五郎大人曾有父子情分，不愿眼睁睁看着荒木家走向凄惨的末路。"

"是吗？"

村重的儿子新五郎村次娶了光秀的女儿。不过村重决意和织田割席时，村次休妻，送她回明智家去了。光秀为此记恨荒木家，不足为怪，无边所传达的这番话让村重大感意外。

"还有吗？"

"斋藤大人没有询问日向守大人的意见，自作主张回绝了您的请求。正如他所言，您这封信确有蹊跷。"

"唔，有何蹊跷？"

"摄津守大人既然作好了大战的准备，为何写信投降？这难免叫人疑惑。"

村重沉默了。他四下观察着是否隔墙有耳，幸好周围没有任何动静，连风都没有。

之所以委托无边充当使者送信给光秀，是想让无边说服织田接受自己的投降。家族和家族之间谈判，都得通过代理人。但村重现在要和织田谈判，根本没有这样的代理人。硬要说有，万见仙千代可以勉强担当，可他在去年腊月的那场仗里已经战死。

村重想要和谈，这是机密中的机密。除了最信赖的御前侍卫，家族中无人知晓。

"你问这个？"村重轻轻叹了一口气，说，"原来内藏助指的是这个。如果是日向守，应该不会这么说。"

"令斋藤大人不解的是，有冈城不会在短时间内陷落。只要有冈城不破，尼崎城和花隈城就无忧。这般情况下，荒木摄津守大人为何如此心急火燎地请降？实在叫人纳闷。"

这个问题既是斋藤内藏助让无边提出的，也是无边自己想问的。村重看穿了这一点。内藏助是在怀疑村重这封信背后有阴谋。

以光秀身在丹波军中为借口，扣下村重的书信。这种托词想必是斋藤随口搪塞之语。不管怎么想，家臣把寄给主君的书信扣下都是闻所未闻。估计斋藤写完回信还是会把书信转交给光秀。

也就是说，内藏助是在为光秀拖延，可是村重和有冈城已经拖不起了。

"我再写一封信。你对内藏助说我打不赢了，所以要投降。日向守会懂的。"

无边悠然回答道：

"贫僧并非武家之人，实在不解摄津守大人的这番吩咐。明明所有人都认为有冈城不会陷落。"

村重本不愿和外人讨论军事战略，因为说多了就难以落实。但眼前的情势已令他身不由己。他心一横，说道：

"有冈城的确不会陷落，尚可支撑数年之久。"

"……"

"但我为了获胜才选择开战的。要取得这场战争的胜利，就得在毛利援军抵达后再和织田大军决战，一举拿下前右府信长的首级。据守城中是不会获胜的。"

"贫僧明白摄津守大人认为自己恐怕无法获胜，但这并不等于织田必胜。"

"您是这么想的？内藏助或许也这么想吧？"

而且，军议上那些坚持继续守城不出的将领也是这么想的吧。战争还没有结束，我们还没有和织田展开决战。

"不。这场战争，织田根本不必等到决战。正如桶狭间合战①,战事一旦发展到野战就吉凶难料了,弱者未必输,强者未必赢。织田肯定会避免与我决战。"

村重选择在北摄津高举叛旗,让播磨的羽柴秀吉陷入孤立。织田如果要攻打有冈城,就势必要舍弃秀吉,只能二选一。如果织田选择舍弃秀吉,那么西国的毛利就能击溃秀吉,织田就不得不进攻有冈城。在浪潮之中,把握住决战的时机——这就是村重的战略。

战局像村重所预料的那样铺开了。织田信长亲自率大军包围了有冈城,接下来只等决战的时机。

然而毛利没有登上村重搭好的舞台。

"潮已退去。宇喜多倒向织田,毛利不会来了。我现在投降,织田可能还会接受。"

话说到这里,村重忽然察觉到一件事。

"内藏助还说了什么?"

只要能让有冈城开城,就算是光秀的功劳。斋藤内藏助虽然怀疑村重投降的动机,但他不可能放过这个能让主君立功的好机会。他让无边吃闭门羹,理由没那么单纯。

果然,无边说道:

"恕贫僧直言相告。"

"但说无妨。"

"那贫僧就斗胆了。斋藤大人说,他一时难以相信摄津守大人投降的诚意,需要您献上表示诚意的信物。考虑

---

① 即织田信长于1560年向进犯尾张国的今川义元发起的奇袭战,获胜后迅速扩张势力。

到从有冈城送人质到丹波难度非同小可,因此只需献上贵重物品。"

这个要求很合理,村重点头问道:

"他要我献出何物?"

无边一脸为难地开口:

"是……是寅申壶。"

村重瞪大了眼睛。

寅申壶在村重所收藏的名品里实属一等一的宝贝,与兵库壶齐名,是举世皆知的名贵茶壶。其形下大上小,色泽偏黄。天王寺仅在寅日和申日才让外人观瞻这件宝贝,故得名"寅申"。

"寅申壶吗?"

村重念叨着。无边苦笑道:

"贫僧听说那件名品价值何止一千贯文[①]、两千贯文。开口就要寅申壶,斋藤大人的胃口真不小啊。"

如果是讨价还价的高手,一贯文甚至能买一个人。寅申壶价值连城,这绝非诳语。

远方响起一声雷鸣。村重无言地站起身,背朝无边,从后方一排木箱中挑选出一个摆在无边面前,坐下说道:

"这就是寅申壶,送去惟任的军营吧。"

无边哑然。他瞪大眼睛注视木箱良久,说道:

"就在里头?真的?"

---

① 日本战国江户时期,一贯文为一千文,约合47克银。

"需要检验一下吗？"

无边正要伸出手，突然缓过神来似的，猛摇头道：

"既然摄津守大人说这是寅申壶，贫僧又何来疑虑？那么……"

无边随即收敛神色说：

"贫僧身为佛门弟子，被摄津守大人委以重任，本不该再有异议，只是贫僧还有一句话想说。给斋藤大人……不，是给日向守大人送寅申壶这件事，任谁做梦都想不到。请不要对外声张。您就说，您召贫僧来，就是为了赶走贫僧。"

"就这么办。"

"多谢。不过这么做会不会被日向守大人视为怯懦？会不会让荒木家蒙羞？"

"确实会蒙羞，"说着，村重嘴角微微上扬，"这样吧，你就说是我强迫你送寅申壶过去的，这样一来，为难的就是光秀了。此等名品是藏不住的，倘若出现'光秀骗取了寅申壶'的谣言，蒙羞的就是光秀。光秀为了维护自己的声誉，就会更卖力地替我说情。"

无边悄悄窥探村重的神色，说道：

"说起来，有冈城明明不会陷落，摄津守大人居然心急如焚至此……"

村重像是自言自语般说道：

"一旦攻破丹波，信长就绝不会接受投降了。"

只有有利可图，敌方才会接受投降。如果无利可图，敌方就不会接受投降，即便勉强接受，也会狮子大开口，提出极为苛刻的条件。

如果有冈城当下开城投降，织田就能打通从京都到西国的道路。织田为了避免迂回行军，必须打通这条道路。这么一来，村重投降就有了对等谈判的机会。

突然又响起一记微弱的雷声。村重转头朝拉门外望去，心想虽然阳光刺眼，但多半又要下暴雨了。

"是远处的雷声。"

"确实。"

"再近一些就好了。落在这里就好了。"

"说得没错。"

"身为武将，不能指望靠祈祷让雷落于战场，"村重转头朝无边说道，"只要还有法子可想，我就不会让有冈城沦为长岛、上月那般下场。"

"……"

伊势长岛开城投降时，出城的小船遭织田铁炮袭击。

播磨上月开城投降时，城中男女皆被绑在边境处以磔刑。

村重心想，在这乱世之中，把敌方赶尽杀绝并不罕见。若有冈城重蹈长岛、上月覆辙，千代保该多么悲伤。

"因此我要派你这位僧侣去，因此我要献出寅申壶。请务必一路小心。"

无边双唇抿成一字型，双掌撑地，深深俯首。

"贫僧拼上一死，也必完成使命。"

出入有冈城，得避开织田的巡逻部队。除了借助阴暗的夜色，别无他法。无边不得不在城内静待夜晚降临。

平时，受村重委托后，无边会在村重的宅邸等到天黑，但这次不方便。自织田奸细试图纵火以来，每天日落后，城内桥梁上禁止一切人员通行。如果无边留在本曲轮，到了晚上就无法出城了。虽说可以走夜袭大津传十郎的那条暗道从城东出城，但无边说到底是外人，村重不能把这个秘密告诉他。

如果村重直接对守卫下令，让他们在夜间放行无边，难免又会传出无益的谣言。那不是村重想看到的。于是无边不得不在百姓的住宅区等到天黑。

"有避雨之处吗？"

村重问道。无边歪着脑袋看向行李中的寅申壶，说道：

"贫僧乃云游僧人，露宿对我来说本不算辛苦……不过当下倒麻烦了。"

村重点头道：

"住宅区南边有一座庵，那里接待行脚僧。"

"贫僧这就去那里。"

无边毫不犹豫地接口道，向村重平伏拜辞。村重看向无边的行李，说道：

"大师。"

无边抬起头，柔声问道：

"还有什么要吩咐吗？"

"不……"村重收起话头,轻阖双目,"没什么事,去吧。"

无边好奇地挑起眉毛,神色僵了一下,但终究什么也没说,起身离开。

远处又响起了雷声。

3

村重吩咐文官再度给光秀写信。信上写道,他已经送来光秀所要求之物,希望进一步和谈。末尾处添了一笔,说相关细节请询问送信人。为了提防此信万一落于敌手,不至于被看穿全部秘密,日后也不会有后患,因此具体细节不能全部写下来。

文官写完便回书房了。文官书写时,村重不离大厅一步。写完,村重从文官手里接过来检查,随后下令:

"叫十右卫门来。"

知晓村重委托无边作使者这件事的御前侍卫,只有郡十右卫门。

不久,十右卫门走进大厅,问道:

"主公唤我来有何吩咐?"

他的语气虽无异常,但村重心中忽起疑窦。照常来说,十右卫门不是一个喜怒易形于色的人。春季的那次夜袭中,他既无兴奋之情,也无畏怯之色。但眼前十右卫门的举止和表情却有一股说不出来的僵硬。

"发生何事?"

"是……"

"但说无妨。"

听了村重的话,十右卫门似乎死了心,开口道:

"是。北河原和瓦林能登两家在路上发生口角,剑拔弩张。"

"动兵刃了吗?"

"这倒没有。能登家骂北河原家是一群懦弱之辈,只想开城投降。其他家族也有人起哄。要不是池田和泉大人率兵赶来拉架,简直不可收拾。"

"是吗?不过这种事在所难免。十右卫门,此事为何令你如此迟疑?"

"恕属下直言,"十右卫门稍稍顿了一顿,继续说道,"主公,众将似乎和能登大人抱有同样想法,骂北河原大人胆小,骂他不忠的绝不在少数。"

"不忠?"

村重自言自语,随后发出一声讪笑。村重流放了主君池田胜正,巧取了池田城,背弃了结盟的三好跟随织田,如今又背叛了织田跟随毛利。村重并不认为自己的所作所为有什么见不得人,都是为了生存而不得不为之。如今这座城里的人却借由所谓忠诚辱骂他人,不免令村重有点儿哭笑不得。

但郡十右卫门此时说这番话,背后必有他的考虑。

"十右卫门,你……"村重沉声问道,"莫非借此对我要和谈一事进行劝谏？"

十右卫门的脸唰地涨红，说道：

"属下岂敢！属下愿唯主公马首是瞻！"

十右卫门这句话的意思是他将遵从村重的命令行事，其他人就不一定了。村重知道十右卫门是智勇双全、办事严谨、素有将才的武士。既然他特意说出这样的话，就不由得村重不留神了。

村重不打算收回成命。他把书信交给十右卫门，说道：

"无边在城南草庵中等待，去把这封信交给他。"

"是，遵命。"

十右卫门立刻像逃跑似的动身了。

村重独自待在大厅里。这个房间之所以造得如此宽敞，就是为了防止旁人偷听对话。一个人待在这里，房间显得更大了。

坐垫后面放置着木箱，箱子里都是茶具。村重预判光秀会要求他献宝，事先让近侍搬来了木箱。

"来人。"

村重高声道。马上有近侍应声边打开拉门，之前无边和村重谈话时，出于回避而退下。

他不是之前搬运木箱的近侍。如果使唤了同一个，就有可能知晓村重和无边谈话后少了哪个木箱。村重为人谨慎，特意召来另一个。

"把这些木箱搬回仓库,千万要小心。"

"是。"

近侍立马搬起箱子。村重在旁边看着,忽然改了主意。

"停下。不要搬回仓库,搬到书房去。"

没有人敢质疑村重的命令。既然主公下了令,近侍就把茶具搬去书房。搬运完毕,村重又下令:除非有要事,否则任何人不得来打扰。

书房约八叠大,是村重平时看书的房间,离家臣不可涉足的里间不远。夏日虽漫长,但此刻近黄昏,室内一片昏暗,堆满木箱。村重独处室内,伸手解开十字绳结,打开木箱。

兵库的大茶壶、小畠的釜、千宗易所赠小豆锁、定家的色纸、牧溪的《远浦归帆图》等都算是名品。至于吉野的绘碗、姥口的釜、备前烧的茶罐等虽算不上名品,但在村重眼里都算上好的茶具。

村重曾侍奉池田家,池田家的死对头伊丹家是北摄津当地家族,北河原、瓦林及叛离村重的高山和中川都是北摄津出身。话说回来,池田和伊丹本来就是隶属北摄津的两个区域,应该说,是这两个地方的国人众拿地名作为家名。可是北摄地区没有任何一个地方叫荒木。

村重一族是流浪者。村重的父亲在池田家的地位也就那样而已,达不到掌控主公家大权的地步。如今的荒木家,即使说是因村重一人而兴盛也不为过。此刻这里陈列的名品都是村重四处搜集而得。

太阳西沉，空中升起一弯纤细得令人忧心的月亮。星光照在茶具上，有些反射着微光，有些则将那光芒完全吸收。村重被当世绝美茶具包围着，一言不发，一动不动。

不知过了多久。书房外传来脚步声和衣摆摩挲声，不是近侍。村重刚想伸手去握刀柄，听到门外有人压着嗓子问道：

"主公，您在里头吗？"

是千代保的声音。

"何事？"

"听近侍说主公到书房去了，来问问有没有不妥。妾身自知此举有些贸然。"

"这样啊。"村重这才察觉天色已暗，"我没事，进来吧。"

千代保打开纸门，烛光顿时照亮了书房。当然，茶具面对摇曳的烛光没有任何反应。

"您是在这里打理茶具？"

千代保问道。村重喃喃道：

"不，我什么都没有做，只是看看。"

"原来如此。"

千代保的回答听不出半分讶异，她在村重斜后方坐下，问道：

"请让妾身也看看吧。"

村重不答。

从窗外飘进徐徐晚风和窸窸窣窣的虫鸣。空气中弥漫着夏天特有的淡淡湿气。村重凝视茶具，千代保默然在侧，唯有烛光袅娜摇曳。

"我把寅申壶献出去了。"

村重忽然开口说道。千代保含笑问道：

"妾身正想着怎么没看到它呢。我很喜欢寅申壶啊。"

"有人很想要，为战事献出去了。"

"不愧是主公，襟怀宽广。"

"宽广？"

村重看着表面呈若干凸状的兵库壶，微微笑道：

"或许我内心深处很想被世人如此评价。"

村重的脑海里浮现无边离去时的表情。村重叫住他的一刹那，他的脸色僵住了。那一刻，他一定察觉到村重心里真正想说的话。村重想说的是："还是把寅申壶拿回来吧。如果拿不回来，让我再多看一眼也是好的。"

真是可笑的小家子气。可耻的是，村重意识到了自己的小家子气。

献出寅申壶有利于战事。献出寅申壶就能说动光秀。村重认为肯定会如此。然而……

"只要能派上用场，连寅申壶这等名品都愿意奉上。不愧是荒木，和松永相比，器量大不同……我可能就是想听这样的话，才会献出吧……"

距今一年半前，松永弹正因受上杉怂恿而背叛织田。但上杉最终并没有伸出援手，松永很快陷入进退两难的困境。

当时有传言说，只要松永愿意献出平蜘蛛壶[①]，信长就会赦免他。村重不知此传言真伪，但他想过信长确实有可能说出这种话。但松永宁愿自尽，也不愿献出，最终和平蜘蛛壶一道葬身火海。

有人称赞松永拒不投降，保全了武士风范。村重却认为松永之死不值一哂。失去平蜘蛛壶当然遗憾，但陷入那般困境仍不愿献出平蜘蛛壶，对物的欲望也太大了。如果真想保全武士风范，就应当把平蜘蛛壶献给信长，让它流芳百世，再切腹自尽。

村重献出寅申壶，是在向天下人展示自己器量大。只要有利于战事，什么名品他都能割舍。这是为了虚名。这样一来，献出寅申壶就不是为了战事，而是贪图虚荣。

村重终于吐露真言。

"我舍不得寅申壶。我一声令下，能让千万名士卒赴死，却舍不得一把茶壶。千代保，尽管嘲笑我吧。"

千代保坐正了，说道：

"在这秽土浊世，有依恋就会有痛苦。"

"哎，"村重不禁哑然失笑，"真像是和尚会说的话。说一句万事皆空，敌军并不会消失。"

"主公对我袒露心声，妾身深感欣慰。主公平时寡言少语，惜字如金。"

[①] 栃木县佐野天明町出产的铁壶式样之一，形似卧倒的蜘蛛而得名，是天明壶中的上品。

"是吗?"村重向窗外望去,月亮纤细如线,"太阳落下去了。你退下吧,我要睡了。"
"是。"
就在千代保拿起烛台的一瞬间,一个低沉的声音刺破静夜。
听起来在远处,无疑是铁炮声。

4

出乎意料的铁炮声过后,宅邸内外很快传出各式各样的大呼小叫。村重持刀而立,大喝道:
"出什么事了!"
这声大喝竟把身旁的千代保震得站不稳。拉门外传来急促的脚步声。
"报!"那是宅邸中的近侍。
"说。"
"有歹人。刚才的铁炮是瞭望楼上的足轻所放。歹人仍在逃窜,请主公千万小心。"
"好。你留在此地守护千代保。"
"是。"
千代保阖上双眼。村重只说了句:
"不必担忧,我马上派人过来。"
接着,他瞥了一眼地板上的茶具,走出书房。
村重来到回廊上,见手持火把的兵卒一边喊着"在哪里""在那边",一边奔走。人群中,一名虎背熊腰的武士认出了村重,走上前单膝跪地。是"御前五杆枪"之一的乾助三郎。

"主公。"

"有多少歹人?"

"估计只有一个。属下一时失察,被他逃了。"

"无妨,他逃不出本曲轮。真是胆大包天!随我一道去取铠甲。"

在御前侍卫的陪同下,村重走向放置铠甲的房间。途中遇到了其他侍卫,村重命其中一些人去保护书房,另一些人去把守本曲轮的出入口。早有近侍在房内准备着为村重穿戴铠甲。虽然在紧急情况下披盔戴甲是武士的义务,但毕竟只有一个歹人,没必要把上战场的铠甲全部穿上。村重只穿上护臂和护腿就走出了房间。

已经有人发号施令了吧,兵士们看起来比起刚才大为沉着。村重见郡十右卫门站在士兵之中,便大声喊他的名字。十右卫门走到村重身边跪下,说道:

"歹人躲在天守阁旁的草丛中,形同瓮中之鳖。为防歹人狗急跳墙,属下已命人远远地用弓箭、铁炮围住。"

"好。我赶到现场前,不准杀他。"

"是。"

十右卫门一阵风似的向事发地跑去,村重跟在他后面走下庭院。今晚月色晦暗,跟随村重的御前侍卫立马举起火把。兵士们原先因不知敌人藏于何处,语调略显狼狈,如今已转为叱骂。

夜幕笼罩下的天守阁下聚集了众多兵卒，他们手中的火把令周围亮如白昼。所持兵器各不相同，有人持长枪，有人佩弓箭，有人扛铁炮，但所有人都对准那片草丛，盯着那片草丛，似乎连一只老鼠都不能放过。

包围圈打开了一角，村重在御前侍卫的保护下走向草丛。杂草微微摇晃，在火把的照射下，绿得直发光。

"主公小心。"

一名武士提醒村重，目光锐利如老鹰，是秋冈四郎介。村重注意到他的盔甲上添了一道崭新的横劈刀口。

"那家伙身手了得。"

四郎介虽是高手，却不自满。谈及刀法，四郎介既不谦虚，也不骄傲。村重点点头停下脚步，接着深吸一口气，向草丛高声道：

"你这混蛋，竟潜入我有冈城本曲轮！你已无路可逃，爽快点儿，自己走出来吧。"

村重本不指望对方会出声回应，但转念一想，歹人潜入这里，多少是想跟自己对话的。果然，那人回答道：

"真可笑，小小的池田弥介竟然装模做样，学起大将口吻了。"

"弥介"是村重从前的名字。当着本人的面如此称呼已贵为摄津守的村重，可谓莫大的侮辱。村重的器量再大，也满脸涨红了。这时，村重面前的草丛晃了晃，走出来一个手持白刃的矮个儿男人。

"我出来了,你又能怎样?"

兵卒似乎比村重更按捺不住。村重不得不挥手制止眼看就要挺枪刺出的手下,端详着这个男人。既然骂出了"池田弥介"这个名字,就应该是美浓兵或尾张兵。村重感觉此人似乎有些面善,便拿火把去照他的脸,仔细一瞧,果然见过。

"你是……"村重想起来了,"黑田善助?"

听见村重叫出自己的名字,那人顿时像是没了力气,低头垂手回刀入鞘,说道:

"摄津守大人竟然记得小人的名字,真令人意外。不错,小人正是黑田家臣栗山善助。"

栗山年约三十,长了一张既理性又冲动的脸。他在播磨黑田家侍奉,应该是在年纪与他相仿的黑田官兵卫身边做事。距今十年前,在一场事关黑田家生死存亡的恶战中,他作为小卒斩取了两颗敌方首级。当时的村重在旁边亲眼见证了他奋勇作战的身姿。

"善助,"村重再次说出他的名字,"为何潜入?难道黑田家也加入了织田军?"

"小人潜入此城的缘由,您心知肚明,"善助讽刺地笑道,"我家主公生死未卜,小人只是为确认他的状况,为了救他而来。"

村重转头看了看对准善助的枪、弓和铁炮,又问道:

"你,孤身一人?"

"恕小人不能透露。"

如果真有同伴，出于保护，善助必然会声称自己是孤身前来。既然不能透露，就代表他的确是一个人。

真是匹夫之勇。黑田官兵卫确实囚于本曲轮，但此人应该只是听了风言风语，不辨真伪地独自潜入了天下名城有冈城，简直令人难以置信。别说他根本不知道官兵卫的具体所在，就算他撞大运进入了关押官兵卫的地牢，想带官兵卫逃跑也是难于登天——然而村重对栗山善助这份蛮干的勇气毫无嘲笑之意。他为了实施这项无谋的行动，豁出性命潜入了本曲轮。

围兵的气势稍减，枪尖和弓箭都略微放低了些。作为武士，很难不对眼前这位勇士心生敬意。即便不是武士，也会在心里向善助竖起大拇指。

"是吗？是来救官兵卫啊？"

村重自言自语。善助的精力似乎已耗尽，只以单膝撑地。他身上的麻衣破烂不堪，鲜血沿着他低垂的双手滴落到地面。他喘着粗气问道：

"摄津守大人，我家主公还活着吗？"

村重犹豫片刻，答道：

"还活着。"

"还活着啊。主公他……官兵卫大人他真的还活着，对吗？"

村重默然点头。

突然，善助双手抱脸发出呜咽。他在哭泣。他一边哭一边喊道：

"为什么？您为什么不杀他？"

善助像是在发泄似的说道：

"主公他被迫前来有冈城时曾笑着说此行必不得生还，所以早就安排好了身后事。战争中常有不合意的使者被杀掉，但使者的首级至少会被送回。如果主公被摄津守大人杀了，身处战乱的我方不会有怨言。但究竟为什么，您为什么不杀他却又不让他回去？"

村重无法回答。善助自知命在旦夕，仍呐喊道：

"主公出使有冈城一去不归，却又传出主公还活着的流言。摄津守大人，您很清楚信长大人会如何看待这件事吧。黑田家每日活得诚惶诚恐，族人苦等消息。今日即使带不回主公，也得带回主公的首级。主公就算死了，也得是尽忠而死，否则黑田家就无翻身之日了。"

善助仰头望天。纤细的月亮向大地投下清辉。

"信长竟认为主公，不，黑田家与有冈城私下勾结，真是岂有此理！而您不杀主公却囚禁他？世人岂会相信这种事！"

黑田不是能与织田分庭抗礼的家族。想苟活于乱世，他们只能向织田表明立场，说官兵卫是擅自投靠村重，是个人行为，和黑田家无关。即使织田接受这个理由，黑田家恐怕也会付出沉重的代价。

村重和官兵卫的那次见面，已经是去年十一月战事开始前。官兵卫说他的独子松寿丸已献给织田做了人质。

善助越哭越凶，声泪俱下。

"摄津守大人,您知道吗?信长杀了少主人松寿丸大人,黑田家绝嗣了!"

村重依旧沉默。

一方面,这场大战不仅赌上了荒木家的未来,也决定着毛利家和本愿寺的沉浮。他实在顾不上其他家族的安危了。至于黑田家是否绝嗣,根本不在村重的考虑范围内。

另一方面,村重完全没料到囚禁了官兵卫等于送松寿丸去死。松寿丸年仅十二岁,如果要村重在官兵卫和松寿丸之间杀死一个,他会怎么选?

如果是经过深思熟虑而作出的决定,那么无论怎样,村重都不会后悔。但这是一个未经细细思忖而导致的结果,村重心中陡然产生一抹薄薄的、像纸那样薄的悔意。

但村重毕竟是大将,不能露怯,于是喝道:

"混账!这与我何干!"

"村重!"

"你这无名小将,不值得杀。来人,把他绑了,找个地方关起来。他若拼命反抗就砍了。"

说完,村重背过身。士兵迫近善助,夜空被怒涛般的吼声摇撼。

回到宅邸,近侍帮村重卸下铠甲。郡十右卫门前来报告说栗山善助已经被绑起来,问道:

"现在可以让兵士撤离了吗?"

栗山善助引发的这场骚动,惊动的不止本曲轮的卫兵，很多在外头戒备的人也赶来帮忙。村重正要说"那就撤走吧"，一时间又踌躇了。十右卫门扬眉问道：

"主公，怎么？"

"不……"

善助固然身手了得，可怎么看都不像擅长潜行。他仅凭一时冲动就能潜入本曲轮，村重蓦然意识到，有冈城的守备竟如此松懈了。

"调御前侍卫去保护无边所在的草庵。四人看守四面，不得让任何人接近。直到无边于天亮离开前，都要有人看住入口。"

"是，属下遵命。"

十右卫门没有质疑村重的指令，立刻退下照办。脱去铠甲，村重顿感肩膀轻松，忽地又有叫十右卫门回来的冲动。按理说，派老弱残兵保护无边足矣，不会令人察觉到无边的重要性。可事到如今再收回成命，未免又显得轻率急躁。

村重意识到自己迷茫了。他沉下丹田，暗暗告诉自己这不是朝令夕改的迷茫，而是三思而后行的谨慎。迷茫等于死，犹豫就会败北。村重对自己说。

夜更深了。

5

村重做了个梦。

他梦到自己变年轻了。梦里的他不是摄津守荒木村重，只是荒木弥介。他对主君池田胜正心怀不满，表面上装作服从，暗地里时刻盘算着要取而代之。

"弥介说不准能做得更好。"

中川濑兵卫在他身边笑道。濑兵卫也很年轻。只要长枪在手，濑兵卫就觉得这世上没有办不到的事。

"到那时，请让我做侍大将。"

濑兵卫说道。

"侍大将算什么，我给你一座城。"

"噢，一座城，好啊。"

"等打下伊丹，就由我驻守。池田城交给你。"

"哈哈，那么我现在就要开始视察城内。攻下伊丹后，你的下一步打算是什么？"

"说到这个……"村重抬头望天，说道，"果然还是要去一次京城啊。我想看看茶具，顺便拿个官位回来。"

"堺港呢？你难道不想要？"

不知何时，高山右近也出现了，同样很年轻。论智谋，高山右近不逊色于毛利元就，器宇轩昂。

"神父会很高兴。"

"你满脑子南蛮宗，就没有更大的志向？"

弥介苦笑道。右近郑重其事地在胸前画了个十字。

有濑兵卫和右近作为左膀右臂，弥介如虎添翼，北摄唾手可得。主君池田虽不堪，其实如今各家的将军都不像样，诸如细川、六角等，皆碌碌无为之辈。作为武士，不能虚耗生命……

拂晓时分,村重一一盘点。

京城已归织田。

堺港已归织田。

中川濑兵卫离开村重,降了织田。

高山右近也离开村重,降了织田。

拉门外有个单膝跪地的人影。是濑兵卫回来了……不,是近侍。他有什么事?

"何事?"

近侍战战兢兢地回道:

"无边大人被杀了。"

6

无边在草庵被刺杀。

村重催马飞驰在黎明的有冈城,远远地甩开跟在他后头徒步的御前侍卫。经大沟筋进入住宅区后,身边一个侍卫都没有了。平时,村重绝不会独自出现在公开场合,时刻带着随从,既是出于安全考虑,也是身份的象征。身为大将,单骑走动实属大忌——这一点,村重自然明了。可此刻的村重顾不了这么多。

那座庵孤零零地立在町屋南侧杂草丛生的空地上。这里原是池田町一位上了年纪的法师离群索居之处,他打算在圆寂前都在这座草庵中虔诚念佛。村重和法师是旧识，法师在此结庐隐居，也赖于村重相助。如今庵主法师年老体衰，耳目不便，从早到晚都需要杂役帮忙，但仍然欢迎云游僧或苦行僧来此借宿。

村重赶到草庵，看到长满杂草的庵门外拥挤着数不清的平民。他们不知从哪里听说了噩耗，来此聚集，个个泣不成声，时不时扯着嗓子哭喊。

"无边大人！"

"别丢下我们，无边大人！"

悲号坠地，哭声震天，哀恸如浪花此起彼伏，一浪高过一浪。村重一时半会儿挤不进去，后来总算有人注意到了他，人们仿佛看到救星，纷纷向他伸手，声音越发高亢了。村重的坐骑受到惊吓，不由得倒退了几步。

负责把守草庵的御前侍卫看到村重的身影，振作精神，向众人怒喝道：

"都退下！摄津守大人来了。"

接着，侍卫高举长枪。但是百姓充耳不闻，平时根本没机会见到村重的平民都高举双臂，拥挤在村重马下。

村重坐在马上俯视人群。百姓皆着粗布麻衣，个个都有一张黝黑的面孔，双眼都充盈着泪水。在不知能否看到明天、坚守不出的岁月里，百姓将无边看作拯救者。当下，无边死了。对百姓而言，等于希望破灭了，不，情况可能更糟。

愤怒。百姓的愤怒在翻涌。

村重大喝一声：

"别吵了！若私结党羽，绝不轻饶！"

村重嗓音洪亮，即使在喧嚣的战场上也能有效发号施令。村重边上有人被这声大喝震慑得一下子摔倒在地。百姓的声势稍有衰减，御前侍卫乘机上前护住村重。村重再次命令道：

"回去！违令者，斩！"

领主下令了。百姓明白村重不是虚张声势。聚集者三三两两悻悻然往伊丹村走去，时不时有人恋恋不舍似的，转头回看草庵。

周围安静下来，御前侍卫集体单膝跪地，其中一人低着头说道：

"主公，属下有罪。"

说话的是乾助三郎，他的声音颤抖着：

"是我等警备松懈，令歹人轻易得逞。主公应该已经知道了，无边大人和秋冈四郎介被杀了。"

"什么？秋冈也……"

"是。歹人砍中他的大腿，又刺中他的脖子。"

村重一瞬间气得咬牙切齿。荒木家御前侍卫中最负盛名的"五杆枪"，居然已死了三人。村重瞟了一眼在场的人，注意到其中有一个并非御前侍卫。那个人未穿铠甲，腰间佩了把刀，头戴黑帽，是武将装扮。

"那边那个，把头抬起来。"

那个人遵嘱抬起了头。

"原来是与作啊。"

"是。"

平时一副年轻精悍武士模样的北河原与作此时的脸色苍白如纸。

"你为何来此……"

村重话音未落,就把后半句憋了回去。当下有更重要的事,不该浪费时间去计较与作来此的理由。于是村重下马吩咐道:

"助三郎,随我去检查尸首。其他人原地等候。"

村重抬脚走入庵门,被他远远甩开的御前侍卫们才姗姗来迟。村重在这群上气不接下气的武士里看到郡十右卫门的身影,命令道:

"十右卫门,你过来。"

草庵四面围着木柴堆成的矮墙。木墙虽矮,但足以划分界限。村重三人穿过没有门板的庵门,见黑暗中伫立着一个幽魂般的人影。这个瘦得皮包骨的僧侣便是庵主。

"欸……唔……"

庵主发出呻吟声。村重附耳上前才听请他的话语。

"摄州大人。"

眼见旧识的法师已如此衰老,村重一时说不出话来。但眼下不是叙旧的时候,他招呼道:

"大师,我们进来了。"

说完回头看了助三郎一眼。助三郎走上前说道:

"属下带路。"

这座庵有三个房间。一间是有围炉的卧室,那是庵主的房间。一间是佛堂,面积窄小,但法器一应俱全。剩下一间是客房。助三郎率先带村重去的就是这个房间。

从卧室到客房,要经过庵外走廊。助三郎领村重走到满是破洞的拉门外,垂首道:

"是这里。"

还没打开拉门,村重就闻到了一股气味。这味道……没错,正是武士从小就再熟悉不过的血腥味,此外还闻到了尸臭味。

"开门。"

"是。"

助三郎打开拉门,湿气扑面而来。

狭小房间的中央,一个僧侣模样的人仰躺着。发黑的地板上到处是血,苍蝇在黑漆漆的房间里"嗡嗡嗡"飞来飞去。村重心中存有一丝绝望的期盼,希望死者不是无边,命令道:

"把他翻过来。"

"是。"

助三郎毫不犹豫,立即将尸体翻过来。苍蝇成群飞舞,狭小的客房仿佛被卷入旋涡……这具尸体毫无疑问就是无边。他双目圆睁,嘴巴大张,表情惊恐至极。这位云游僧人在生命的最后时刻显然没有安心上路。

"伤口呢?"

助三郎遵从指令，在尸体上寻找伤口。他那双大手和粗大的手指顿时沾满了血。无边手指僵硬，似乎想抓住空中的什么东西。助三郎的手指沾上的血不似要滴落，而是几乎凝固了。

找到伤口，助三郎无暇擦去血迹就报告道：

"胸膛有刺伤，必是这一击刺透袈裟，贯穿背部。"

村重抚摸着下颚，寻思道：无边虽非武士，但他能徒步穿行于荒山野岭，是身体健壮的云游僧。他一定拥有对付强盗山贼的经验。想要一击刺穿他的胸膛，恐怕不是那么容易。

他再次环视这个蚊蝇飞舞的房间。铺了地板，约四叠半大小，除了地板上鲜血飞溅，墙壁上也有血痕。也就是说，无边确实是在此处被杀，毕竟尸体不会移动。

房间三面是墙，一面是自己刚才进来的拉门。没有橱柜之类的。因是隐士草庵，房里的陈设少得可怜，只有一条蒲团和一座香炉。香炉不是什么精美器皿，只是素烧的土器，里头残留着焚香的痕迹。

"没了。"

村重自语道。

"您指什么？"

助三郎问道。村重没有回答。

村重发现无边的行李不见了。那只藤条编织的箱笼中，有无边的旅行用具和佛具，它不见了。

当然，那里头还有寅申壶。

十有八九是被凶手拿走了。但尚不能早下断言。村重克制住摇摆的情绪，向助三郎发问道：

"秋冈四郎介呢？他在何处被杀？"

助三郎双手沾满鲜血，正为如何擦汗而犯难，听到村重的问题，正色回答道：

"在外面。"

"带我去。"

"是。"

助三郎走出房间。村重在郡十右卫门耳边悄声说道：

"找出那封密信，检查是否被看过。"

那封送给惟任日向守的密信由十右卫门送交给无边。城内知道村重想议和这件事的寥寥无几，十右卫门恰好是其中之一。十右卫门回答道：

"是，属下这就去找。"

"还有一件事。我把寅申壶交给了无边。"

连喜怒不形于色的十右卫门都瞪大了眼睛，问道：

"什么？那般名品？"

"嗯。现在却不见了，必是被贼人拿走了。万一是无边把它藏了起来，想尽千方百计也要找到。地板下，天花板上，不得留死角，给我查找一遍。是黄色的，形状上小下大。"

"是。属下誓不辱命。"

十右卫门神色凝重，低头遵从。

尽管村重这样说，其实他很清楚，无边绝不可能把寅申壶藏于庵中。但他仍怀着一丝侥幸，叫十右卫门去查找。他为自己的这份愚蠢感到可笑，同时又暗地里自言自语。

"寅申壶肯定还在，肯定还藏在某处……"

酷暑下，夏草依旧顽强地、茂密地生长着。难道暑气侵蚀的只是人类的生命力？

秋冈四郎介俯卧在夏草中。明明头盔铠甲穿戴齐全，但没有被铁片保护的大腿内侧还是被砍了，脖子也被贯穿，流出的血渗进土壤，护腿和草鞋上的血迹已经干涸。因脖子处有甲胄保护，所以凶手一定是先砍中了四郎介的大腿，再绕到背后，刺穿了倒下的四郎介的脖子。这不是毛头小子能使出来的，凶手必定身经百战。换作是村重，也会采用这种策略。

"要不要翻过来？"助三郎问，"他一开始就是伏倒状态。"

仔细一看，四郎介的刀尚未出鞘。村重问道：

"四郎介只佩带了打刀？"

"是。"

四郎介只带打刀应该就够了。可他竟没来得及拔刀就被杀，而且不是战死沙场，是为了保护一个和尚而死。这难免会被耻笑，但村重不认为四郎介是个粗心大意的人。

"四郎介尚未拔刀，敌人的手段很是高超啊。"

"主公所言极是。像秋冈大人这般功夫都……简直匪夷所思。"

低头看着四郎介那张已无血色的脸，助三郎沉痛地说道。

村重仔细观察四郎介大腿处的伤势，发现靠近大腿的伤口很宽，越靠外，伤口越细。

"四郎介……"村重喃喃道，"是从背后被砍的。"

"是。那么……"助三郎若有所思，"这片草丛能掩盖脚步声，秋冈大人可能没察觉到背后的敌人靠近。"

助三郎说得有道理。村重环顾四周，草丛正中是草庵的后门。草庵被矮墙围住，前后两道门侧各有缝隙，只是徒有其表的空门，不设门板，简直通行无阻。四郎介倒下的位置离矮墙约十数步远。

"助三郎，你把从昨夜守卫到发现尸体这期间所发生的事详细说一遍。"

"是。不过，主公，北河原大人那边没关系吗？"

村重听了，又说道：

"那么，换个地方说吧。"

他们从草庵后门绕到到通往墙外的正门。这里有昨夜在此守备的两名御前侍卫和跟随村重从本曲轮赶来的二名侍卫。北河原与作和马夫留在原地，看上去无所事事。十右卫门正在客房里检查。太阳升起来了，很快，草丛间热气蒸腾。

助三郎说道：

"属下四人昨夜在本曲轮捉拿歹人。后来首领郡十右卫门大人命令我等前往草庵守护无边大人，我们便赶来此处。秋冈大人提出，如果带火把，就只能单手作战，未免太不谨慎。考虑到昨夜星光明亮，我和秋冈大人合计，决定不带火把。"

负责守卫的除了乾助三郎和秋冈四郎介，还有两名御前侍卫。他们四人，一人一面，守在草庵四个方向，观察草丛中的动静。前门是乾助三郎，后门则是秋冈四郎介。

"嗯，继续。"

"黎明前一直无事发生。差不多快天亮的时候，北河原大人来了，提出想见无边大人。"

北河原与作来到草庵正门，第一个看到他的是助三郎。

"属下接到的指令是不得让任何人靠近，因此没有同意北河原大人的请求。但北河原大人坚持要见无边大人，就在我们争执之际，他的马忽然狂奔。我吩咐马夫去驯服，在此间隙，北河原大人溜进庵中。"

"这件事就让末将来说吧。"与作插嘴道，"末将恳求庵主为我带路，可庵主似乎没听到。虽然无礼，但末将只好自行去找无边。这间草庵很小，没花费多少工夫，但我找到无边大人时他已经被杀了。"

助三郎接过与作的话头，继续说道：

"北河原大人从庵中出来，跟我说无边大人被杀了，属下立刻赶去现场，发现所言属实。属下立时召唤同伴集合,这两个人马上就到了,但秋冈大人不见踪影,于是我去找他,发现他已经被杀。"

村重眼射寒光,盯着助三郎问说:

"你等御前侍卫之间不会确认对方安危?四郎介是夜里被杀的,但凡相互喊一声,早就发现四郎介被杀了吧?"

三人大受震慑,回答道:

"属下失职!"

要说懈怠,确实懈怠,可他也知道自己的这番话实为不合理的苛责。村重才是大将,事先将细节安排妥当,是村重的责任。况且,就算他们能早一步得知四郎介被杀,无边的死还是无法避免。

十右卫门从庵中走出来。村重看了他的表情,就知道他有话说,于是稍稍走远几步。十右卫门小步快走,来到村重身边,附耳道:

"属下没找到寅申壶。"

"这样啊。"

"密信仍藏在无边大人的袈裟衣襟里,但衣襟边沿和密信封口处俱有些错位。"

"有人读过了?"

"恐怕是。"

切……村重咋舌。放眼看去,尽是环绕草庵的草丛。村重宛如看到敌人弓身于草丛,凝视着。

"是织田的人?先在草庵后门杀了四郎介,然后从门隙翻过矮墙，刺杀无边……"

偷看了密信，再夺走寅申壶……村重把后半句话咽了下去。

换句话说，敌人果然是老手。那么，寅申壶此时早被他带到城外不知何处去了。村重哑口无言，其他人更是噤若寒蝉。烈日下，没有一丝虫鸣或风声，唯有日头依旧毒辣。

7

在绝没有人能到来的时候，弘扬佛法的无边出现在有冈城外。对城内所有人来说，他象征着救星。

无边的存在，既保证了人们死后往生极乐，也向城内证明被大批织田军包围的有冈城不是一座孤岛。现在无边死了，他被潜入城中的织田奸细杀了。流言不胫而走。尽管村重设下保护网，织田奸细依然能杀死无边。世上还有织田触不到的地方？荒木又能保护什么？军民嘴上不说，心里却都在想这件事。

村重回到本曲轮，坐在大厅里。郡十右卫门在他面前平伏。

"十右卫门，"村重开口道，"把你送密信给无边的过程详细道来。"

"是。"

十右卫门进门前已从近侍那里听说了村重为何召见自

己,因此不假思索地开始叙述:

"属下接过主公的密信,于午后时分送到无边大人手中。属下骑马前往草庵,向走出庵门的庵主大人告知来意,可他耳力不佳,不得要领。没多久,无边大人出现,属下向他表示来意,他便引我前往客房。但属下没有和无边大人说话,仅把密信交给了他。离开时,属下向庵主大人告别,庵主大人却仿佛睡着了,毫无回应。"

"当时客房里有没有行李?"

十右卫门一时没有回答。

"怎么了?"

"属下惭愧,当时的注意力都在密信交接上,没有留意行李是否在场。"

十右卫门的声音中透着焦躁。

村重摸了摸下颚,说道:

"难为你了。你到访时,庵里是否只有庵主和无边两个人?"

"属下不知。"

"庵主年老体衰,应有一个原是池田寺杂役的男人照顾他起居。"

十右卫门振作了些,说道:

"属下知道这个人。"

"是吗?当时这个杂役在场吗?"

"不在。"

村重扬起眉毛,问道:

"你刚才说不知道庵里是否只有无边和庵主,现在为何能确定杂役不在场?"

"属下自有理由。"十右卫门迅速回答道,"属下送完密信离去时已近傍晚,随后在伊丹村里看到那个杂役在买蔬菜。"

村重点了点头,说道:

"是这样啊,你确实心思缜密。去把那个杂役带过来见我。"

那杂役一辈子都是在池田一向宗寺院度过的,估计除了他自己,再没有人知道他到底多大了,看模样总归是五十岁以上。他的腰早就被艰辛岁月压弯了,头发也已灰白,脸上的皱纹很深。他为人真诚,无论对待小沙弥或俗人都很温和、亲切,即便对方是高僧或贵族,也不会阿谀巴结。池田城破后,那位法师决定在有冈城内隐居,那杂役就被他带过去了。如今那杂役就拜倒在庭院里。村重走出房间,站在他面前,说道:

"好久不见了。"

村重和庵主是旧识,自然见过杂役。杂役维持平伏姿势,一言不发。

"准你抬头回话。有事问你,要仔细回答。"

"是。"

"昨日傍晚,郡十右卫门说他在伊丹村里见到了你,对吗?"

杂役没有任何动作，身体保持着平伏，说道：

"小人确实和一位骑马的御前侍卫擦身而过。但伊丹常有御前侍卫骑马往来，小人不知那位侍卫是否就是郡大人。"

"好。说一说之后你都做了什么？"

"是。"

杂役沉默了一会儿，似乎在回想当日所发生的事，接着从容不迫地叙述：

"小人白天在村里做事，仅早晚两次去草庵帮忙。昨日庵主大人吩咐小人我去买用来做泡菜的蔬菜，为了买齐，多花费了些时间，因此那晚去草庵比往常稍迟了一点儿，到草庵时天快黑了。我先去问候庵主大人，然后听到了一件令我惊讶的事，原来无边大人今晚要留宿庵中，且无边大人此时正在会客。"

北河原与作也好，郡十右卫门也好，都没能和庵主交谈，连村重都不能和庵主正常说话。然而这个杂役可以听清庵主的话，真令人意外。

村重心想，这也说得通，毕竟他一直照顾庵主的起居，能听懂不奇怪。

"然后发生了什么？"

村重催问道。

"我赶忙跑去问候无边大人，问需不需要备酒。无边大人用严厉的口气说不需要，客人早就离开了。他还说自己有要事，让我不得再打扰他。小人记得他是这么说的。"

庵主口中的客人到底是谁？

无边说那位客人早就离开了。那位客人会是送密信的郡十右卫门吗？十右卫门进庵后就和庵主打了招呼，但他说庵主没听懂他的来意。他出门时又和庵主打了招呼，但庵主好像睡着了。那么，庵主应该只看到十右卫门前来，没看到十右卫门离开。村重心下盘算道。

无边对杂役语气严厉，这让村重很在意。无边待男女老弱、贫富贵贱都很柔和。当然，对待下人，态度截然不同，世上这种人比比皆是。然而村重不愿相信无边是这种两面派。

杂役继续说道：

"接着，小人去打水，从客房飘来熏香味，无边大人开始念诵真言。我看到他一度起身去厕所，表情非常严峻。无边大人名望之高，近乎活佛，可他念佛时还是那样热忱，小人深受感动。"

"继续说。"

"庵主大人准许我离开草庵时，天已经完全黑了。以前偶尔也会在草庵待到很晚，我眼力不差，在晚上也看得清，又熟悉道路，借助星光走回去不算难事。对了，走到正门时，我发现一名身材高大的武士站在当中。我刚发出声音，他便大声叱问我是什么人。我说自己是杂役，他就没再责骂。后来，我走回伊丹村家中睡觉。"

杂役口齿流利，回答时一点儿都不结巴。他的记性不错，胆子也大。村重看着杂役低垂的脑袋，心想，这人要是再年轻二十岁，不，十五岁，必召他来家中负责杂务。

村重赏赐了杂役一些钱财，打发他回去。随后村重回到大厅，命近侍去传乾助三郎。

肥硕的助三郎满脸都是夏天的印记。他平伏在村重面前，斗大的汗珠一滴滴落在大厅的地板上。村重无奈地看着他，说道：

"助三郎，我问你，昨夜你是否看到有个杂役离开草庵？"

"唔……是。"

助三郎在黑夜里铆足劲观察有没有人靠近草庵，突然从身后传来人声，怕是要吓破胆了。他莫非就是因为这个才责骂杂役吗？助三郎回答道：

"属下是看到了。"

"是吗？你先别着急回答，好好想想，那个时候他手上拿了什么东西？"

昨夜，助三郎和杂役能够直接对话意味他们相距很近。草庵有杂役来帮忙这件事助三郎早已知晓，杂役并无可疑之处。但助三郎还是上上下下仔细打量了他一番。这是因为村重曾叮嘱过他，武士必须看清对方手中所持物件。那还是去年冬天安部自念被杀之时的事。

"他的两手空空。"

"不光是双手，他有背着什么东西吗？"

助三郎回想着杂役离去时的背影,说:

"他背上也没有东西。"

"这样啊。"

昨日,助三郎在庵外守备,彻夜未眠。再怎么强悍的人也不能不睡觉,因而村重下令:

"我知道了。你退下吧。昨夜负责守卫的人今晚就不必当值了,你去跟他们说吧。"

"遵命。"

助三郎对自己滴落在地板上的汗渍耿耿于怀,但还是向村重辞别。

最后一个被召至大厅的是北河原与作。和早晨的着装不同,他穿上了铠甲。与作率领的北河原家是机动部队,不管敌军进攻哪里,都得赶去支援,因此要时刻准备迎战。去年腊月,他们作为援军参加了岸之寨的战斗,立下不少功劳。

与作平伏行礼,村重说道:

"与作,抬起头。"

"是。"

与作的回答虽然很有力,表情却透着不满。这一点,村重不会注意不到,但他没有特意询问,而是问道:

"你在拂晓拜访无边,所为何事?"

"原来是要问这个吗?"

与作似乎有些沮丧。

"末将不是为了别的，而是家中有人病重，弥留之际说想在无边的颂佛声陪伴下离去。人之将死，这最后的遗愿不能让仆人去办。末将认为，只有家督亲自去才能见到无边，就立刻出门了。"

"你出门得真早啊。"

"病人危在旦夕，分秒必争。要是等天亮再去，万一病人辞世，就会辜负家人的期望，憾矣。"

大厅隔壁的房间里早有竖起耳朵的御前侍卫待命，此刻有人马上赶往北河原家查探是否真有人病重。

与作皱了皱眉，终于开口问道：

"主公，末将有一言，不知当问不当问？"

"问吧。"

"听说主公接连传唤了郡、乾及那位杂役，请问您到底在查什么？"

村重不答。与作又说道：

"织田贼人先砍秋冈，再杀无边，事情经过一目了然。与作不解，您究竟为何传唤我等？"

与作不解很正常。村重是不得不继续调查无边之死。

无边是村重的密使，还携带着独一无二、世所罕有的名品寅申壶，这件事应当无人知晓才对。关于寅申壶，村重并没有告诉郡十右卫门和执笔的文官。他甚至为了不被人从茶具数量的增减推测出这件事，特意让不同的近侍从仓库搬出再搬回书房。为了保密，村重不可谓不殚精竭虑。然而，寅申壶还是被夺走了。

这就意味着，他的密谋泄露了。说不定连和谈之事都一并泄露了。

秘密是如何泄漏的？村重真正想查的就是这件事。与作想必不知道这个秘密。村重没有把这个秘密告诉城中任何人。

不对，有一个人。

与作的眼神中流露着疑惑，村重仅用三个字回应他："不可说。"

8

村重把自己独自锁在书房，面前摊开一张废纸。

时间概念完全取决于太阳，人们通过天色的明暗来判断时辰。季节不同，一天的长短也会发生变化。如果大家不统一时间起床，那么说不定一个人以为是午时而另一个人却以为是未时了。但这并不会改变事件发生的顺序。村重执笔将从昨日到今早所发生的事件一一依序写下。

事件发生的顺序大致如下：

上午
军议结束。无边来到有冈城。下起骤雨。

中午
无边来本曲轮宅邸谈话。将寅申壶交给无边。

无边前往草庵。

下午
郡十右卫门怀密信造访草庵。无边收下密信。行李是否在场不确定。
十右卫门离去时向庵主道别，庵主不答。

黄昏
十右卫门在伊丹村看到杂役。

日落前
杂役进入草庵，从庵主那听说无边留宿，正在会客。
杂役前去问候无边。

前半夜
甲：杂役说打水时闻到了熏香。看到无边去厕所。
乙：栗山善助潜入本曲轮引发骚动。村重命御前侍卫前去守护草庵。
甲乙先后顺序不明。

深夜
秋冈四郎介、乾助三郎等四人到达草庵。
杂役离开草庵时被助三郎叫住。

拂晓
北河原与作为了病危的家人到访草庵求见无边。
乾助三郎拒绝与作进入草庵。
与作趁助三郎分神时进入草庵,发现无边的尸体。
之后,秋冈四郎介的尸体也被发现。

早晨
村重接到报告。
客房里找不到行李。

从昨天起到寅申壶消失、无边和秋冈四郎介被杀,一天之内大抵就是这些事。村重凝视废纸良久。但不管怎么看,他所苦苦思索的——秘密如何泄露及寅申壶的下落——还是不得其解。

9

北摄的土地含水量高。

村重向有冈城天守阁的地下走去,头顶就是天守阁,土壤因承受建筑物压迫而渗出水。这里一年四季都是湿漉漉的。地面酷暑难耐,地底却寒冷彻骨。

村重手持烛台,独自走下阶梯。狱卒听到他的脚步声,主动出来迎接。

"主公。"

嗓音沙哑的狱卒年约五十岁，叫加藤又左卫门。他是前段时间死去的那个狱卒的继任者，看管的囚犯唯有一人。村重问道：

"他还活着？"

"是的，遵照您的吩咐。"

"把门打开。"

又左卫门从命，弯腰开锁，把钥匙插入木门锁头一转，伴随一个沉闷的声音，门锁打开。

"门开了。"

门框坏了吗？门锁打开后，不用推，木门就自动打开了。村重把烛台递入门内。微弱的烛光起不了什么照明作用，门内依旧一团漆黑。村重一言不发地走进去，继续向下走。

一步一步往下走，虫蚁被光明驱散。终于，在烛光的光晕中出现一间结构坚固、栅栏很粗的牢房。

透过粗粗的木栅栏，能看到一个黑色的块状物。村重出声道：

"官兵卫。"

块状物动了一下，接着发出笑声：

"原来是摄州大人……您来得比在下预料的早。"

摇曳烛光照射下的这个人正是播州[1]大名鼎鼎、智勇双全的武士黑田官兵卫。但眼前的他已不成人形，头顶的

---

[1] 即播磨，又称播州。

伤口结出丑陋的疤痕，即便在黑暗中也清晰可见。他的双眼深深地凹陷下去，驼着背，脚似乎也受伤了，甚至无法正坐。官兵卫被村重投入这间难以伸展四肢的地牢已七个月有余。七个月就能把人变成这副模样，变得这样佝偻、瘦小。衣衫褴褛的官兵卫嗓音极为沙哑、阴郁，但依然给人以不可小觑的威胁感。官兵卫的话语毫不掩饰他对村重的嘲讽。这句话会不会是官兵卫的虚张声势或逞强？村重根本不去考虑这种可能性，问道：

"早？你是什么意思？"

"这个嘛，据小人估算，应该再等十日才能见到您的尊容。"

"我必须来这里见你这囚徒吗？"

"您这是明知故问吗？摄州大人，您不是来了？"

说完，官兵卫不再出声。沉默的官兵卫在牢中只是一团影子。

对村重而言，官兵卫如影子般不可捉摸。他曾是小寺家的家臣，当年的小寺官兵卫虽然已经是智勇双全的武士，但还算不上高深莫测。被囚在此牢中的官兵卫，在等待着一个向全天下展示其智慧与谋略的机会，展示其足以化危机为机遇的能力——接触一个月、两个月之后，村重越来越看不透官兵卫。他当然早就知道官兵卫才思敏捷，却怎么也没料到他竟聪明到如此地步。官兵卫到底在想什么？无论村重怎么揣度都看不明白。不过当下，村重自认为看懂了官兵卫的所言所思。

官兵卫是抱着必死的心理准备来到有冈城的，村重却没有杀他，而是将他投入地牢。那时的官兵卫为什么狼狈不堪地大叫着要村重杀了他？如今，村重明白了。就像昨夜潜入本曲轮的栗山善助那样，官兵卫一心求死是为了拯救自己在意的人质。

己方人质被杀，这对武士而言是莫大的耻辱。与其受辱，不如赴死……去年十一月的官兵卫一定是这么想的。但在如此乱世，有很多武士漠视人质的性命，甚至有的武士视送人质去死为谋略。这些人无可厚非，或许应该说，这类武士才是大多数。此时此刻，村重心底油然而生一股冲动，想对官兵卫说出"你的想法已经被我看穿了"。

不对，等一等！村重脑海中突然闪过一个念头。十一月里那个不顾体面地求死的官兵卫和此时这个蜷缩在地牢里的官兵卫，两者的心境真的完全相同吗？

不同了，村重心想。一定看漏了什么东西。

村重本以为自己看穿了官兵卫的心思，其实还远着呢。明白了这一点，村重木然呆立。稍许沉默后，村重才想起自己掌握了一件官兵卫不可能知道的事，便笑道：

"官兵卫，栗山善助来了，他说来救你。"

"……"

"那小子潜入本曲轮，身手相当了得啊。"

村重借着烛光凝视官兵卫，试图捕捉官兵卫的表情或肢体泄露的任何摇摆……但官兵卫没有任何表示。他身处黑暗，稍微低头，一动也不动，好像什么都没听到。他是在强作镇静还是真的什么情绪都没有？烛光太暗，看不真切，村重的笑容消失了。

刚才油然而生的冲动一瞬间冷却了。村重是个极富野心的人，身经百战，深谙兵不厌诈，曾耍弄过太多的欺瞒与诈术。但他绝非卑劣小人。用言语戏弄一个被困于地牢的囚徒，绝非村重素来所为。省悟到这一点，他不禁愕然，暗道自己何以变得这般焦躁？

官兵卫的一句话将村重从沉默中拉出来：

"您是如何处置他的？"

村重仿佛失去了兴致，据实相告：

"他是了不起的武士，本曲轮并非你死我活的战场，杀了他不代表打赢战争，所以我把他赶出城了。"

"这真是……"官兵卫沙哑的嗓音透着惊讶，"上天有好生之德，您是在积德呢。"

那家伙曾对我哭喊为什么不杀官兵卫。

这句话几乎到了村重的舌尖，但他忍住没有说出口。嘲弄代表了急躁，官兵卫的这句话肯定是想让村重焦躁。好险，差点儿中了他的圈套。村重一边暗自庆幸一边努力以平静的语气说道：

"你不怀疑我在骗你？"

官兵卫低头喃喃道：

"不必东拉西扯找借口了。摄州大人特意走下地牢是有事要问官兵卫吧？"

"你还是老样子，真聪明。在牢里还想看穿我？"

官兵卫不答。

去年冬天和今年春天，村重两次下地牢向官兵卫求教。官兵卫能预料到第三次并不奇怪。村重放下烛台，盘腿坐在湿漉漉的地上，说道：

"好吧，我有件事想请教你。有歹人潜入有冈城，干了前所未闻的事。"

官兵卫在黑暗里微微侧首，但什么都没说。村重继续讲述：

"那人知晓了无人知晓的事，杀了密使，读了密信。一日不查出此人是谁，有冈城便危如累卵。有冈城被攻破之日，就是你丧命之时。无需我多说吧？"

栅栏里的官兵卫略微活动了一下身体，说道：

"好吧……那我姑且听听是什么事。"

"好，你听着。"

接下来，村重把无边和秋冈四郎介被杀事件和盘托出。地牢和外界连接的唯一的那扇门紧闭着，狱卒加藤又左卫门应当听不到他们的谈话。

不消说，村重没有吐露所有情况。他隐瞒了无边其实是去和谈的使者这一点。除此之外，包括把寅申壶交给无边，村重将其他的一切都一五一十地告诉了官兵卫。官兵卫像往常一样默不作声地听着，偶尔点点头。

村重把捉拿栗山善助的始末、派遣御前侍卫去保护草庵、草庵的结构、矮墙的模样、无边和秋冈四郎介的死法、平民住宅和武士住所乃至武士住所和本曲轮之间的桥梁、北河原与作拂晓造访草庵、乾助三郎目送杂役离开、众人在本曲轮的议论等一一道来。

"就是这样。"

村重说完了。

"寅申壶不见了。难道织田会天狗附身之类的法术？究竟是如何打探到了我机密中的机密，又是如何掳走名品，让强悍的武士连刀都来不及拔出就被杀？"

"这个嘛……"官兵卫悠然道，"摄州大人应该想到了吧？"

村重沉默。

官兵卫一语中的。村重的确早就想到这件事不可能是织田奸细所为。城中潜伏着为数不少的织田奸细，这是事实，但无论他们的身手有多矫健，也办不成这件事。

村重在大厅里接见无边，二人离得近，声音低。即使当时天花板或地板下藏有织田奸细，也绝难听清二人的话语。那么，杀死无边的，只能是知道无边携带密信、身怀宝物、忝任密使的人。

官兵卫说道：

"摄州大人绝非愚人……您该知道，这件事是家贼所为。"

没错。一定是族内有人和织田勾结，把情报泄露给潜伏于城内的奸细。不必官兵卫说，村重早已考虑到这一步，但也只能考虑到这一步。

知道无边是和谈使者且身怀密信的，城内唯一人而已,那就是"御前侍卫五杆枪"的首领郡十右卫门。执笔的文官当然也知道密信的内容,但他不知道村重把密信交给了无边。荒木家的御前侍卫皆百里挑一的武士,但村重以为堪称将才的只有十右卫门。十右卫门是不负村重信任、表里如一的忠臣……看上去是这样的。

昨日引无边进入宅邸的是十右卫门,送书信到草庵的也是十右卫门,但他应该不知道村重把寅申壶交给了无边。

知道他把寅申壶交给无边的也只有一个人,那就是村重的妻子千代保。失去寅申壶令村重悲痛欲绝,不免多说了几句。村重回忆自己当时说过的话,再三确认除了千代保,没有人知道他送出寅申壶。但千代保应该不知道无边身上还藏有一封密信。

十右卫门和千代保。

生于群狼环绕、虎视眈眈的乱世,村重信任的人寥寥无几,他们是屈指可数的两个。到底是哪一个骗过了村重的眼睛,把无边的身份与那两样东西告诉了织田奸细?村重越想越沮丧,心中满是颓唐。官兵卫笑道:

"这件事确实透着古怪,小人倒有几分兴趣。"

村重只觉得昨夜的事件令人担忧,但没觉得古怪,不禁反问道:

"古怪在哪里?"

官兵卫故意睁开双眼,说道:

"这个嘛……如果摄津守大人所言属实,织田奸细潜入了有冈城，从某个和您关系亲密的重要人物那里得知了秘密，潜入草庵杀人，偷看密信再放回衣襟，最后带走茶壶。这难道不古怪？"

听官兵卫这么一说，村重才意识到这起事件的蹊跷。

"如你所言，确实古怪。他为何不带走密信？"

这可是给敌方大将的密信，带走必定是大功一件。就算事发突然，无法带走书信，也应该当场烧掉或撕碎。为什么找出了密信读完又放回去？村重说道：

"难道他其实不在乎密信？只能这么想。"

"诚然。那么，也就是说，歹人的目的只是盗取寅申壶。"

村重揣摩片刻，随后嫌弃地说道：

"你这个说法不合情理。若是寻常小贼，为什么要解开衣襟搜寻密信？"

地牢里的沙哑声音回应道：

"真是的，您自己不是说过了嘛！"

如村重之前所想到的，偷看密信的只能是郡十右卫门。村重沉思道，莫非十右卫门当时在说谎？但因为十右卫门不知道寅申壶也在无边那里，所以"十右卫门把秘密告诉织田奸细，奸细为盗取寅申壶而袭击无边"的逻辑就不成立了。

"这到底……是怎么回事？"

村重不由得自问。官兵卫"嘿嘿"窃笑着，土墙上，人影摇动。

"是啊,到底是怎么回事?"

眼见官兵卫一副看穿真相的模样,村重扬起了眉毛。但不等他开口,官兵卫抢先说道:

"多谢摄津守大人,小人暂时摆脱了无聊,实实在在地愉快了一番。话说回来……"

官兵卫的语气忽然蒙上了一层阴霾。他从乱发缝隙间注视着村重,又问道:

"借口果然是借口,适可而止吧,摄州大人,您要跟官兵卫说的远不止这些吧?"

10

空气里飘荡着火焰的气味,听得见蜡烛燃烧的声音。

短暂的沉默过后,村重还是不知该如何回答官兵卫的问题。话锋突转,令村重措手不及。

"你刚才好像也说过这句话。"村重终于开口,表情和语气都带着嘲讽,"为何旧话重提?你到底以为我为何来此地找你?"

"看来摄津守大人还没意识到自己的心态。"官兵卫正色说,"摄州大人来此地找小人,不为其他,定是为了讨论这场战争的走势。"

"荒唐!我为何要与你讨论战事?"

"当然是因为……"官兵卫说道,"你已无人可以讨论了。"

寒意蹿上村重的脊梁，昨日军议的场面跳入眼前。

——主公何虑之有？

——我等还能坚持七年八年的。

——观察毛利下一步如何行动再作打算，方为上策。

——此计甚妙，就这么办。

在毛利援军不会来的情况下，村重召开所有武将出席紧急军议。大多数人认为应当继续坚守，军议没能作出任何决策。在这间无法射进一束光的地牢里，村重仿佛听见了远方的雷声。村重曾对无边说过这样的话：

"身为武将，不能指望靠祈祷让雷落于战场。"

没错，就是这样。我是荒木家的家督、有冈城的城主、摄津守村重。战局系于一念，一念之间的决策可能导致千万人丧命，也可能使千万人幸存。武将、士卒、平民……都仰我鼻息，可是……

"摄津守大人族内唯您马首是瞻的勇士众多，只要大人一声令下，多少忠义之士赴汤蹈火，在所不辞。不过依小人愚见，能和摄津守大人讨论战事的，一个都没有吧？"

村重没有否认。

村重反叛池田家，击败和田家，流放伊丹家，一举将北摄收入囊中。举大事时，村重身边的确没有一个人可以讨论。他身边固然有沉着的荒木久左卫门、勇猛的野村丹后、忠诚的池田和泉，而且这些人绝不是蠢人或庸人，然而一旦涉及北摄全局乃至天下，能让村重敞开心扉畅所欲言的,一个都没有。勉强说来,郡十右卫门有几分将才,但终究离大器甚远;高山右近倒是能和村重说说话,但曾经的右近只不过是个寄骑,现在已经是敌人了。

官兵卫说话一针见血。村重实为孤家寡人。

"依小人看来,摄州大人当年在织田麾下效力时,恐怕过得更痛快吧?织田麾下有羽柴筑前、柴田修理、惟住五郎左、泷川左近、惟任日向守等不逊色于摄州大人的人物,杰出将星多如繁星。军议也好,茶会也好,大家一定言之有物吧?摄州大人,您在织田家肯定能同他人更畅快地交流,对吗?"

官兵卫列举的那些同辈将领,对当年的村重来说,既是战友,也是对手。那段岁月里,他们相互牵制,竞功争勋,唇枪舌剑,激烈交锋。正如官兵卫所言,他们都是佼佼者。村重的家臣听不懂的话,他们一听就明白了。在那段日子里,村重能尽情地发表观点。

官兵卫语调平稳,像是在教导:

"小人可说错?小人身陷囹圄,在地牢里感觉不到时间的流逝,但毕竟度过了数月。短短数月,摄津守大人居然屈尊来了好几次。"

"……"

"有冈城内,没有一个人能理解摄州大人,除了小人……因此摄州大人来了。"

官兵卫平稳的语调缓缓地刺痛着村重。村重故作轻松地说道:

"一切决定,皆由本大将定夺,就算没有说话对象又怎样?只要家臣照令行事就行了。"

"哦,您说得对。那么,摄州大人明知这场战争没有出路,您的家臣却个个奋勇。个中缘由,您可想通了?"

村重眦目怒视。官兵卫被关在地牢里,无从得知军议上诸将的言行,可能是狱卒加藤告诉他的?村重不禁开始留神身后的动静。官兵卫马上说道:

"加藤大人什么都没说。事态的发展像火光那样明显而已。"

"你早就猜到了?"

村重保持坐姿,伸手拔出胁差。刀刃出鞘,发出清脆的声响,刀身反射着烛光。村重用刀尖指着官兵卫的鼻子,说道:

"你这番狂言有何依据?快回答!否则我就以妖言惑众的罪名斩了你;若支吾搪塞,也一样斩了你。"

官兵卫像被刀刃晃了眼,扭脸说道:

"真难办啊。"

他根本不看刀刃,笑道:

"好吧。首先,这场战争没有胜算,摄津守大人已料到了吧?不胜又不败,您为什么在城里徒耗时日?想必是毛利没有来。毛利不来,族内必生不和……"

蓬头垢面的官兵卫窥视村重,继续说道:

"要不就是羽柴大人说动了宇喜多。看来是被我说中了,宇喜多是趋炎附势之辈。虽然毛利坐拥石见[①]银山,但恐怕难与统治京城、堺港的织田匹敌。"

官兵卫去年十一月就被囚于地牢。除了村重,他不可能从任何人那里得知任何消息。换句话说,官兵卫去年就预判了宇喜多会背叛。村重盯着官兵卫,缓缓放下胁差。官兵卫作了个揖,说道:

"毛利不会来。您的家臣知道了这件事,但应该会继续坚持作战。这当然是有理由的。有些人怕被骂作胆小鬼,不敢说出'投降'二字;有些人害怕战争一旦结束,会遭清算;还有很多人心里越害怕越会假装勇敢,世情如此……但这些都只是浮于表面的理由,至于真正的原因,摄州大人……"

官兵卫以阴郁的眼神看向村重,说道:

"是摄州大人您,是因为荒木。"

村重长吁一口气,"唰"的一声,回刀入鞘。

"好吧。你有什么想说的,说吧。"

说完,村重轻阖双目。为了不被官兵卫读出情绪,他强行作出平静的样子。官兵卫继续说道:

"说起来,有三种途径可以获取领主名分。一是祖辈就在治理那片土地,所以子孙也是领主,比如池田、伊丹。"

官兵卫伸出一根手指,指甲缝里满是污泥。

[①] 日本古代令制国之一,位于今岛根县西部。

"二是奉命治理土地的人成了领主,骏河的今川、甲斐的武田,最早都是这样。"

官兵卫伸出第二根手指。

"最后,是以不可思议的力量笼络万人心,可能被民众视为领主。本愿寺就是这样起家的。"

官兵卫伸出第三根手指,随即用另一根手指将这三根手指掰弯。

"这三种途径之外,还有一条路,就是以武力征服。这种人即便短时间内威震天下,最终却必定走向悲凉的末路。远有旭将军木曾义仲①,近有斋藤道三。"

斋藤道三父子夺取了美浓国,尽管武力拔群,却为世人所不齿,最终被美浓国人众抛弃,家破人亡。

"你太放肆了,官兵卫,别太过分!"

村重断然斥道,声音却透着莫名的无力感。

官兵卫所说的三种途径,村重显然不属于第一种。荒木家跟摄津这片土地可以说毫无关联,高槻和伊丹也是不久前攻下的。至于官兵卫所说的第三种,很难说村重有什么民望。

因此村重认为自己应该属于官兵卫所说的第二种,奉命统治。织田的确在不久前任命他为摄津守,管辖摄津一带。但村重如今已叛离织田麾下,有冈城主的名分便失去了合法性。

---

① 平安末期的著名武将,后遭背叛,惨败而亡。

村重曾被主君赐名池田，池田家是北摄一带的名门望族，由他治理摄津应该是名正言顺才对。遗憾的是，为了证明自己和没落的池田家已分道扬镳，村重抛弃了池田这个名字，改回了荒木。

兜兜转转，村重之于摄津，仍是异乡人。

"话虽如此……"

村重嘟囔道，声音很轻，似乎不想被官兵卫听到。

"事到如今，我不可能改回池田了。"

"摄州大人，"官兵卫近乎温柔地说道，"您自从效力织田，不仅平定北摄，还参与杂贺、上月城、大阪等战事，居功至伟。像摄州大人这样精明强干的大将，就应该征伐四方，在马革裹尸的战场上建功立业。可您的家臣不是这样的，他们的祖先世世代代生长于摄津这片土地，瓦林、北河原、郡、伊丹、池田……都是这片土地上的家族，他们只要有一小片领地就满足了，无法理解为什么要千里迢迢跑去纪伊或播磨打仗。"

没错，官兵卫说得一点儿没错。武士的本分就是为守护以自己姓氏冠名的故土浴血奋战，为什么要离乡背井去跟八竿子打不着的对手拼命？荒木军中早已弥漫着这份不满，村重也早已察觉到了。

村重好战。去哪里打都可以。去年，出生于尾张的羽柴筑前跑到越前作战，今年又赶回备前作战；出生于美浓的惟任日向守则进军丹波。村重渴望像他俩那样。只要有战争，九州也好，陆奥也好，村重都想去。在村重眼里，有冈城只是一座城,是被他抛弃的旧主池田曾经住过的一座城而已。信长以那古野城为起点,先后迁至清须城、岐阜城、安土城等。村重也想效仿信长,一路建立功勋,一路名满天下,迁居的城堡越换越大。

但他的抱负与家臣相悖,这就导致了矛盾。不管村重怎么逃,这个矛盾总能追上来,如芒刺在背。

地牢里的官兵卫已经看清这个矛盾?

"摄州大人,您的家臣无意陪您赴死。他们厌恶背井离乡去远方作战,才会讨厌织田。他们心里很清楚一件事,那就是:一旦到了山穷水尽的地步,只要摄州大人您一个人切腹就行了。然后他们就可以说:'我们不过是按照那个异乡人的命令行事而已。'正因为有这条后路,他们才敢发出豪言壮语,说什么战斗到最后的一兵一卒……摄州大人,小人说得对不对?"

"一旦战败……"村重说道,"由大将承担责任很正常。正因战败无罪,部将们才能奋勇作战。"

"您说得对极了,不愧是摄州大人,"官兵卫脸上挂着和蔼的笑容,仿佛为黑暗的地牢投下了一抹微光,"原本以为有冈城里只有我一个人能看出这场战争的走向,看来您也心中有数。说实话,小人很欣慰。"

村重扭脸说道:

"别得寸进尺,你这狂徒就烂死在地牢里吧。"

"是,小人确实冒犯了,"官兵卫又恢复了起初那般阴郁的神情,"您好不容易来一趟,这里拿不出什么东西孝敬您，实在没面子。为了报答您留善助一命，即使不合规矩，也让小人为您解解谜，聊表谢意。"

官兵卫在栅栏里低头行礼。乱发遮住了他的脸，他又变成了一团影子。

"潜伏于城中的织田奸细杀了云游僧人，拿走名品，摄州大人您是这么说的。内与外、因与果、显与密、先与后、重与轻……一切都颠倒了。草庵里消失的东西到底是什么？线索就在其中。"

稍稍顿了顿，官兵卫补充道：

"看住那杂役，定会露出马脚。"

随后，官兵卫低声诵经。村重信奉禅宗，一下子就听明白官兵卫所念的是禅宗经典《舍利礼文》。诵经声在空洞的地牢里回荡、交叠，如多人同时吟诵。

11

翌日，乌云低垂，天色阴沉。

有冈城内遍布流言。有人说无边死去的那座草庵中的杂役被御前侍卫逮捕，说御前侍卫在伊丹村大肆搜捕，找出杂役棒打脚踢，最后五花大绑地拉走。

也有人说不是这样的。杂役的确被武士带走了，但根本没有被棒打脚踢，是自愿跟御前侍卫走的。不管怎么说，从本曲轮来的人前往伊丹村，带走了杂役，多人目击了这一幕。接着，一具和杂役穿着相同褴褛小袖的无头尸被扔到城外，转眼成了野狗飞鹰的餐肴。

没有人知道杂役犯了什么罪，流言四起。

"主公把无边大人之死归咎于那个杂役了。"

"那个杂役负责照料草庵，无边大人却那么简单地被杀掉，所以主公责罚他。"

上至武士下至平民，无人不在议论，每个人都试图找出杂役之死背后的缘由。但无论哪种说法，最终都得出同一个结论。

无边之死，不该是杂役的错。

城中人大抵是这么想的。杀害无边的是织田奸细，没能防住织田奸细是村重失察，归咎给杂役实在没道理。大家嘴上不说，但心里都揣着这句话。

与此同时，城中还传着另一则流言。杀害无边的真的是织田奸细？城中藏有织田奸细，肯定没错，但为什么非要杀死受百姓敬仰、功德无量的无边？杀害无边的如果不是织田一方，又会是谁？人们心下盘算，窃窃私语着同一个名字。

有冈城北端是岸之寨。在那里，有几个人正在修护栅栏。他们是北河原家的兵士。有个人站在稍远一点儿的地方监工，是北河原与作。

前日，与作在军议上谏言投降，当即遭诸将哄堂驳斥，这件事早已传遍全城。自那以后，不断有人嘲讽北河原的兵士，视之为懦弱鼠辈，侮辱谩骂比比皆是。武士若受此大辱，自会拔刀相见，足轻小厮却不行，只能闭嘴忍耐。

与作目睹了尼崎城中寥寥无几的毛利军,也目睹了团团围住有冈城的织田大军,而其他将领自战争打响以来再没踏出城外一步,所以无论他们如何嘲笑,与作都不放在心上。可他手下的士兵被骂就只能在肚子里生闷气了。正因为如此,所以与作尽可能地亲临现场,陪士兵一起工作。北河原与作既是将领,又和村重有戚,只要他在场,就不会有谁敢来寻衅。

然而,今天和往常不大一样。没有人出言侮辱北河原的士兵,倒是北河原与作本人被敌视了。

关于城中的传言,与作心里有数。无边死去当日,他为了病危的家人,独自来到草庵请无边念佛。由于很难和庵主交流,与作便不经请示地擅自前往客房打开拉门,紧接着发现无边已死。如此牵扯不清,城中人怀疑他也不足为奇。

——北河原与作杀了无边。

——他趁四下无人,一击刺死无边,再装作发现尸体。

若有人当面问他"是你杀了无边吧",与作自然能出声辩解。但没有人提问。与作只能在这份令人窒息的安静中继续监工。城寨里,所有人都携带武器。有没有人在他看不见的地方正用弓箭或铁炮瞄准他?与作脑海中不禁产生了不妙的幻想,心中一凛,额头渗出薄汗。

召集军议的太鼓声响了。又到了军议的时辰?鼓声的

敲打方式意味着只要眼前没有敌人,除了因伤病无法动弹的,全员务必前往本曲轮参加军议。与作喊来家臣命令道:

"我要去参加军议。"

那位家臣似乎并不知道关于自家主公的谣言,像往常那样应承道:

"是。接下来就让属下盯着吧。"

"有劳了。"

"多谢主公关心,请上马。"

与作跨马拉紧缰绳,向本曲轮驰去。

今天的军议总不至于再问一遍战争走势吧?与作暗自寻思。目前,诸将一致同意按兵不动,暂且观望。与作不认为继续等待毛利援兵是什么上策,但他太年轻了,不能违逆家老的决定。所谓出头的橡子先烂,若锋芒毕露,一没家族背景、二没势力撑腰的与作难免会被老将们随便找个理由除掉……一念及此,平时驭马如风的与作此刻不免感到有些沉重。

与作穿过武士的住所,快到本曲轮了,却发现通往本曲轮的桥前排着一队人马。原来是参加军议的将领都被挡在了桥这头。守桥的御前侍卫好像在向诸将询问什么,所有人一个一个排队渡桥。与作刚想问前面的将领发生了什么事,立刻又把话吞了回去——排在与作前头的男人一副僧侣打扮,正是前日在军议上驳斥与作的瓦林能登。

能登在村重面前尚能收敛几分,但军议结束后,只要一见面,就会皱眉骂与作是胆小鬼。与作实在想不出该如何得体地回应,只好默然下马,把缰绳交给兵士,老老实实地排队。

排队时,与作思绪万千——马匹的打理事宜、家臣们承受的流言蜚语、岸之寨的守备及城内的谣言。与作同样无法理解村重。莫非主公真以为是那杂役杀死无边,所以将其斩首?这太荒唐了!与作心道。无边虽是僧侣,却是个靠脚力云游的强壮男人。与他相比,那杂役不过是个手无寸铁的老人。退一万步说,就算是那杂役杀了无边,秋冈四郎介被杀又怎么说?能正面斩杀四郎介的人,这座城里屈指可数。四郎介即便被偷袭也不至于连刀都拔不出。

难不成主公其实不是怀疑杂役……难不成被不实谣言蛊惑的不仅是主公?与作以只有自己能听到的声音自语道。

"你这无礼的家伙!"

忽然,一声怒喝打断了与作的思考。

与作抬眼一看,桥上有个武将正和御前侍卫争辩。是中西新八郎,手置于腰间佩刀上,但尚未拔刀。

恐怕没有什么任务比把守桥梁或关卡的差事更差了。对平民,可能还能逼出一点儿过路费,一旦碰到武士就变得很麻烦。当今世上,挡了武士的去路而被砍不出奇,当了将领的武士更是趾高气昂。虽然也有武士听到"不许通过"后乖乖照办,但也有人不听从。新八郎不知听了什么劝慰,终于松开刀柄,但仍一脸愤懑。

守桥的御前侍卫必是奉了村重的命令才拦下众将。与作看到不少将领面露嫌恶,除新八郎外,还有其他人都手握刀柄。饶是如此,队伍仍在继续前行。终于轮到与作了。

守桥的御前侍卫首领是乾助三郎,他不停地擦汗,看到与作,就放心似的喘了口气,说道:

"北河原大人。"

"真是辛苦你了。"

"劳您费心。主公有令,要我记录出席军议的人名,请稍待片刻。"

"你们在做这个?何必堵在桥上?站远一点儿仔细审视进入天守阁的人不就行了?"

"是,属下也这么想来着,但这是主公的命令……"

助三郎身后一位看上去不擅长文字工作的御前侍卫歪歪扭扭地记下"北河原与作金胜"几个字。

"好了,大人请通过。"

与作百思不解,迈步过桥。瓦林能登故意站在桥中间等候,冲与作笑道:

"这不是北河原大人吗?主公真是下了一道奇怪的命令呢。"

"确实。"

"为何记名?难道想揪出偷懒不出席军议的人?"

"确实奇怪。"

"不过就算出席军议,一样有尽说丧气话的鼠辈混进来呢。"

"的确。"

"武士活着是为了一口气,胆怯的人可打不了仗。你说对吗?"

"您说得对,您说得对。"

与作一边回答,一边仰头望天,喃喃道:

"好像要下雨了。"

能登"哼"了一声,大步流星地朝前走去。

平时参加军议的将领虽各有缓急,但大部分会同时抵达天守阁。今日拜桥前检查所赐,将领们三三两两、稀稀拉拉地走着。渡桥,穿门,进入本曲轮,与作这才看到天守阁。远空有一道闪电划破云层,传来迟滞不安的雷鸣。雷还离得远呢……就在与作这么想的一刹那……

"上!"

"噢!"

传来高呼声。本曲轮明明没什么地方能藏人,到底从哪儿冒出来这么多武士?未待与作细想,他已经被枪尖包围。他下意识地伸手推刀出鞘,这是从小练出的肌肉反应,他的内心已惊慌失措、六神无主。没想到主公真的怀疑我!正当与作心如死灰之际,却发现那些武士对准的压根不是自己。

武士们的目光都聚焦在与作身旁的能登身上。能登惊诧不已,呆若木鸡。郡十右卫门站在能登正对面,郑重地说道:

"能登大人,奉主公之命!"

与作回刀入鞘,赶忙从能登身边跳开,围住能登的武士立即缩小了包围圈。直到此时,能登才如梦初醒,血气上涌,怒道:

"混蛋,你们想干什么?"

十右卫门没有回答。御前侍卫的包围圈外,村重缓步走来。贴身护卫村重的只有一个头戴足轻斗笠的小个子男人。

村重以低沉的声音平静地说道:

"想干什么?你自己心里清楚。"

"主公,这到底是……"

远处,众将凑在一起围观这场骚动。村重不知是否察觉到了他们,继续说道:

"能登入道,是你杀害了无边和秋冈四郎介,束手就擒吧。"

"什……什么!"

能登狼狈地喊叫。众将一片哗然。

"无边是被织田歹人所害,主公为什么怀疑老夫?"

"为什么?我没必要告诉你。你们别让任何生人过桥!"

能登转头看到了一脸死里逃生的与作,指着他说道:

"主公,您听说了吗?眼下城内到处都在传说是他杀了无边。他独自进入草庵,他独自发现尸体。比起老夫,难道不应该先审问与作?"

但村重对能登的说法不屑一顾,斥道:

"我和御前侍卫都见过无边的尸体,莫非你以为我看不出一具尸体是刚死不久还是已死多时?无边的鲜血早已凝固,手臂和手指都僵硬了。无边早在与作拂晓造访草庵前就死了。"

与作长舒一口气。一股安心感在他僵硬的身体中扩散开来,几乎要将他的力气抽光了。他刚才还在绞尽脑汁,万一村重说自己是杀人凶手该怎么自证清白?此刻村重一句话就抹去了自己的嫌疑,他情不自禁地向村重垂首。

能登仍在火冒三丈地狡辩:

"如果与作不是凶徒,主公如何认定是老夫?就算是主公也不能强……"

村重没让能登把最后半句话说出口,喝道:

"能登!别挣扎了!太难堪了!"

那是曾无数次回荡在战场上的吼声,那是能让己方奋起让敌方畏惧的村重的怒吼声。此时此刻,这怒吼声在本曲轮上空飘荡。与作看到能登往后退了一步。突然,响起了一个意想不到的声音。

"主公,且慢。能登所言不无道理!"

以视死如归的表情提出异议的是荒木久左卫门。他站在众将身前,摆手走向村重,说道:

"无边的死,的确令人扼腕,可您究竟如何认定是能登所为?请主公向我等明示。若连申辩都不容,能登的立场何在?瓦林家自前代起就是重臣,不是能轻忽对待的家族。"

与作发现村重一瞬间眯起了眼睛。久左卫门知道自己刚刚失言了吗？瓦林家失去自家城池后就没落了，没落的瓦林家追随了池田家，成了池田家家督筑后守胜正的重臣，而流放胜正的人是村重——流放胜正后，荒木家得以兴盛。换句话说，胜正根本不是村重的前代。

村重当然没有听漏久左卫门的这句失言，但他没有因为这句话而斥责久左卫门。他提高声量，不仅是对久左卫门，更是对在场众将说道：

"诸位听着，能登究竟是如何杀死无边，又是怎样斩杀秋冈四郎介的。"

久左卫门扬起眉毛，说道：

"您说……"

"四郎介从背后被人砍中大腿，倒下时被刺穿喉咙，确是高手所为。四郎介刀法精湛，难有匹敌者，若想在他来不及拔刀的情况下杀死他，我都办不到。四郎介自然没有强大到天下第一的地步，可他非但来不及拔刀，就连用左手拇指推刀的动作都没能完成。世上不可能有比他强这么多的人。因此杀害四郎介的人必定使用了某种计策，令四郎介放松了警惕。"

"计策？"

久左卫门重复道。村重点了点头，说道：

"我给四郎介他们下了命令，去保护草庵，直至黎明时分无边动身启程。依照我的指令，御前侍卫不得让任何人接近草庵。就算那人是自己人，四郎介也不会放行。四郎介绝不会疏忽大意。因而，当夜能让四郎介放心地转过身、在他推刀出鞘前就杀死他的，唯有一人。"

与作已经猜到村重接下去要说什么了——能让奉命保护无边的四郎介放松警惕的那个人到底是谁？

"是无边。"

村重说道。

远方，一道闪电劈过，送来雷鸣。

诸将怔怔听着村重的话，能登还在试图组织语言，却说不出任何反驳意见，只得闭嘴。御前侍卫的包围圈越发收缩了，枪尖对准能登，没有丝毫摇晃。不过站在村重身边的那名戴斗笠足轻没有持枪，甚至没有伸手握住刀柄，只是站着。

久左卫门用高亢的声音说道：

"主公，您说杀死四郎介的凶手是无边？"

村重摇摇头，说道：

"不，是四郎介以为站在他眼前的人是无边，于是转过身。无边死去的那间客房里丢了几样东西。"

"您是指……"

"行李，还有斗笠和锡杖。"

与作瞟到村重说这句话时露出一丝苦笑。

"我坚信歹人是为了行李中的东西，这恰是搞反了。歹人所需要的不是行李中的任何东西，而是行李本身。"

行李中有寅申壶，与作当然不知道。

"歹人戴上斗笠，背上行李，手持锡杖，出现在四郎介眼前。无边习惯把斗笠压得很低，没几个人真正见过他的长相。四郎介也一样，没见过无边的相貌。四郎介远远地看到无边走出来，借着拂晓的微光，又看到无边背着行李，手持锡杖，必然以为这人是无边，不再怀疑。歹人趁机悄然近身，斩杀四郎介。"

"不对，主公，这说不通。"

打断村重的是池田和泉。和泉平时绝不是多嘴的人，但今天他毕恭毕敬地站到村重面前，说道：

"恕末将斗胆，主公适才所言，我有一点不明。能登是了不起的武士，他是否杀了无边和四郎介，先不说……歹人应是先杀了秋冈，再杀了无边才对，怎会先进客房搬行李假扮无边？这说不通。"

和泉的话合乎情理。能登的脸色稍有好转，嚷道：

"对，对啊！说不通。"

村重却一副正中下怀的模样，颔首道：

"和泉，你搞错了先与后。"

"先与后？主公，难道说……"

和泉敏锐地意识到村重说的是事情发生的先后，惊讶地张大嘴巴。村重又点点头，说道：

"嗯。任谁都以为歹人先斩了守备草庵的秋冈，再刺杀草庵里的无边。谁能料到先死的竟是无边？没错，歹人先杀了无边，再从客房搬出行李扮作无边，杀了秋冈。"

"可是，主公！"和泉鼓起勇气问道，"这么一来，歹人究竟是如何潜入草庵的？我听说当夜草庵四面皆有御前侍卫守备。"

"他自然只能在御前侍卫赶到之前进入草庵。"

"主公，若末将所料不错，在那之前只有杂役进去照料庵主。"

"是的，所以歹人进入草庵的时间比那杂役更早。"

"更早……"和泉激动地摇头，"主公，这太牵强了！仅凭这一点就捉拿能登，末将无论如何无法认同！杂役进入草庵时问候过无边，无边跟他说客人已经回去了，客人理所当然是郡十右卫门，他在杂役入庵前就离去了。"

听到和泉提及自己的名字，挺枪对准能登的十右卫门身形略晃了晃。与作看到他手中长枪的枪尖也微微颤了颤。

和泉继续说道：

"末将听说，杂役后来又听到无边念诵真言，还闻到焚香，甚至看到无边站在厕所旁。"

无边之死是城中一件大事，虚虚实实的传言早就飘进了大众的耳中。和泉负责城内巡逻，因此早就掌握了各种流言的时间线。和泉的这份机敏令与作大受震撼。村重也略感惊讶，停顿片刻后说道：

"你听闻的都是事实。"

和泉讶然道：

"那么，客房里不就只有无边一个人吗？主公，莫非您想说无边对杂役说谎？"

"我没这么说。若有客来，无边不可能对杂役隐瞒。"

"末将愚钝，实在不解。照主公的意思，歹人就是能登，那他是如何进入草庵的？"

村重轻描淡写地说：

"从正门走进去，谒见庵主后进入客房。"

"主公！"

村重怒目圆睁，环视众将。那气势震慑得众将忍不住干咽唾沫。轰隆隆，又是一阵雷鸣。

"给我听着，和泉，还有在场的诸位！当日在那座草庵中，能登到底是如何杀死无边的，都给我乖乖听好了！在这座有冈城里，不，在北摄这片土地上，没有一件事能逃过我的眼睛，都给我好好听着！当日，无边下榻草庵后，如和泉所言，十右卫门到访草庵。办完事，十右卫门辞别，随后在伊丹村里看到了杂役。杂役买完蔬菜前往草庵，庵主告诉他今夜无边留宿庵中，眼下有客来访。"

"主公，"插嘴的是久左卫门，他张大双眼说道，"庵主以前在池田尚算明理，可现在已衰老不堪，早就说不清话了。"

村重即刻反驳道：

"他虽然话说不大清，但耳目无碍，还能每日吩咐杂役做事，甚至可以命令杂役去买蔬菜做泡菜。他绝对没有昏聩到不知客人来没来、走没走的地步。从十右卫门辞别到杂役傍晚进庵,能登就是在这个间隙进入草庵的。然后不知能登和无边之间发生了什么冲突,能登无名火起,杀死了无边!杂役是在这之后才进入草庵的,恐怕就是在能登杀人后没多久。能登听到杂役说要给客人献酒,情急之下扮作无边。他对杂役说客人已经回去,还说有要紧事,让杂役不得打扰。这样杂役就不会再靠近客房了。接着他开始焚香念佛,假装无边还活着。焚香或许还有一层考虑,就是要盖住血腥味。那么,他站在厕所外的时候,杂役为何没怀疑?当然是因为能登也是僧侣打扮。"

久左卫门看了一眼能登。能登对佛道并无兴趣,从未念过一句经文,但看上去实实在在是个剃发僧侣。久左卫门的眼神里满是困惑。能登真的扮成了无边?一时间,他动摇了。

能登大声嚷道:

"就算杂役见到的僧侣不是无边,难道城内仅我一人作僧侣打扮?老夫不服!"

作僧侣打扮的将领除了能登,只有病榻上的瓦林越后。但确实还有不少将领剃了发,能登的辩解很有力。

久左卫门重振精神,再次追问道:

"末将也大为不解,主公为何断言房中焚香诵经者不是无边?"

村重纹丝不动,说道:

"原本就没听说僧侣在客房里念佛。草庵中设有佛堂,若是真正的僧人,定会去佛堂诵经,杂役却说从客房里传来念诵真言的声音。这就是显与密的区别。"

"啊……"

久左卫门词穷,不知他是否听懂了村重话中真义,但与作听懂了。为了家中病人,与作造访草庵,请无边念佛,这是因为无边平日里时常为人念佛。也就是说,无边的宗门是显教的一向宗或净土宗,也可能是天台宗或时宗,而真言是密教的经文,即高野山、总本山的真言宗,比较有代表性的是云游僧人高野圣僧。

和泉接替久左卫门说道:

"可是,主公,云游僧人的修行方式难以确切证明。不管对方是祈求念佛还是念诵真言,无边都会为他们诵经的。"

村重点点头,说道:

"无边的确是来者不拒的僧侣,你说得有几分道理。但问题的关键不在无边,而在杂役。那个人一辈子在一向宗的寺庙里度过,一辈子听的都是显教经文,他为何会说无边诵读的是真言?"

"这……"

和泉无力地摇摇头。

这个一辈子都在听经的男人偶尔听到客房里的声音便能分辨出那是真言,为什么?与作茅塞顿开,不假思索,脱口而出道:

"因为念的根本不是经文。准确地说,是他不曾听过的经文。"

村重多半没料到与作会抢答，皱眉看了他一眼，眉头转瞬又平缓了下去，深深点头表示赞许，说道：
"正是如此。"
杂役肯定会想，无边这样的高僧颂唱的一定是好经，可客房里传出的是他根本没听过的经文，那就只能是真言了。
村重凝视能登。
"也就是说，歹人是个作僧侣打扮却连假装诵经都办不到的人，还得是个惯使兵刃的高手，不然四郎介就算放松警惕也不会死。能登，说到这儿了，你还要抵赖吗？"
一道电光猛然闪过本曲轮。紧接着是低沉的雷鸣。
能登周身环绕着长枪，动弹不得，却大放厥词：
"原来如此……原来您就这样决定捉拿我瓦林能登？但您不能这样！"能登气血上涌，满脸涨得通红，"我瓦林家世世代代扎根摄津，德高望重，拥趸众多。就算您再怎么会说大道理，他们都不会认同！若您想逼老夫自尽，必须在场的所有人点头才行。在这里，并非所有事都是主公您能左右的！"
"恕末将斗胆，主公！"
一个粗粝的声音盖过了能登。众人顺着方向看去，原来是野村丹后。军议上，他力主作战的豪言壮语仍在本曲轮上空萦绕着。
"请容我等听一听能登的辩解！否则就算主公您方才所言合情合理，但要说杀死无边和四郎介的人就是能登，丹后不服！"

获得出乎意料的援手，能登更加唾沫飞溅：

"主公！这样没有人会信服！您说老夫杀了无边和四郎介，有谁目睹？您说老夫扮成了无边，又有谁目睹？没人见到，没人听到！连关于老夫的谣言都没有半句！无凭无据就要捉拿老夫？就算您是主公怕也难办吧！"

与作感觉到风向变了。村重所言合乎情理，但道理再多，若拿不出证据，仍无法服众。村重用太鼓召来了所有有头有脸的将领，估计就是想在众目睽睽之下勒令能登自裁。这一招反令村重作茧自缚。

与作正这么想着……

村重的双眼眯成一条缝，看起来仿佛睡着了。他以沉着的语调说：

"你想知道目击者吗？"

能登的喉头发出"咕"的一声，随后笑道：

"庵主连数都不会数，话也说不清，哪里看得清什么东西？"

村重摇摇头，说道：

"看起来你真的把谣言信以为真了。当晚有一个人见过你，你想必很是后怕吧？听说那个人死了，你想必心里如大石落地吧？否则你又怎敢放这般欺天瞒地的诳语！"

村重打了个手势，他身旁貌似足轻的男人伸手去解斗笠。

他解开纽带，摘下斗笠。

与作不禁喊了一声。

这个白发驼背的男人正是草庵中的杂役。能登怯生生地说道：

"怎么会？我明明看到你被丢到城外！那具尸……"

村重淡然道：

"这座城里的尸体多的是。想知道的话，我就告诉你，那具尸体其实是当夜怠慢仓库守备的足轻。"

说完，村重转身向杂役问道：

"你好好想想无边死的那天你看到的究竟是谁？"

杂役显然不习惯这种场面，周围到处是他平时不能抬头看的武士。数十双严峻的眼神射在他身上，杂役如打摆子般全身打战。但是他伸出了一根手指。

"是那位大人。"

手指的前端是瓦林能登。

电光闪耀，雷鸣轰隆。更近了。

村重开口道：

"好了，瓦林能登，我已满足了你的要求。至于你为何要杀无边……我不问。如此乱世，到处有武士杀僧侣。哪怕你说是因为无边举止可疑，所以动手，也没有人有异议。可你杀了无边，为何又极力掩饰？"

诸将交头接耳，众人心里确实都想问能登这个问题。就算是高僧，无边也终究不过是个和尚。杀个和尚有什么必要大费周章地掩饰？甚至不惜对自己人挥刀相向？这实在不像是武士所为。

村重顿了顿,让这个问题在众人心中生了根,继续说道:

"说吧,你为什么去见无边?"

能登仿佛喉咙被堵住。

"你是穿着袈裟去草庵的吧?因此戴上斗笠、拿上锡杖、背上行李就可以装扮成云游僧。可是你没带随从,没骑马。要是草庵外头栓了马匹,御前侍卫不可能看不到。你这番不符合身份的举动,究竟为了什么?"

"……"

"不说?那就让我替你说吧。"

村重眼中放出锐利的光芒。

"坚守城池的部将和城外人士会面,谈论的只可能是一件事。"

在场诸将七嘴八舌。到了这分上,谁都听明白了。没错,只可能是那件事。

"能登,你和织田勾结了吧?"

与作这才明白无边的真正身份。

为什么无边能穿越战场到达有冈城?为什么无边不过一介云游僧,却视织田包围圈如无物,多次进出有冈城、来去自由?

无边是织田的密使。

他奉织田之命,来到有冈城,联络那些同织田勾结的将领是他任务的一部分。回头一想,无边不管碰到什么要求都会应允,不管是请他为临终的人念佛还是超度死者,甚至打探远方的传闻,都不会拒绝。与作不知道的是,无边也替村重送信。无边接受所有人的委托,也把将领们的要求传达给织田。

"可恶!"

能登发出一声低吼,忽的一下拔出刀。御前侍卫的长枪对准能登。能登一把横过刀身,他的气魄将御前侍卫逼退数步。

"可恶,可恶的村重!竟敢算计老夫!竟在众人面前侮辱老夫!"

能登像野狗狂吠。

"给你点儿颜色还真开上染坊了!像你这样的家伙,要是没有我们摄津国人众的背后支持,你现在还是池田的一条狗!是你把我们卷进这场卑劣的战争!荒木和织田谁死谁活,关我们什么事啊!"

能登环视一圈,高高举起刀,他的视线没有聚焦在将他团团围住的御前侍卫,而是看着包围圈外的诸将。

"村重,老夫是和织田勾结了,但还轮不到你来骂老夫胆小怯战。老夫看过密信!村重,你这家伙到底委托了无边什么,天知地知我知!诸位,听好了!"

跟着,能登举刀向天。

"村重!"

轰雷与闪光齐飞。

与作完全不清楚发生了什么事。过了一段时间才意识到自己倒在了地上。

与作挣扎着站起来,陡然想到了战场。简直就是战场,空气里弥漫着燃烧的气味。草木在燃烧,宅邸在燃烧,人也在燃烧……适才闪光炫目,与作终于恢复了视力,映入眼帘的却不是火焰,而是和他一样倒在地上的诸将以及早早站起来的村重。村重伫立在瓦林能登身侧,自言自语道:

"能登……死了。"

村重仰面看天,豆大的雨点落在地上。顷刻间,雨势变成了瓢泼大雨。

耀眼的闪电划过。与作不愿睁开眼睛。

12

那天,瓦林能登的宅子被焚烧殆尽。

落雷只劈死了能登,其他人连重伤的都没有。能登那副求死的架势将包围他的御前侍卫都逼退了,因此落雷只劈中了他。

放火烧掉能登宅子的是瓦林家族的首领瓦林越后。他拖着病体,率兵将能登的近臣全部斩首。对待族人如此残酷,连村重都震惊了。郡十右卫门带着御前侍卫抢在大火烧起来之前冲进房里,拿回了无边的行李。打开行李,那件价值岂止千贯的名品寅申壶赫然在其中。

十右卫门将寅申壶送回给村重时说道:

"主公,能登为何要杀害无边和四郎介,属下还是不明白。"

村重没有回答。

能登通过无边和织田勾结。恐怕在此期间,能登一直提心吊胆,生怕事情败露。无边那天不知为何事被村重召见。能登肯定按捺不住,就来问无边到底和村重说了什么,有没有提到自己。那么,无边据实回答了吗?

通常,无边多半会回答他。但那个时候,无边带着村重托付的天下名品寅申壶,心中必定惴惴不安,言谈举止也会和往常不一样。

这是叛徒和密使的密谈。密谈时,一旦话不投机,就容易见血。

很有可能是能登命令无边答话,无边拒绝,于是能登杀了无边。能登在无边的尸体上搜寻有关自己通敌的证据,却找到了衣襟里的密信。能登之所以不带走密信,是因为密信上并没有写能登和织田勾结。为了搜查无边的尸体,能登花费了一些时间,结果一拖就拖到了傍晚,杂役前来草庵。紧接着,御前侍卫守在了草庵四面。

能登事前不知道村重会派御前侍卫来保护无边,想必对御前侍卫的出现感到万分惊诧。他扮作无边之时,四郎介大概恭敬地说了这样一句话:

"无边大人,您要启程了吗?奉主公之命,护送您出门。"

于是,四郎介转过身,背对能登。能登心下想道:

"只能趁此机会动手了……"

这些话,村重都没有说。

他面对十右卫门,连"你把自己代入叛徒就懂了"这句话都没有说。

杀害无边的凶手瓦林能登被雷劈死了。这件事迅速传开,城内所有人既惊又喜。

有冈城果然受神佛庇佑。看,这就是杀害无边大人的不礼佛者的下场。这就是佛祖的惩罚,这就是冥罚!

为冥罚欢欣鼓舞的人群里偶尔有少数人向本曲轮天守阁偷偷看去。对无边大人下手的瓦林能登固然当受冥罚,那么没能保护好无边大人的摄津守大人呢……这句话,人们自然没有说出口。

当晚,村重在书房中欣赏寅申壶。窗外风声大作,吹散了乌云,细细的月亮投下明亮的光辉。这是一个凉爽的夏夜。村重将手掌中的玉粒重新安放上去,怎么都看不厌这件宝物。

千代保在村重身后说道:

"主公,您做得真好。"

村重没有回头,继续看着寅申壶,点了点头。

缉拿能登时,只有荒木久左卫门、池田和泉、野村丹后三人反对。只有这三人站出来。可是在那些远远观望的将领中还有多少人心怀不忿,村重就不知道了。

如果这件事发生在去年秋天,只要村重说能登有罪,诸将想必都会毫不犹豫地信服。可是过了一个冬天，又过了一个春天，毛利没有来，这场战争完全没有按照村重事前预料的那样发展，众将已经不再信任村重。

官兵卫说，有冈城里没有一个人真正理解村重，除了官兵卫，一个都没有。

村重仅仅把那视为地牢囚徒的戏言，不去想。即便官兵卫所言非虚，即便村重是孤独的，但他至少拿回了寅申壶。此壶在手，村重心满意足。

无边的死不代表他和惟任日向守光秀的谈判破裂。再找一位使者把名品送到丹波，依旧能和谈。在织田攻下丹波前，必须促成和谈，但……

这就意味着村重必须再次舍弃寅申壶。

村重死死地盯着寅申壶。如此痛苦的事，他能第二次办到吗？皎洁的月光下，村重心中不断重复着这个问题。

六月八日，安土八上城的波多野兄弟被处以磔刑。

惟任日向守攻克丹波。史书上只记录了织田任命光秀代行职务，攻打有冈城。除此之外，再无半句记录。

第四章　落日孤影

1

凉风习习。远未到农忙时节，万民得以稍微歇息。村重心想，还不到放松警惕的时候，已勉强撑了至少一年，但只要一日仍在坚守城池，就一日不能大意。

光是士兵，就有五千人。城内农田有限，粮食蔬菜怎么算都极为匮乏。自战争打响以来，有冈城一直在开发新田，但那些土地原本就不适合播种，因而收获寥寥。战前搬运的粮食成了城内众人的救命粮。

每年，村民会把收割的稻米拿去卖钱，再上缴一部分给武士。武士拿着收缴的钱，要么买武器，要么进献，要么买茶具，或者反过来去买米。村民拿米换钱，武士拿钱买米，米店在这两者之间赚取薄利。然而值此时局，最重要的钱币的质量极差。唐土钱币的存量越来越少[①]，市面上尽是破损的残币。摄津离京城很近，但坂东一带同样很缺钱，最近终于有家族开始直接拿米上贡了。再这样下去，迟早有一天，荒木家也会落到这步田地……自荒木家兴旺以来，村重从没失去过谋略，从未迷失过方向，唯

---

① 明朝的永乐通宝，当时最重要的货币。室町时代以来，日本铜币铸造工艺低下，来自中国的铜币成了硬通货。

独今年，他心中一团乱麻，毫无头绪。检查稻谷收成、扣除天灾影响再决定年贡数额乃武士本分，但这件事如今已无意义，因有冈城没法同其他地方往来，根本不能互通有无。北摄一带所有村落全部落于织田之手。今年，荒木家没有进账一文钱。

七月下旬的某天，响晴白日，村重巡视城内。他上半身穿着铠甲骑在马上，后头跟着马夫、枪兵和御前侍卫。往常这种时候，跟随村重左右的是刀法出众的秋冈四郎介和熟知伊丹地势的伊丹一郎左卫门，可他们都死了。这天陪伴村重的是大力士乾助三郎。

盂兰盆会和施饿鬼会都办完了，寺庙和村镇里人烟稀少，不知从哪里飘来念佛声。骑马转过店铺，只剩村重一行顶着热气前行。织田把交通要道全部阻断，但凡有点儿眼力的商人都离开了伊丹，留下来的店铺里没有可售货物，只能靠余粮度日。这段时间里，村镇里连打架斗殴的都没有，也就没有人需要打造铠甲刀具，铁匠铺里自然失去了挥锤的机会。

全城的人仿佛都死了，鸦雀无声。村重耳中只听到坐骑的马蹄声、御前侍卫的铠甲声和蝉鸣。伊丹百姓一动不动，似乎都在望眼欲穿地苦等战事结束。不对，百姓其实是躲起来了。他们躲得远远的，死盯着村重，所有人都极其害怕被领主发现，唯恐惹祸上身，因此一言不发，一动不动。百姓的想法，村重心下了然。

不久，一行人离开平民住宅，向城南鹈冢寨走去。村重看到之前无边遇刺的那座草庵夹在农田与荒野间。这座幅员辽阔的有冈城，只在本曲轮外建有水渠和石墙，城池外廓是木栅栏，少数几处守城关隘也不过是木板。村重透过栅栏朝城外看去。茂密的草丛里有织田军丢弃的竹垛。竹垛是攻城方用来抵御弓箭铁炮的防具，是杂兵用来靠近城池的攻城器具。

看到村重勒马停步，助三郎问道：

"主公，怎么了？"

"没什么。走吧。"

村重说完，转头看向道路前方，发现几个穿着简易铠甲的足轻。他们似未注意到村重，朝这边走来。助三郎大喝一声，足轻们慌忙跑到路旁跪下。村重催马上前经过平伏在地的足轻，忽然发现其中有个穿戴与众不同的，那人穿着粗布麻衣，手无寸铁。看起来很是穷酸，既不像武士也不像足轻。此人身处足轻之中，好像被保护着。

"我问你们……"

村重开口道。足轻们宛若死期将至，统统把脑袋压得更低了。

村重毫不在意地问道：

"那家伙是谁？准你们抬头答话。"

足轻们相互交换了一下眼神，其中一人回道：

"禀主公，他是解死人。"

果然不出村重所料。

不管是武士还是平民，都视至亲被杀为不共戴天之仇。己方如有一人被杀，就要对方的一条人命偿还；己方若有两人被杀，如果不杀对方两人，自家就会被视为怯弱之辈。家族一朝被视为怯弱，灾祸就会接踵而至。但如果无限制地冤冤相报，反会导致各自守护的家族或村落衰亡。这种时候，先杀人的一方为表歉意，会派出一个人，这个人将代替家族承担对方的报复。此乃室町以来的传统做派。替杀人者顶罪的替死鬼，就是解死人。

此人不像贵人，却由足轻保护，多半是解死人。察觉至此，村重就看穿了。可到底是谁家出了命案？村重没问，而是绕着圈子说道：

"从哪里送解死人？去往何处？"

足轻敬畏地答道：

"回主公话，是从野村丹后大人那儿，送给池田和泉大人。"

"丹后与和泉？把详情细细说来。"

足轻重重地把头磕在地上，说：

"请主公恕罪。我等只负责送人，实不知情。"

村重跨在马上，俯视足轻头顶。不一会儿，他策转马头，朝原路返回。御前侍卫众人皆感讶异，但没有任何人提出异议，只是忠诚地无言跟上，护卫村重于左右。

2

两天后，傍晚时分下起雨来。御前侍卫首领郡十右卫门求见村重。十右卫门进入大厅，待闲杂人等回避后，村重走了进来。

窗外传来淅淅沥沥的雨声。十右卫门佩戴着护腿和笼手，全身湿漉漉的，水顺着身体嘀嘀嗒嗒地落在地板上。十右卫门奉村重之命，调查野村丹后派送解死人的始末缘由。如往常一样，十右卫门完成任务后，不辞辛劳地冒雨赶回复命。

"抬起头来，准你近身说话。"

村重命道。十右卫门遵命，保持坐姿，双拳撑地向村重靠近。

"查清了？"

"属下已查明。"

"说吧。"

"是。事情发生在四天前分配兵粮时，池田和泉大人押运军粮到鹈冢寨，按军法，一人五合米。轮到野村丹后大人的足轻时，他们大声抱怨说五合米太少了，要求多给一点儿。"

对足轻而言，一日五合米确实太少。战争时期，一日十合米也不算多。然而眼下有冈城进退维谷，根本看不到守城结束的那一天。池田和泉想办法压缩武器与兵粮的支出，当然是未雨绸缪的上上之策。可这样一来，一日五合米，士卒难免怨声载道。

"兵士们对军粮分配争执不下，丹后大人家臣里有位年轻武士拔刀砍死了和泉大人的组头。野村丹后大人自认错在己方，于是第一时间送去了解死人。"

"和泉呢？"

"属下听说他把解死人又送了回去。"

解死人代表歉意，可杀之，亦可送回，都不违古法。

十右卫门继续说道：

"昨日，野村丹后大人与池田和泉大人在荒木久左卫门大人家中对谈，化解。久左卫门大人是中间人。"

村重神色凝重，说道：

"久左卫门吗？"

荒木久左卫门是深得村重信赖的重臣，村重今天也跟他说过话，关于丹后与和泉的这番争执，他却不曾提过一个字。

按理说，领内纷争当由领主村重判决是非曲直才对。动了兵刃却不上报，想必争执双方都认为自己会受罚。可话说回来，一切事皆由领主决定，这种话只是说说罢了。争执斗殴是常事，领主不可能一一过问。丹后与和泉遵照古法，用解死人了却恩怨，并不代表他们对领主不敬。

然而村重无法就这样把此事置之脑后。他扬起眉毛自言自语道：

"情势实在相似。"

"情势相似？"

十右卫门重复着问道。村重点头说道：

"没错……此时此刻，恰似我放逐筑后守胜正大人的彼时彼刻。"

十右卫门发出"咔"的一声，坐直身躯。窗外的雨声越来越大。

筑后守胜正乃村重旧主，他坐上池田家的家督位子时也曾有过这样一次纷争。当时他把一位不认可自己的老臣斩了，三好、足利将军和织田都对北摄这片土地垂涎已久，胜正选择投靠织田，这才保住了家业。织田信长后来遭浅井长政反叛，穷途末路之际，将织田全军从覆灭中解救出来的就是胜正。

但不知从何起，池田家诸将的心和胜正渐行渐远。最终，胜正被家臣村重和久左卫门流放，郁郁而终。

"主公所言极是，"十右卫门的语调略显慌乱，"的确，闹出了人命，居然不跟您汇报，实在说不过去。莫非他们认为这点儿小事无需主公费心？毕竟久左卫门大人、野村丹后大人和池田和泉大人都是忠心耿耿之人。"

"两天前，我去巡视鸭冢寨。"

十右卫门好像说了什么，但村重似乎没听到，自顾自地继续说道：

"城外夏草繁茂，草丛里有丢弃的竹垛。十右卫门，是何意思，你明白了吗？"

"是……是谁事先准备的栅栏器具？"十右卫门谨慎回答道，"您是说守军开始懈怠？"

守城者的第一要务是阻止对手靠近。为了阻止敌军靠近城墙，就要尽早发现敌人的身影，在第一时间以铁炮或弓箭逼退之。夏草生长过于茂盛的话，就会难以辨识敌方人影，对方便可将竹垛置于原地，待下次进攻时直接使用。所以守城兵士需要出城收割夏草，还得破坏敌军留下的器具。借助清晨或黄昏的微光，出城完成这些任务并非难事。关于这一点，村重早在备战时就已反复告诫诸将。

"他们不是对守城心生懈怠。"村重说道，"是对命令他们严守城池的我心生懈怠。"

村重心道，那时也是这样，流放胜正之前就是这样。修缮城墙的工程进度迟缓，购买武器的数目不清，马匹养得瘦弱不堪，放任夏草野蛮生长。当然，比起谋逆，这些都是琐事。然而琐事背后是反叛之心。

胜正虽非稀世名将，但到底不是愚蠢之辈。一旦发现哪里有所不足，定会立刻下达命令，把具体事务传达给诸将，会叮嘱大家万万不可大意。但没有人在乎他的话了。

有冈城夏草茂密，久左卫门隐瞒斗殴争执，都是琐事。但如果任由琐事发展下去，会变成什么状况，村重心知肚明。

"这一个月，不，一个半月来，诸将怠慢军务，沉默寡言。应当是从那一天开始的吧？"

一个半月前的那一天——无边和秋冈四郎介在城南草庵被杀，凶犯瓦林能登离奇死亡。

村重是个不管举止还是体魄都极具威严感的男人。他寡言少语，情绪甚少激烈。当此乱世，给村重当家臣，应当说不算为难。但十右卫门此刻犹豫了。身为御前侍卫首

领,他知道若反驳大将的话,就要有必死的决心。十右卫门丹田运力,鼓足勇气,决定向主君进谏:

"恕属下斗胆直言,主公。战事绵长,将士们有所怠慢,情有可原。属下以为,只要主公再次严申军令,众人必会专注。我等荒木家臣都已作好了与主公并肩战斗到最后一刻的准备。请主公打消疑虑。"

十右卫门说出这番冒死谏言,村重却毫无回应。雨声充斥了大厅,一滴水珠顺着十右卫门的下颚滴落在地。是雨水还是冷汗?连十右卫门自己都不知道。

唉。村重叹了口气,脸上并无怒意,说道:

"十右卫门,适才我说的是胡话,一时被猜忌冲昏了头脑。"

"不,主公怎会胡言!"

身材矮小的十右卫门平伏在地。村重低头注视着十右卫门。未几,他缓缓地从怀中取出一件东西。

"我之所以认为那一天是关键所在,有我的理由。你看看这个。"

村重摊开手掌,掌心有一颗小小的弹丸。十右卫门没有移动,待在原地端详片刻,说道:

"铁炮的弹丸……"

"没错。那一天的事,你不会忘了吧?就是瓦林能登死去的那一天。"

十右卫门回忆那一天的情形。当日,闷热难耐,乌云密布,远雷阵阵。

当日,十右卫门率领御前侍卫持枪包围住瓦林能登。村重下令捉住他,否则就格杀勿论。乾助三郎在本曲轮外渡桥上隔断诸将是村重的安排——让诸将三三两两地进来,才能顺利围住能登。听了村重的推理,久左卫门和丹后哑口无言。接着,杂役出面指认,在场的所有人都明白了,能登就是凶手。走投无路的能登拔刀指天,好像还嚷嚷着什么……

之后的事,十右卫门想不起来了。十右卫门只知道落雷劈中瓦林能登,致其丧命,还将围住他的御前侍卫震飞了。

自那以后,一个半月来,暑气略减,雨点渐渐变得凉快。村重说道:

"在你们倒地时,我赶到了能登身旁。"

"是。我等御前侍卫戒备不周,疏忽大意。"

"我没有苛责你的意思。是落雷离你们更近,离我稍远。我靠近能登,想看看他是否已经断气。就在那时,我发现了这颗弹丸。"

村重稍作停顿,凝视铅弹,接着说道:

"这必定是距离能登极近者所为。弹丸陷进地面约两寸,挖出后仍有热气。"

"难道说……"十右卫门难以置信,"主公是说,有人在落雷前向能登大人放炮?"

"是否落雷前后,尚不明确。"村重一边说,一边攥紧铅弹,"但有人向能登放炮,这一点绝对错不了。"

十右卫门不禁追问道：

"可……为什么？"

村重意兴阑珊地回答道：

"不知道。想必是能登活着对其不利的人。"

"能登和织田勾结，那人肯定也跟织田勾结了？"

"十之八九是如此。但可以确定一点，不管是能登自裁还是杀掉能登，那人都不想让我处置能登。"

十右卫门这才终于明白，村重所察觉到的危机感究竟是什么。

既为武士，事关武士的杀伐裁决，一切都应该交由主君判断。针对心怀叛意的瓦林能登，下达判决的是村重，也只能是村重。此人在村重问罪时从旁作梗，对瓦林能登放炮，这无疑是大不韪的僭越。仅此一点，那人就等于犯下了谋逆大罪。

大厅里越发昏暗了。淋了雨的十右卫门陡然感到一股寒意。

村重说道：

"有冈城内眼下藏着一个阳奉阴违的逆贼。此贼正躲在阴影里磨刀霍霍。这颗铅弹是他不小心留下的唯一痕迹。十右卫门，我可不想重蹈胜正大人的覆辙。能守住这座城的，除我以外，再无他人。"

说完，村重站起身。十右卫门把头垂得更低。村重伸出手掌，将铅弹交给他。

"去查清当日是谁向能登放炮，放炮的人是受谁指使、想干什么。你要彻查此事。"

十右卫门仿佛接过金子般接过铅弹,双手捧在头顶。

"是。"

"能办成吗?"

"能。"

十右卫门的回复如往常一样,没有半点儿犹豫。

然而他在心中忐忑不安地暗道:自己真的能完成这项使命吗?能登已死了足足一个半月,在场的人还记得清楚吗?现场还能找到线索吗?主公为什么时隔一个半月才命我调查?

这些问题不停地在十右卫门心头萦绕着。

3

数日后,进入八月。天正七年八月,按传教士所用儒略历①是九月。夏天结束了。

去年十一月,荒木家决定背弃织田跟随毛利那会儿,每日军议时气氛诡谲,仿佛有一股既冰又热的独特紧张感。一旦敲响召开军议的太鼓,诸将连整理衣冠的时间都没有,争先恐后地奔赴天守阁,生怕漏听村重的只言片语。无论老少,众人都为参与挑战如日中天的织田而感到极度昂扬、振奋,激动之情溢于言表。自那时以来,已逾

---

① 凯撒颁行的一种西式历法。

十个月。蓦然回首,许多事都变了。

如今聚集在天守阁的诸将不但盔甲脏了,阵羽织也绽了线,个个胡须丛生,满脸风霜。几乎都低着头,只盼军议早点儿结束,甚至不乏有将领快要打盹了。不参加军议的人逐渐多了,越来越多的人托病不来。北河原与作自从公开发表了投降意见,就感到自身安全受到了威胁,如今已甚少出现在众人面前。今天连高山大虑都没有到场。十天来,军议没有作出任何决定。

"即便陆路被阻,还有海路。只要借助小早川、村上的水军,只需一两日就可到达尼崎。既然他们没有到来,就意味着毛利已经变节,不,他们打从一开始就把我们当成吸引织田注意力的垫脚石。话说回来,把希望寄托在毛利身上,根本是失策。毛利指望不上了,眼下理当出城决一死战,方不失武士本心。"

野村丹后激情洋溢地说道。村重双目轻阖,如平时一样似在假寐,但悄悄地从眼底窥视丹后。

保护友军,斩杀敌人。野村的言行让人似乎以为只要这么做,世上的所有问题就能迎刃而解。即使经过了这么漫长的守城岁月,野村的这份刚烈、直率仍不减半分。可是丹后会不会已经心生反意,想把村重赶下台?丹后家门第高贵,武名威震四方,的确有以下克上的实力,但他是村重的妹夫,关系太近,反而不好下手。再说以丹后的禀性或城府,不像是阳奉阴违。莫非他平时那副样子都是装出来的?

池田和泉沉吟道：

"丹后大人所言极是，毛利背盟已是不争的事实。然而单凭我们孤军出城决一死战，兵力不足，铁炮也不足，况且织田已筑就城寨。若将多数兵力用于守城，仅出小队作战，实在无关武士本心，只是破罐子破摔罢了。当细细斟酌，怎样争取更多友军最为要紧。"

和泉此前并未立过任何军功，但精于谋略，人望极高。从武器、兵粮乃至竹子、木材，一切物资皆由他调遣分配，城中所有人都或多或少与他产生过瓜葛。如果和泉说村重不适合做主君，追随他的人想必不少。和泉会有反心吗？但和泉怎么看都不像会赶下村重取而代之……

荒木久左卫门板着脸说道：

"我们以前说过跟随毛利，那又如何？毛利和宇喜多皆是诡计多端、反复无常的家族，我们真是瞎了眼。征夷大将军才是我们和本愿寺的友军。本愿寺已和织田相持九年之久，我们也可以，只需继续坚守，以待天下生变。只要武田信玄打败德川或者信长病故……信长的命终究是凡人的命。"

久左卫门的意见只是继续坚守，继续等待。拖延时日算不上什么妙策，可这番话让诸将意外地受用。久左卫门有可能背叛自己吗？久左卫门如今冠以荒木家的姓氏，但他原本是池田家的人，若他打出复兴池田家的旗号，估计追随的人不会少。但真要说可疑，久左卫门实在没什么疑点。村重认为久左卫门没有统帅之才，却仍对他放不下心：久左卫门会不会已经在暗地里盘算反叛了？

"诸位到底在说些什么啊！"中西新八郎扯着嗓子吼道，"与毛利结盟，据守有冈城，讨伐信长，这是主公定下的远大战略。这项战略目前有任何破绽吗？我等家臣只要恪守本分，相信主公，为主公的策略尽犬马之劳，如此而已。末将相信主公，相信摄津守大人。因为相信主公，所以相信毛利一定会来！说不定明天毛利大军就会如云霞般驾到。我不懂诸位到底在吵什么！"

军议厅内鸦雀无声。新八郎在家臣中只是个小辈，但没有一个人站出来斥责他，也没有一个人站出来赞同他，大家仿佛一瞬间失去了兴致。村重看着面红耳赤的新八郎，心想：这个男人应该不会在背后想着推翻我吧？即便新八郎有反意，恐怕也没有人追随他。但这并不能保证新八郎就一定没有野心。

今日的评议和昨天一样。战事胶着，诸将说不出什么新鲜话了。但村重注意到责骂毛利不忠的声音越来越多。

作出背弃织田、跟随毛利这一决定的人是村重。责备毛利不忠，等于责备村重的判断力。诸将没有察觉到这一层吗？还是说他们就是在借着骂毛利的名义影射村重？

村重着实无法分辨。

评议结束，村重在御前侍卫的护卫下回到宅邸。

面对诸将时，村重会佩带好笼手和护腿。因大厅里不可能有飞矢弹丸，全副头盔铠甲未免过于夸张，但为防万一，身经百战的武士理应穿上适当的护甲。以前，村重出席评议时只戴笼手，如今会在衣服里面穿上锁子甲。近侍都以为村重防备的是织田的刺客，其实他担忧的是城内的家臣。

村重回到宅邸才算真正安心。他脱掉盔甲交给近侍。早有人端来水盆。擦拭身体后，村重向佛堂走去。

走过回廊，村重打开佛堂的拉门，发现千代保正在昏暗的佛堂里诵佛。她身后有一名单膝跪地的侍女，看到村重站在门外，立马低下头。千代保仍在诵佛。村重走进房间，关上门，站着聆听千代保的诵佛声。

村重的沉默令侍女感到不安，忍不住小声说道：

"夫人……"

千代保顿时停止诵佛，面向佛像双手合十，问道：

"怎么了？"

"主公来了。"

千代保转过头来，她的侧脸看不出一丝一毫的憔悴，漫长的守城岁月仿佛没有给她造成任何影响。千代保忽地睁大眼睛，侧身将佛像正面位置让与村重。

"原来是主公驾到，妾身失礼了。"

"无妨，不必多礼。"

村重没有直面佛像，而是在千代保对面坐下。

"适才很是虔诚啊。在祷告什么？"

村重的口吻颇为轻松，千代保却默然沉思良久，才用细如蚊蝇的声音说道：

"冥福，"千代保低语，"妾身为逝者祈求冥福。"

"逝者是谁？"

"因这场战争而丧命的人。"

"那岂不是成百上千？"

"正是。"

村重看了一眼佛像。那是出自南都佛师之手的释迦牟尼像。

千代保是大阪本愿寺坊官[①]之女，也是虔诚的一向宗门徒。按理说，她不应该为逝者祈福。

"我以为一向门徒不会为死者祈福。"

一向宗不承认凡人的祈祷有效。只有阿弥陀如来才能拯救死者，生者不管怎么祈祷都救不了自己和他人。

千代保眉眼低垂，说道：

"没错……好吧，在主公御前，妾身不必隐瞒。"

身形娇小的千代保继续说道：

"目睹城中苦难，妾身却什么都不做，若家父看了，必会斥责。"

身为一向宗门徒，千代保在释迦牟尼佛像前为死者祈福，的确不合宗门礼法。千代保也觉得自己的行为不体面。然而，自村重举事以来，血流成河。为尽忠而向织田决死突击的森可兵卫、以血淋淋的手乞求子嗣平安的伊丹一郎左卫门、明明是城中刀法第一却连刀都没能拔出就遭

---

① 寺院内位阶最高的僧侣之一。

人从背后偷袭的秋冈四郎介、留下向西往生遗言的安部自念、化作求死之兵朝村重冲来的堀弥太郎、被城内城外万人敬爱的无边、刚拔出刀就被雷劈中的瓦林能登,以及荒木与织田双方死伤无数的兵卒和那些逃入山中仍被赶尽杀绝的百姓……想到这些人的面孔,千代保顿感自己那点儿宗门功德实在微不足道。

"你父亲会说什么,我猜不到。但你愿为有冈城的人祈福,我很高兴。"

千代保露出惊讶的表情,仿佛胸口中了一箭,接着双手缓缓贴住地板,低头道:

"您谬赞了。"

"诵佛结束了吗?"

"诵佛原没有规定次数。"

"是吗?看来是我不够了解宗门教诲。"

千代保缩回双手,抬头对村重报以微笑。

村重心中瞬间骤然掠过一个念头。他纳千代保为侧室,正是决定背叛织田、决心苦守之际……明明任何时候都能问,他却从未问过。那就现在问吧,守城九个月、将士皆疲倦不堪、有人盯着村重的位子想取而代之的现在,现在是开口问的良机。村重一面看着释迦牟尼像,一面向千代保问道:

"千代保,你想劝我也诵佛吗?"

"是。"

"为何你迟迟不提此事?"

千代保的眼神里流露出困惑。她平时几乎不会说出自己的意见。即使村重此刻发问，她的神情依旧显得有些无所适从。

"但说无妨。"

村重催促道。千代保仍是一副为难的样子，战战兢兢地开口道：

"诚然，家父曾对妾身千叮咛万嘱咐，让我一旦有适当时机就要劝主公诵佛。妾身来到池田，后又移居伊丹，主公更是身负朝廷任命。若妾身劝您为往生极乐而诵佛，恐怕您会认为妾身麻烦。是以时至今日，妾身都没有提过此事。"

"麻烦？为何？"

"恕妾身直言。"千代保语气清冷地说道，"因为主公贵为荒木家大将。无权无势的草民要靠诵佛获得救赎，以弓马立业的武士要靠诵佛庇护性命。大将则不然，大将仰仗的是武功谋略，任何妨碍施展武功谋略的东西都是麻烦的存在。"

村重不禁在心底笑了。确实如此，大将即使皈依宗门也会更多地考虑现实利益，不太在乎往生极乐。

高山大虑的旧主是伊贺守和田惟政，他的家臣里信仰南蛮宗者众多，他本人也和南蛮宗颇为亲近，但他直到生命最后一刻都没有抛弃禅宗。他之所以亲近南蛮宗，只是为了方便笼络家臣罢了。他真的信仰过南蛮宗吗？恐怕谁也不知道。皈依南蛮宗也好，坚持禅宗也好，惟政的一切决定，出发点永远是和田家家督的立场。

村重也是如此。即使千代保再怎么激烈地劝说村重改信一向宗，村重大概最多敷衍了事，绝不会改换宗门。在北摄这片土地上，皈依一向宗意味着跟从了本愿寺。

出乎村重意料的是，千代保早已看穿了这一点。

"没错，"村重说道，"是武功谋略。坐禅也好，佛经也好，都是武功谋略。战斗方得往生极乐，前进即是极乐，后退即是地狱……本愿寺嚷嚷的这些话同样是武功谋略。乱世之中，森罗万象皆是武功谋略。"

千代保眉间浮现愁云，神色为难，却露出了微笑，不一会儿，她再次低头说道：

"妾身自作聪明，一时多嘴，万望主公恕罪。"

"蠢话！"村重不知不觉地嘴角上扬，"聪明算什么罪？天底下有哪个武士会希望身边人是蠢货？"

"话虽如此，"千代保莞尔一笑，"总会有那种人吧？"

佛堂外传来了脚步声，随后传来近侍熟悉的声音：

"报！"

"何事？"

"郡十右卫门大人有要事求见。"

"快传。"

他说完，近侍退下了。

村重站起身来，从平伏在地的侍女身旁走过，突然转身朝千代保说道：

"这就去施展武功谋略。"

4

密谈往往在大厅里进行——够宽敞,隔墙之耳难以偷听。村重这次仍让十右卫门到大厅等候。时辰与上回一样,临近黄昏。

十右卫门身着小袖常服坐在地板上,双拳抵地,深深低头迎接村重。村重在坐垫上盘腿坐下开口道:

"说吧。"

十右卫门并不抬头,掷地有声地回道:

"是。前日里主公交代的任务,据属下调查,当日本曲轮内无一人携带铁炮。"

"是吗?"

"是。"

村重摸了摸下巴。

有冈城里的士兵大体可分为两类。一是村重的兵,一是诸将的兵。当然,村重的兵力最多,但仍未达到城内总兵力的半数。本曲轮内守军皆村重麾下,只在紧要关卡配置了极少数的杂贺众。

上至可能成为将领的御前侍卫,下至专门负责搬运物资的脚夫,村重的军队里有各种各样的人。本曲轮的守军既有御前侍卫也有足轻。御前侍卫各有各的武器,足轻则最多只有钝刀。当然,足轻可以借用村重购买的长枪、弓箭、铠甲甚至铁炮。大多数武器可以自由取用,战事结束后归还即可;只有铁炮因量少且珍贵,取用方式也不同。

本曲轮的守军足轻，哪怕是本来就负责使用铁炮的足轻也得去铁炮仓库借用。结束后，必须把铁炮还入仓库。

另一方面，御前侍卫里有携带铁炮的，以擅使铁炮闻名的杂贺众也会带铁炮进入本曲轮。另外，参加军议的诸将，他们的侍卫里同样有携带铁炮的。然而十右卫门回报称，瓦林能登死去的那一天，没有人携带铁炮。

"当日没有足轻携带铁炮，诸将也没有携带铁炮，这一点被守桥的御前侍卫集体证实。他们随时提防着有人行刺，因此会格外注意诸将所持武器。属下以为他们的证言不会有错。另外，那一天率领众人以长枪包围能登大人的正是属下，可以确认御前侍卫里没有人携带铁炮。"

"杂贺众呢？"

"属下担心杂贺众在场可能会误以为有人行刺，为防万一，事发前一天，属下就命令杂贺众当日不得进入本曲轮。杂贺众应当遵从了命令才对。"

十右卫门顿了顿，继续说道：

"按照主公的吩咐，铁炮库不仅上了锁，还派专人看守。据调查，当日的守卫并无懈怠，故而想偷偷从仓库带走铁炮恐怕不大可能。"

铁炮库原本就有人把守，自今夏织田奸细在仓库纵火未遂之后，铁炮库、弹药库的守备就更加严密了。村重从足轻中特别甄选出办事最牢靠的，还增加了看守人数。听了十右卫门的话，村重严肃地说道：

"只能是这样了。"

那一天，本曲轮内没有铁炮，又不能从铁炮库里偷取，那么朝能登发射的铁炮来源就只剩下一处。

"既然无法偷取出来，就是正大光明地拿出来的。是足轻吗？"

"是。某个铁炮足轻从仓库借出铁炮，在某人的指使下，向能登大人开炮……属下起初也是这么想的。"

村重挑眉道：

"起初？"

"是。属下向足轻分别问过话，比照确认过了。"

十右卫门难得语气激动。

"主公，当日本曲轮内的铁炮、足轻都处于彼此的视线内。话说回来，本曲轮瞭望楼里的铁炮、足轻，向来是两人一组。骗过同伴的目光偷偷下楼，这绝无可能，更别提向能登大人开炮了。"

"……"

"负责记录铁炮借还的仓库奉行是御前侍卫，他作证说当天借铁炮的足轻没有可疑之处，所有人都是因任务在身来借铁炮，绝没有无故借炮者。那天借出的所有铁炮都如数归还了，是谁借的、借去何处，这些事情一查就清楚。向能登大人发射的铁炮不可能是足轻所借。"

村重很想大喝一声"真的查清楚了？"，但忍住了。十右卫门不是无能之辈，既然他经过调查，说向能登射击的不是足轻，那就不是足轻。

十右卫门继续说道：

"属下认为从本曲轮外开炮的这个可能性微乎其微。主公曾说,弹丸射入地面,那么铁炮的位置就是能登大人的上方,本曲轮外没有这样的位置。"

"你说得很有道理。"

村重说道:

"你说完了?我有两个问题。"

"是。"

十右卫门恭敬地再次俯首。

"主公要问何事?"

"那人是从何处向能登放炮的,你有眉目吗?"

十右卫门坐直上半身,直截了当地回答:

"有。"

多半是早已预料到了这个问题,十右卫门侃侃而谈:

"由能登大人倒下的位置推算,属下想到三处。"

"嗯,三处?"

"松树顶、天守阁二楼、主公的宅邸屋顶。"

村重知道,通往武士住所的渡桥附近种有松树,爬上树顶确实可以放炮,但那附近的植被不算茂盛,树下没有可以藏身之处。

天守阁是举行军议的场所,能登死时早有好几个将领在里头等候。若在天守阁二楼放炮,毫无逃遁的余地。

宅中有不少死路,屋内人数众多,陌生人极难靠近。

十右卫门所说的这三处位置都不是什么绝佳位置。可十右卫门既已推断仅有三处能够偷放铁炮,就无需再作他想。但村重追问了一句：

"你是怎样推断出天守阁二楼的？"

"一楼有御前侍卫和诸将，障碍重重，无法射击。三楼的话，仓促放炮再匆忙下楼，时间未免过于紧张，属下以为不可能。"

"你试过了？"

"是。当然。"

村重点点头。

"好。我还有一个问题。"

"是。"

村重稍稍加重语气。

"我命你去彻查是何人射杀能登的。我知道这件事需要花费不少时间，可你现在并没有完成我交待的任务。十右卫门，你为何在尚未完成任务的情况下请求见我？"

十右卫门"咔"地拜伏在地。

"属下有罪。"

"到底怎么了？"

"属下本以为应当先报告您所交待的事，却搞错了轻重缓急。主公明鉴，属下确有要事报告。"

十右卫门是个了不起的人，鲜少有点头承认失误的时候。村重心道，恐怕那件要事颇难启齿。

"说吧。"

"是。属下在城内听说了一件事。"

窗外隐约可见的天空被染成血红。十右卫门开口：

"是关于中西新八郎大人的流言。"

5

第二天的军议，诸将果然仍一个劲儿地责骂毛利。虽说军议的功能主要是村重与将领相互监督，可作不出任何军事决策还是很不正常。诸将侃侃谔谔，却是为了反对而反对，吵得不可开交。村重一边听着嘈杂的声音，一边闭上眼睛思索昨日十右卫门的那番话。

忽然，吵得唾沫横飞的诸将仿佛吵够了，不约而同地闭了嘴。这份安静正合村重心意，他睁开眼睛说道：

"中西新八郎。"

突然被点名的新八郎有些惊慌无措，但立刻用粗嗓门回应道：

"在！"

他的表情透着压抑不住的兴奋。村重端详着他的那张脸、那副一丝不苟全副武装的架势，片刻后说道：

"泷川左近给你送酒了，是不是？"

"噢，您要问这个？"新八郎拍着大腿笑道，"是，确有此事。左近有个叫佐治的家臣，就是那位射箭的，自称带酒来慰问。"

"听说你回礼了？"

"是。主公英明，耳目真灵敏。"新八郎洋洋得意地环视诸将，"末将和上腊冢寨四将共享美酒。不愧是织田大将,确实是好酒,但末将还是更爱伊丹酿的酒啊。"

说完,新八郎爽朗地开怀大笑起来。可当他注意到村重的眼神时,笑声如阳光下融化的冬雪,戛然而止。

村重的目光如秋水般寒冷。

"你难道不认为欠妥?"

声音和平时不同。新八郎完全摸不着头脑,说道:

"请您明示……"

"军令严禁瞒着我与敌方通信,遑论交换礼物!"

新八郎瞠目结舌,张大嘴巴说道:

"这……闯下大祸了。"

但他接着猛然辩驳道:

"可主公您并没有明确规定此事。您将上腊冢寨全权托付于我,一切自然由我差遣、调配。接受区区一樽美酒,不该受此责备!"

"放肆!"

村重一声断喝。

"即使是一城之大将,不通报我就自行与敌人交涉也视同谋叛。况且你不过是小小一寨之将,竟敢口出狂言!"

村重极力克制着自己的嗔怒。新八郎虽仍然保持坐姿,但忍不住稍许退缩,接着平伏在地,说道:

"是。末将……有罪……"

他的声音狼狈之极。村重瞥视周围诸将。

这一瞧,可不得了,刹那间,村重如凉水浇头,怀中抱冰。

参加军议的诸将皆面露难色,不置可否,简直像一群狐狸。众人眼见平时少言寡语的村重突然长篇大论起来,不约而同变了脸色。然而没有一个显露出信服。

新八郎说道:

"可是,主公,收礼后还礼,这是世俗礼仪……否则荒木家就会被嘲笑为吝啬的家族,那样不好吧?"

新八郎身为上腊冢寨守将,他的职责是率领足轻大将拒织田于门外,令敌人不敢靠近。但织田选择远攻,不对城寨动手,这无疑肯定了新八郎的守备能力强。但武将不能只会打仗,新八郎没有战略远见,可以说毫无将才。如果是官兵卫,就肯定不会做出这等糊涂事。村重心中一股无名火起,斥道:

"别想糊弄!你送了泷川什么?"

"是,是……鲈鱼。"

鲈鱼生相美妙,自古以来就是海鱼里的佳品,被称作夏之鱼。

村重不禁破音骂道:

"简直糊涂透顶!新八郎,你的鲈鱼从何处得来?"

新八郎不知村重所指,满脸困惑。村重不等他回话,又追问道:

"如今有冈城四面皆有织田军,你从何处得到鲈鱼?想必是黑市吧?"

有人的地方就有交易。即便在朝不保夕、你死我活的战场上也有交易。即使是被包围得更严密的本愿寺，织田杂兵拿粮草、杂货换金钱的流言也不绝于耳。有冈城内有人偷摸行商算不上稀罕。但这都是村重严令禁止的。

新八郎支支吾吾地辩解道：

"主公所言自然不假，可这条鱼是足轻大将带给我的，至于他们从何得来，末将不知。主公，您为何斥责我？眼下四面环敌，末将换来食物，这难道不是对战事有益吗？难道不应该褒奖吗？"

村重看到好几个人听了新八郎这番话都频频点头。战时若耗尽粮草，就可能要煮草为食，舔石充饥。新八郎能入手鲈鱼，这是大功，绝无理由责备……诸将的这份不解，村重心下了然。于是，他坦率地说道：

"我并非责备你拿到食材。你想想，泷川收到鲈鱼会想到什么？他可是织田麾下屈指可数的聪明将领。陆地上可钓不到鲈鱼，那么必定是黑市商人偷偷带进有冈城的。像泷川这样的聪明人肯定会想办法找出那商人，再叫奸细以同样的方式混入城中。你这家伙给织田方提供了一条乘隙而入的门路。正因为如此，才严令你等与敌方通信前一定要通报我！新八郎，你这罪过可不轻！"

军议会场一片死寂。

村重陷入焦虑。当事人新八郎固然无话可说，可为什么没有将领出来指责他？为什么诸将都露出不赞同村重的表情？村重本想在军议上责罚新八郎，杀一儆百，但诸将既然不服，村重的这份愤怒就无处落实了。

村重暗道，何其相似啊！简直和自己流放筑后守胜正之前那会儿一模一样。

"主公，"荒木久左卫门提心吊胆地开口道，"末将十分理解主公的怒火……"

村重心下暗道，别说谎话了。他一看久左卫门的表情就知道对方绝不认同自己刚才那番话。但村重此刻心情平复，挥挥手催促久左卫门快说。久左卫门作了一揖，说：

"新八郎所为，的确荒谬，若依军法，必遭重罚。不过，新八郎平时并无过错。再说他升任将领不久，做事难免疏忽大意。请您饶了他这一回吧。眼下大敌当前，随便责罚自己人绝非上策！"

村重再次环视诸将。他们脸上的敌意消失了，诸将此时的沉默无疑在暧昧地表达：就这样得了。

荒木麾下无蠢人。新八郎的举动不光违背军法，且置有冈城于危险之中。这一点，他们不会不知道。但在今天的军议上，诸将对村重的话充耳不闻，反倒对新八郎表示同情。背后的理由，村重已经猜到一二。

诸将所怜悯的恐怕并非新八郎。他们真正同情的是瓦林能登。能登与织田勾结，斩杀得道高僧，令百姓陷入绝望，可谓罪大恶极。然而诸将对他的死感到遗憾。能登出身于北摄名门瓦林家，却被异乡人村重羞辱至死。时至今日，诸将仍对这件事耿耿于怀。他们的沉默背后，真正的原因就是这个。

无法可想了。村重假装沉思片刻，说道：

"好吧。就照久左卫门所说,解除新八郎的职务,赦你无罪……新八郎。"

"在!"

"望你今后谨慎行事,戴罪立功。"

"是,必立大功!"

新八郎感激涕零,语带颤抖。

军议结束后,村重在郡十右卫门的陪同下登上天守阁。风徐徐吹过,着实入秋了。

当年,村重得到池田城时,将其彻头彻尾地改造了一番。池田城原本的那片土地被称作古池田。现在,从天守阁望去,古池田处处翩跹着织田军的旗帜。织田在古池田筑阵,不对,比起军阵,更应该叫城寨。织田堂而皇之地筑起了城。事到如今,若毛利大军姗姗来迟,他们真的能攻破古池田这些军阵吗?村重已经无法作出判断了。

今天的军议上尽是令人担忧的事。

脑子不灵光的中西新八郎与敌人无谋交涉,可是村重居然无法处罚此等轻率至极的罪行,因为军议的氛围已经不容许村重进行处罚了。

村重效力于织田家时,信长曾将村重比作与自己同类的主君。那绝非事实。村重今日再次深深地体会到这一点。

池田家式微之际,率领北摄国人众的新主君是村重。可正如黑田官兵卫所言,村重没有名分,谈不上名正言顺。若得不到国人众的支持,荒木家怕是一天都撑不下去。尽管村重能敏锐地察觉到军议气氛转变，却无法力挽狂澜。

以前可不是这样的。以前，军议不是国人众用来阻挠村重的工具，而是村重统率国人众的场所。对诸将而言，村重的话曾经重如泰山，他说白就是白，说黑就是黑。即使村重的命令过于勉强，只要有荒木久左卫门或池田和泉这样的老臣在旁助力，诸将最终还是会遵从。

但今日村重指责新八郎时，诸将完全不把他的话当作一回事。人是会掩饰的动物。他们从心底对村重产生了怀疑，表面仍佯装无事。彼时彼刻，村重在那一瞥间看到诸将变了脸色，恐怕就是这个原因。

村重又想起了流放胜正那会儿的军议氛围也是如此。那时，流放胜正一事，村重已经策划得八九不离十了。莫非现在也是？有人已经把流放村重的计划安排到八九成了？

胜正从自己的城池里被赶出去之后，逃亡去了京城，听说在那里去世了。但有冈城此时此刻被织田围得水泄不通，万一村重被赶出去，根本没有逃生的可能。

唯有死路一条。

6

夜晚，村重在有冈城天守阁仰望夜空。八月出头，不见月亮踪影，只有星光照射着威严的天守阁。村重手持烛台向地牢走去。他的身边没有任何护从，假若此刻冒出三四个刺客,即便功夫高强如村重,恐怕也要一命呜呼。但村重总是独自去地牢。每当有冈城出现谜团,村重就会去地牢。知道这件事的人只有村重、狱卒和囚于地牢的黑田官兵卫。

这是第几次去地牢?城池有累卵之危是第几次?其中有几次危机是靠村重率领诸将化解的,又有几次是靠官兵卫的智慧化解的?就这样,村重撑到了秋天。

狱卒加藤又左卫门一看到村重便立刻掏钥匙开门。这个男人不需要睡觉吗?村重不禁纳闷地暗想。房间角落里铺着草席,可他大概要时刻准备迎接村重,所以很难阖眼吧。浅睡是武士的觉悟,这个狱卒难道也这样律己?

"辛苦了。"

村重说道。加藤惜字如金地回应道:

"是……门开了。"

通往地牢的门开了,里头的寒气一瞬间冲出来。村重举起烛台走下台阶,腰间"哐啷"作响,是他的酒壶。

影影绰绰的烛光里有个蜷缩的黑团。官兵卫还活着,就在这个木栏围就的洞穴里。官兵卫醒着,村重并不十分意外,毕竟地底没有昼夜之分。躺着的官兵卫慢吞吞地盘腿坐起,十个月的监禁生活已经伤害了官兵卫的腿脚,他的坐姿微微倾斜。

村重一言不发,将酒壶摆在栏杆前。官兵卫黝黑的脸上,那双眼睛微微张开。村重从怀中掏出两只酒杯,再拎起酒壶分别斟满。浊酒倒映着摇晃的烛光。

村重默然端起酒杯递给官兵卫。官兵卫也不多话,伸出骨瘦如柴的手臂接过酒杯。两位武将不约而同地举杯。

喝完一杯,村重再次斟满。二人在黑暗中举办着只属于两个人的酒宴。

良久,村重终于开口:

"这酒怎么样?"

官兵卫看了一眼手中的酒杯,缓缓说道:

"沁人心脾。"

"还有呢?"

"伊丹之水甚佳。"

"还有呢?"

官兵卫用漆黑的双瞳瞟了村重一眼。

"这酒还不够醇。应该是新近用城里的米酿的。拿米来酿酒,兵粮就更少了。"

战时,经常有人拿兵粮酿酒。可是拿兵粮酿酒的话,久而久之,士兵就会因饥饿而倒下。所以有经验的大将绝不会一次性把兵粮分配给士兵,而是分成很多次。

"您明知后果还是酿了酒。摄州大人可不像是那种为了口腹之欲而忍心让百姓士兵挨饿的大将。"

说完,官兵卫一饮而尽。

"莫非城中兵粮还很充沛?"

只要还在困守,有冈城就不会有余粮。不过兵粮的确不至于紧张到连酿一壶酒的余地都没有。村重一瞬间苦笑了,再次将官兵卫和自己的杯子斟满。

"只有这些?"

"不然……"官兵卫语带嘲讽,"就是您发自内心地想与小人推杯换盏。"

少许呷了一口酒,官兵卫继续说道:

"依小人所见,您已然没有共饮的对象了。"

村重没有否认,沉声道:

"良禽择木而栖。你栖身小寺家,不觉得逼仄吗?"

听到此话,官兵卫露出不那么愉快的表情。他依依不舍地盯着空杯,说:

"逼仄?您指什么?摄州大人是因为感到逼仄才放逐了胜正大人吗?"

自己在池田筑后守胜正手底下真的感到逼仄吗?村重自问。一个称不上英明的主君、一群称不上杰出的同僚,日复一日,迎来送往,的确不能说不逼仄。村重极欲闯下一番惊天动地的事业,这个念头令他坐立不安、焦躁万分。可他真的是仅仅为此才选择推翻胜正吗?

"不……不是那样。"

村重这才意识到,不是因为将才,也不是因为胜正对村重来说是个不称职的主君。

"我是为了活下去。我所做的一切都是为了活下去,为了让我的家族活下去。"

武士都会死。当然,所有人都会死。可死亡之于武士像货物之于商人。武士的一生是冒着箭林弹雨的一生,死亡早就抛诸脑后……不对,恰恰是因为迫不得已,武士才不能白白送命。

　　自己死了还有儿子，儿子死了还有家族，历代先祖中必定有一位英勇战死的当家，武士就是因为那位先祖的故事，耳濡目染地了解死亡的。主君败了，跟随他的家族就会一同败，最终家破人亡，连家族的名号都会烟消云散——这就是白白送命的结果。村重就是为了避免那样的覆亡，才动手推翻胜正的。

　　酒壶已空，村重把酒杯扔到一旁的阴影里。他嗓音干瘪，语气萎靡。

　　"这就是因果循环？我流放了胜正大人，现在轮到自己被流放？"

　　说完这句，村重振作精神，恢复了威严。

　　"官兵卫，只有我能保你不死，这一点，你应该明白吧？一旦我被放逐出城，他们要么立刻把你斩首，要么干脆把你遗忘，让你在这地牢里饥渴至死。"

　　官兵卫倾斜酒杯，试图品尝残留在杯壁的酒滴，但没多久就作罢，把酒杯置于一旁。

　　"小人心知肚明，那样的话，我就麻烦了。"

　　"好。我有一件事要说。"

　　接下来，村重从诛杀瓦林能登开始说起。

　　村重把包围勾结织田的能登、命令御前侍卫动手、落雷击中能登、能登身旁有一颗还冒着热气的弹丸、郡十右卫门的报告、那一日无人携带铁炮进入本曲轮、本曲轮库藏借出的铁炮全部明确记录在案等统统说了出来。官兵卫在此期间好像不胜酒力似的闭着眼睛，身形微微摇晃。

"所以我……"村重作出结论，"一定要弄清楚是谁向能登开炮。非揪出反贼不可。"

官兵卫稍稍坐正，蓬头散发之下，那双眼睛骨碌碌朝上转了转，凝视村重。村重发觉他的眼神宛如大夫在给病人把脉——是死脉。

官兵卫说道：

"确实如此？"

"什么？"

"现在揪出反贼……还来得及吗？"

官兵卫似乎在自言自语，但是村重对他的言下之意一清二楚。

就算查出是何人射杀瓦林能登，还能挽回诸将逐渐远离的忠心吗？

"来得及，"村重悄声道，"来得及，官兵卫。"

官兵卫依旧抬眼看着村重，村重同样静静地回瞪他。

终于，官兵卫在黑暗地牢里阖上双眼。

"既然您心意已决，且容小人说两句吧。"

官兵卫的声音多多少少带有放弃的意味。

"能登大人惨死已近两月。您为什么不早派郡十右卫门调查？您究竟有何考虑？"

村重沉默了。

"您不愿回答吗？难道想让官兵卫替您说出来吗？"

官兵卫的声音阴沉起来。

的确，官兵卫一语中的。能登死了一个半月，才命令十右卫门调查，只有一个原因——村重怀疑十右卫门就是射杀能登的反贼。

当时能登意欲挥刀弑主，御前侍卫将其团团围住，在他停下步伐的时候放炮。要命中移动目标不是易事，多半是在能登停步的时候射击。可是能清楚地知道能登会走到什么方位停下的人，城中寥寥无几。

村重发现能登与织田勾结，命令十右卫门率领御前侍卫抓捕能登。那一夜，参与行动的人选由十右卫门挑选，也是他让杂贺众不得进入本曲轮。

也就是说，除了村重，十右卫门是唯一提前知道能登会在本曲轮驻足的人。再加上十右卫门精通铁炮，村重不由得不起疑心。

一个半月以来，村重一直在调查十右卫门是否有交结朋党之嫌、是否有可疑举动。最后他终于确认十右卫门没有任何不轨行为。

御前侍卫里，十右卫门最得村重信赖。然而村重仍不得不怀疑他。这一想法被官兵卫洞悉，村重顿感羞耻。

"那么到底是谁在您背后策划？"官兵卫全无废话，直奔主题，"这一点，小人确实不知道。但凡策划，皆属人为。如未见其人，再怎么思索也想不出头绪。"

仿佛在嘲笑谁，官兵卫笑道：

"自小人困入地牢以来，对荒木家诸将只知姓名。他们到底是怎样的人，小人实难判断。"

官兵卫抚摸手中酒杯,简直像在抚摸天下至宝。村重对官兵卫的这个回答极其不满,说:
"你是说,帮不上我的忙?"
"小人并非天眼通,不知为不知,仅此而已。"
村重越发不满了。
"那就是帮不上我的忙。"
村重的声音顿时蒙上一层阴影。
"你想快点儿死吗,官兵卫?"
官兵卫透过额前油腻的头发盯着村重。村重不去看官兵卫,目光停留在烛台摇曳的火光上。
"原来如此,此时的摄州大人,"官兵卫说道,"确实会宰了小人。"
"放肆!你如俎上鱼肉,什么时候都能杀。我不过是用得着你,才留你苟活至今。"
"不对,您说错了。"
"你想说什么?"
"事到如今还说这种话,我岂会当真?摄州大人为何留小人一命,我早就想通了。"
村重想走和信长不一样的道路,信长会杀的人,他都不会杀。所以他放回织田监军,不杀高山右近的人质。哪怕官兵卫当时狼狈不堪地舍命恳请村重赐死,他也没有杀,而是将其投入地牢。信长会杀的人,村重就不会杀……他的风评应该已名满天下了吧?人们听到这样的风评,他便会威名远扬。他威名远扬,盟友便会随之而来。

一切皆是武功谋略。

可是一切都变了。现在的村重不管是谁都会杀,因为天下已无一人是荒木家的盟友。

没有必要让官兵卫活下去了。没错,此时的村重会出手斩了官兵卫。

不必再让黑田官兵卫这位名扬播磨的英才在地牢里忍受折磨了。杀了他吧。就在村重作出决断的那一刻,官兵卫开口了:

"但是小人想亲眼看看这场战争的结局。摄州大人所问反贼,小人确实不知。可是关于射向瓦林能登大人的那一记铁炮,小人为了乞命,倒有话可说……摄州大人,请您想一想,若没有那道落雷,有冈城会如何?"

真是奇妙的一问,村重不由得琢磨起来。要是那时没有落雷,村重可能会因为能登拒绝自裁而颜面尽失。至于那发铁炮,弹丸之所以偏离目标,多半是受到突如其来的落雷的影响。若没有那道雷,能登估计会死于炮击。

官兵卫单刀直入地问道:

"铁炮命中后又如何?"

"能登会死。什么都没有改变。"

"正是。"

官兵卫在说废话吗?他真的为了活命而口不择言?要是那样就太丢脸了。村重心中纳闷。但官兵卫并未说完。

"若没有那道落雷,瓦林能登大人就会死于不知从何处飞来的弹丸。这么一来,城里的人会怎么看?"

这件事村重早有考虑，他皱眉道：

"有人无视我的判罚而杀人，大大折损了我的威望。这么看来，那道落雷真是天不亡我啊。"

"那么，城内又会弥漫怎样的流言？"

"流言？"

出乎意料的追问让村重一时答不上来。

瓦林能登暴死，有冈城陷入流言蜚语的旋涡，产生各种各样的流言，其中就有瓦林能登死于佛罚的流言。

这也不奇怪。能登杀了深受万民景仰的云游高僧无边，无边是有冈城与外界通信的唯一联结，简直是救星的化身。无边之死令百姓宛若坠入痛苦的深渊。若挑着杀害无边的凶手瓦林能登的头颅巡城，百姓肯定会投以雨点般的碎石。

能登被落雷离奇劈死，是佛罚令众人缄默。但如果杀死能登的不是落雷，而是铁炮，人们又会如何？

"对啊。"村重讶然道，"铁炮也一样吧。尽管比不上落雷这种不可思议的天灾，城内也一样会……传出能登受到佛罚的流言。"

"小人也是这么想的。可是，佛不会使用铁炮。"

村重感觉自己隐约触碰到真相的一角，但终究只是一角，再往前摸索就是一团模糊，什么都抓不住了。佛不会使用铁炮……这是什么意思？该不会其中并无深意，只是官兵卫的花言巧语？

官兵卫继续说道：

"摄州大人,您早就知道佛罚的真相。"

官兵卫在牢中死死地盯着村重。久不见日月,微弱烛火下,官兵卫的双眼却绽放着幽暗、澄澈的光芒。那双眼睛简直要把村重看透了。村重心中泛起恐惧。这个男人到底在说什么?他真的认为我已经看清了真相?即使我找出真相,那真的能将我从反贼手中拯救出来吗?

村重的喉头鲠住,说不出话来。接着,官兵卫闭上了那双仿佛看透村重的眼睛。

"您还没有察觉到?好,请恕小人这番无稽之谈。"

说完,官兵卫再无一句乞命的话。他再次缩成一团影子,不再动弹。

7

村重走上台阶,狱卒加藤又左卫门举着火把迎接他。晚风吹过,村重手中的烛火晃了晃。村重什么都没说,又左卫门再次将牢门锁上,铁锁的浊音打破了夜的寂静。

就在村重走出地牢的一刹那,鲜少说话的又左卫门用沙哑的嗓音说道:

"今夜月光暗淡,主公一个人恐有危险。请您准我跟随护卫。"

村重看了一眼单膝跪地的又左卫门。又左卫门伸手握住腰间佩刀,倒很像样。村重说:

"准。"

风声夹杂着虫鸣。村重让又左卫门走在前头，这当然是为了提防他忽然反戈一击。二人一前一后走出地牢，来到天守阁。

漫天繁星间悬挂着细长如丝线的月亮。借着微弱星光，村重仰望天守阁。黑漆漆的天守阁笔直戳入夜空，村重不禁回忆起有冈城刚建成时的情景。那时他正把伊丹城改造为天下名城。村重打算据守于这座城，可当时他要防守的对象究竟是谁？是南边的本愿寺、西边的播磨国人众还是东边的织田？不管怎样，他筑就了这座宏伟的城池。明明是自己办的事，却怎么也想不起来当时的心境了。

又左卫门手举火把照耀前方。村重猛然发觉此处正是瓦林能登被雷劈中的地方。

"又左卫门，等一等。"

又左卫门二话不说，马上停下脚步。村重站在原地看了一圈周围。

这样一看，狙击能登的隐蔽点确实显而易见只有三处，郡十右卫门所言无误。天守阁、松树、宅邸三点形成三角，能登就在中央。天守阁在本曲轮北端，再往外就是难以逾越的石墙和水渠。松树靠近本曲轮和武士住所之间的渡桥，虽然枝叶茂盛，但只有一棵。宅邸是村重的起居处，那里彻夜燃有篝火，始终很明亮。

村重略微驻足，陷入沉思。在此期间，又左卫门沉默不语，高举着火把观察四周动静。

不一会儿，村重说道：

"好了,走吧。"

又左卫门从命,朝宅邸迈步走去。

村重一边跟在又左卫门后面,一边思绪万千。军议、战况、佛罚、毛利、织田、天下、铁炮、谋叛、黑田官兵卫……回过神来,村重出声叫住走在身前的又左卫门。

"又左卫门。"

"是。"

又左卫门答应着,但没有转身。他是在畏惧和主君近距离面对面吗?村重不想细究,问道:

"官兵卫平时是什么样子的?"

"这个嘛……"又左卫门放缓步伐,但还是没有转身,答道,"吃了睡,睡了吃。"

"是吗?"

村重倒并没有期待什么特别的答案,只是又左卫门的回答过于不咸不淡,他内心难免略感失望。但是走了数步后,又左卫门补充道:

"对了,他还会唱歌。"

"唱歌?官兵卫确实是会唱歌的人。"

"只是小人不知他唱的是什么。看守时,偶尔会听到歌声,曲调很奇怪,像是歌谣。"

"歌谣?莫非是猿乐[①]?"

"小人对音乐一窍不通,不过似乎不是猿乐。"

---

① 综合杂技、魔术、滑稽模仿的表演,大约在唐朝从中国传入日本。

突然,不知从哪里冒出一声响动,又左卫门立刻驻足。但除了晚风,似乎再无动静。又左卫门低着头缓缓转身面对村重。村重追问道:

"不是猿乐,那官兵卫唱了什么?"

平家物语的平曲[①]、歌颂佛道的声明,这些歌谣如今已经没人会唱了。可除此之外,仍有成千上万的歌谣。然而又左卫门说道:

"好像不是任何一种歌谣,官兵卫似乎是就地取材,现编歌词。"

在不见阳光的地牢里,官兵卫唱着歌。他在地牢中能编出什么歌词?

又左卫门再次背向村重,继续步行。

"官兵卫唱的是……"燃烧的火把发出"噼里啪啦"的声响,又左卫门说道,"哄哭泣的孩子入睡的安眠曲。为人父母者多半会更感动吧?可惜小人膝下无子。"

萧瑟秋风拂过有冈城,一丝寒意袭裹了村重的身子。

8

村重回到宅邸,进入佛堂。他让近侍在房外等候,随后独自一人佩带好笼手和护腿,默然走进点亮烛火的佛堂,盘腿坐下。

[①] 镰仓时期盲人乐师收集并创作的琵琶说唱,内容取材自《平家物语》。

他的眼前是释迦牟尼像。村重对佛道并不轻蔑，但对释迦牟尼没有多少敬畏。释迦如来宣扬不杀，不杀于战争无益，因此村重更愿意拜谒访大明神或八幡大菩萨。然而，这一夜，村重不露声色地朝释迦牟尼像拜了一拜。

佛罚。

官兵卫是这么说的。难道真有佛罚？

村重只想知道谁是谋叛之人。他以为只要找出是谁向瓦林能登放炮就可以揪出反贼。可这一炮的疑点实在太多……官兵卫曾说，村重命人调查的时候已经晚了。但据郡十右卫门的报告，至少可以明确疑点所在。

首先，向能登放炮之人的身份不明。说不定那人不是受人指使，而是自作主张地朝能登射击。

其次，那人把铁炮带进本曲轮的途径不明。按十右卫门的说法，落雷那天没有一架铁炮带入本曲轮，而且铁炮库里所有借出铁炮的去向都记录在册，经过再三检查，不存在遗漏。那么朝能登射出弹丸的铁炮究竟来自哪里？

还有一点是放炮位置不明。能偷偷向能登射击的位置仅三处，本曲轮北端的天守阁二楼、通往武士住所的渡桥旁松树以及村重宅邸的屋顶。村重认同十右卫门的这番推断。到底是哪一处？

找出疑点，是解决一切问题的第一步。官兵卫所说的佛罚一定和弄清疑点有关。

"铁炮……"

佛堂里，油灯火光飘动，村重自言自语道：

"向能登放炮……那人想达到什么目的？"

假如没有那道落雷，铁炮弹丸命中能登，村重和御前侍卫肯定会四处寻找放炮之人，之后就会把那人围住。村重多半会想活捉他，但要是那人负隅顽抗，大概会被当场诛杀。换句话说，那人怀着必死之心向能登放炮，没有考虑退路。宁愿丢掉性命，也要杀死敌人，对村重这样死中求活的武士来说，倒也不算不可理喻。

但村重转念一想便觉得不对。

"放炮之人被杀，佛罚就不成立了。"

如果放炮者的动机是打造佛罚，就绝对不能被抓。如果被抓，人们则会认为这不过是一次偷袭行为。只有让人弄不清真相，佛罚才会成立，因此放炮者绝不是冒着丢掉性命的危险。同时，他不能被发现，更不能去死。

也就是说，那人向能登放炮后必须立刻躲藏起来。那么，那人能躲在哪里？

那天，诸将听到召开军议的太鼓，缓缓通过渡桥进入本曲轮。桥边那棵松树附近人多嘴杂，在那里放炮的话，马上就会被看破。那人不是藏在松树上。

诸将进入本曲轮后，朝天守阁走去。如果那人从天守阁二楼朝能登射击，楼下已有将领等候，诸将皆是武士，听到铁炮声后，肯定会四下搜寻敌人。诸将四处走动时，那人绝对下不了楼。天守阁二楼没有第二条退路，看来那人也没有躲在天守阁。

参加军议的诸将或守城兵士都不会经过宅邸。若从宅邸屋顶朝能登放炮，很有可能逃过诸将、御前侍卫和村重的视线。那人有可能就躲在那里。

"这就是真相？"

村重仿佛在问释迦牟尼，但木雕如来浮现出似有若无的微笑，没有回答。

从宅邸屋顶放炮，确实可以避免被将士们目击。但那也只能是在放炮后的片刻，宅邸里有许多伺候村重起居的近侍和小厮，还有侍奉千代保的侍女，甚至说村重宅邸是整座有冈城内人口最稠密之所也不为过。万一有人向村重报告宅邸里有歹人，那人就没法离开屋顶了。小厮和侍女不会武功，但互相认识，因此那人无法混入其中。

朝能登放炮后能够造成佛罚效果的位置既不是松树，也不是天守阁二楼。这两处可以排除了。但是宅邸屋顶同样不符合条件。

烛光照在释迦牟尼像上，佛像的表情仿佛变了。拉门外的两个近侍没有发出一点儿声音，连咳嗽都没有。

宅邸里的人要是值得怀疑，情况就完全不同了。

在宅中做事的都是世代生于北摄的本地人。他们不会让陌生面孔进入宅邸。但人心善变。若宅邸里有人怀有叛心，接受反贼指示，射杀瓦林能登，也是有可能的。

要登上屋顶，就得有梯子之类的工具。这或许是个突破口……可是能登之死已经过去了快两个月，即便那人用过梯子，恐怕早就被藏起来甚至毁掉，恐怕是找不到了。假设那人原本就是宅中侍从，放炮后可以堂而皇之回到宅谜。武将争功有可能很精彩，也可能变得很丑陋。自夸自耀、贬损他人之类的行为屡见不鲜。想来是什么人为了偏袒杂贺众，故意替换了头颅。

但是，武家争功虽然常见，却极少有人去替换已经检查完毕的首级，因为这等于对大将不敬。明知如此，村重却仍然没有深究这件事。

村重或许是在恐惧。是谁替换了头颅？他敏锐的直觉仿佛在说，若细究此事，必会查到他极不愿看到的结果。

武士取得首级，把首级带回大本营。首级需要经过化妆，再交由大将检查。

负责给头颅化妆的人是谁？换句话说，从武士取得首级到大将进行检查之间，这些首级在谁的手里？

对了。再往前追忆，佛罚谣言的初次出现，甚至不是在首级争功事件中。

第一次莫不是在冬天？去年十二月，大和田城的安部二右卫门开城投降织田，阻断了本愿寺和有冈城之间的通道。首当其冲直面织田大军的两扇门户——高山右近的高槻城与中川濑兵卫的茨木城——开城投敌固然令人扼腕，但大和田城投降更令村重始料未及。应当立刻斩杀安部的人质安部自念！家臣们的控诉不绝于耳，就连安部自念自己都想自裁以求往生极乐。可是村重拒绝了，他将自念投入牢中。村重此举的动机已被官兵卫看穿。

村重本想将自念和官兵卫一起关在地牢，但总觉得似有不妥——在官兵卫身边安放任何人都是一种危险。于是他决定重新打造一座牢笼。牢笼未建成时，村重决定先把自念关在宅中仓库。牢笼仅需一日便可建好。但就在那日，在看守极其严密的情况下，自念惨死于仓库。

自念死得诡异。他明明白白是中箭而亡的，现场却不见箭矢。仓库里只有自念一人。通往仓库的走廊上有御前侍卫守备，此外无任何人经过。仓库外的庭院中覆盖着薄薄的积雪，雪上没有足迹。

随着自念的离奇之死流传出去，城内便衍生出各种各样的风闻言事：安部二右卫门背叛了大阪本愿寺，因果报应便落在了年幼的自念身上，肉眼不可见的箭矢射入了自念的胸膛⋯⋯村重认为，什么肉眼不可见、什么佛罚都是无稽之谈，但也不得不承认自念之死令他毛骨悚然。

为了弄清自念之死的真相，村重初次造访地牢里的官兵卫。村重细说事件本末后，官兵卫提出质疑，发出嘲讽，吟唱狂歌。那首狂歌便蕴藏着揭示凶手身份的线索，村重藉此推理出了真相。杀害自念的人是森可兵卫，村重饶了他一命，随后他死在了战场上。

此时此刻，村重猛然察觉真相没有大白。

可兵卫想杀死自念，但背后也有自念自身的因素，那就是自念手持烛台作为黑暗中的目标。假若长枪稍许偏左或偏右，就达不到佛罚的效果，自念必须牢牢地站在计算好的方位上不动才行。这会是偶然吗？自念极欲自绝，以求往生极乐，莫非是什么人告诉了他这个法子，叫他手持烛台站在某个地方？也就是说，自念之死是他人从旁协助的自杀！

若真是如此，谁能和被囚于仓库的自念深谈？谁能给仓库带去火盆？换句话说，谁在照顾自念？

冬天的人质之死、春天的武士争功、夏天的铁炮事件，这三件事构成了佛罚流言的依据。如果将这三者联系起来……

三件事的共通点是什么？

释迦牟尼像微微一笑，高举右手做出施无畏印[①]，那是不必敬畏真理的手势。佛像左手低垂做出与愿印，村重曾听僧侣说，那是普度众生、满足众生所愿的手势。佛是拯救苍生的存在，因此不会惩罚世人。不过，人生跌宕起伏，人们仍会心怀畏惧地嘀咕那该不会是佛罚吧？在这片乱世秽土，如不幸生而为民，就只能在修罗场般的陋巷里苟且偷生。百姓不曾犯罪作恶，却承受着罪责惩罚的日子。正因为如此，不论多么高德的僧人，不论他们多么热忱地宣扬佛祖慈悲为怀、广大无边，人们真正恐惧的还是命运无形的惩罚。村重陡然感到眼前这尊拯救苍生的释迦牟尼像正对自己发出嘲笑。

冬天，照顾安部自念的人是侍女。

春天，为首级化妆的人也是侍女。

接下来是夏天……

[①] 原文如此，此处直译。下文"与愿印"同样处理。

一个微弱的声音传来,有人打开了拉门。明知村重就在佛堂中,敢不支声就开门的只能是那个人。村重身后响起一个柔和的声音:

"主公,夜深了,不妨歇息吧?"

摇曳的火光下,村重注视释迦牟尼像,开口问道:

"千代保,指使放炮之人的是你吧?"

9

向瓦林能登放炮的人只能潜入宅邸、藏身屋顶,除此之外,别无他法。但那人即便顺利射杀能登,仍然没有退路。就算他能暂时避开村重和御前侍卫的视线,却怎么也不可能避开宅邸中的众多近侍和侍女。可假如反向思考:宅中有人打从一开始就同放炮者沆瀣一气?

宅邸是村重日常起居之处,衣食住行一切事皆在此作备,更是村重休憩睡眠、接见客人的场所。负责安排宅邸中人做事的正是千代保。放炮者和宅邸中人串通,早就潜入了宅邸,只待向能登放炮的时机。若是如此,这件事绝不可能瞒过千代保。

既然宅中有放炮者的同伙,那么铁炮来源就不言自明了。郡十右卫门说,在能登死去的那一天,没有铁炮送入本曲轮,且铁炮库借出去的记录全部在案。也就是说,铁炮早在那一天之前就被带入本曲轮了。

守卫本曲轮的铁炮足轻每天都要先去仓库借出铁炮,

任务结束后再还回仓库。铁炮库不会遗漏借出在外的铁炮。因此哪怕获得铁炮足轻的协助,宅邸中人也没法携带铁炮潜入宅邸。如此想来,放炮者的身份便只剩下一个。

村重缓缓转头。肤白胜雪的千代保亭亭玉立在阴影中。村重说:

"放炮者是杂贺众吗？"

"是。"

说完,千代保静静地走到村重身边坐下。村重盘腿,千代保半跪,二人一同朝释迦牟尼像合掌。

立刻拔刀砍了她！冲动如潮水般袭来,又如潮水般退去。村重说道:

"不否认吗？"

千代保用清澈的声音回答道:

"既然摄津国主大人这么问了,妾身又怎能说谎？没错,是妾身委托杂贺众朝瓦林能登大人放炮的。"

本曲轮的守卫,除了村重的兵就是杂贺众。杂贺众携带着自己的铁炮。尽管十右卫门在能登死的那一天解除了杂贺众的守备任务,可在那一天之前,杂贺众是可以带铁炮进入本曲轮的。想必有一名杂贺在前一天的守备任务结束后假装出城,但其实潜入宅邸,藏了一晚。

这番推理所得出的结论令村重感到困惑。

向瓦林能登放炮之人背后定有反贼指使,只要抓住放炮者,就能揪出那个意图把村重赶出有冈城的反贼。为此,村重命十右卫门彻查,还下地牢拜访官兵卫,甚至不惜向神佛乞求智慧，终于让他想通了放炮者及其指使者。可是千代保真的是谋叛者吗？千代保会像村重当年放逐池田胜正那样将自己从有冈城赶出去吗？

困惑、怀疑……少顷，村重不禁对自己的推理产生了一丝怀疑，但他想不到第二种可能，于是问道：

"是谁收买你？是谁教唆你向能登放炮？"

像村重预料的那样，千代保摇了摇头，说道：

"无人唆使。一切皆是妾身个人所为。"

"春天那场夜袭时，替换检首头颅的人也是你？"

"主公英明，慧眼如炬。对，是我吩咐侍女捡回那颗被丢弃的凶相头颅，替换了桌上的首级。"

"你助长了城内一向宗门徒的气焰，一名南蛮宗信徒被活活烧死了。"

村重说完，千代保的表情顿时蒙上一层阴影。

"确实，这令妾身心痛。可能听起来像托辞，但妾身没有一天不在祈祷那人能抵达南蛮宗的极乐彼岸。"

值此乱世，说什么为素未谋面的陌生人之死而心痛，怎么听都像是谎言。可在信奉兵者诡道的武将村重的眼中，千代保的这番话却透着真诚，绝非虚情假义。

"那么，冬天的那件事呢？安部自念遇害的那天，是谁教自念站在那里的？"

千代保微笑着说：

"也是妾身。"

"自念知道自己会死吗？"

千代保似乎没料到村重会这么问，略微一怔。

"当然。为了洗刷家族的耻辱，自念大人本就怀着一颗前往西方极乐的心，他很痛快地应承了妾身的要求。真不愧是武家之子，品行高洁，令妾身钦佩至极。"

村重毫无愤怒之情。与其说是怒火，不如说他的胸中充满了疑窦，如坠入雾中。

冬、春、夏，三个事关有冈城存亡的紧要关头。

村重想尽千方百计——如何与人谈话，如何分配长枪和铁炮……他绞尽脑汁才勉强保住城池不失。然而千代保于村重肘腋之下处处生变。究竟为什么？

"佛罚……"

村重呢喃道。难道被牢里的官兵卫说中了？

"千代保，莫非，你想施下佛罚？"

"主公，妾身岂敢。"千代保稍稍将身子后倾，"妾身仅仅是一具愚钝的肉体凡胎，怎敢妄自代替神佛惩罚！妾身只不过是……"

千代保双手合十，像是在请求某人的同意，接着徐徐俯首道：

"只不过是想让他们相信佛罚的确存在。"

"他们是谁？"

"自然是……"灯火摇曳，千代保的面容宛如观音，"百姓。"

"百姓？"

村重哑然。

百姓。那些植稻种菜、织布锻铁、造房打井、经历酷暑与严寒都能活下来的人。哪怕被有冈城的木栅栏包围,哪怕被织田大军团团围住,在这一无所有的围城里仍有成千上万的百姓。

"你是为了让百姓相信有佛罚,才引导自念自杀,替换武士首级,射杀瓦林能登?"

"是。"

千代保保持合掌姿势,轻声说道。

村重突然想起千代保是本愿寺坊官的女儿。加贺、南摄、伊势、三河、能登……各地都有"一向一揆"的火苗,千代保也参与了吗?村重顺口问道:

"你是想借佛罚煽动百姓,在北摄掀起反叛?你是受父亲的指使吗?"

"主公,"千代保放下双手,语调深沉、平静,"妾身早已回答过,没有受任何人教唆,一切皆是妾身个人所为。主公说我煽动百姓,真是太抬举我了。"

"我不明白,不明白啊,千代保。"

村重语带愠怒,不觉焦躁起来。面对这位年轻的侧室,他还是头一回流露出愤怒。此时此刻,千代保在村重眼中已不再是美丽的侧室,而是面目不明的存在。

"巧言令色的家伙,竟敢愚弄我?别再装神弄鬼了,你杀害自念、调换首级,绝仅仅是为了让人相信佛罚。你到底想干什么?"

"主公,"千代保眼带忧愁,答道,"妾身所答句句属实,绝无半点儿诓骗。主公之所以不明白,大抵是您出生于武家,是刚猛武士的缘故。"

"千代保,不要东拉西扯了。你难道以为自己逃得了罪责?你在有冈城内闹出这么大的骚动,我身为大将,想不斩你都不行。"

"主公,求您在处决妾身时一刀了断,不留痛苦。妾身早知必死,但,多少还是怕疼的。"

接着,千代保端正坐姿说道:

"主公,请恕妾身问您一个愚蠢的问题:您认为百姓最害怕什么?"

"当然是死。"村重不假思索,当即答道,"人最怕的就是死。"

"那么主公您最害怕的也是死吗?"

"我?"

村重身形微微晃动,笼手的甲片发出"咔嚓"一声。这笼手不知多少次挡住了敌人的刀锋,将村重从断手致死的厄运里解救出来。

"我是武士,当然不会说怕死,但不怕死的武士只会枉送性命。若一个人最害怕的是死,就成不了武士。"

"所言极是。武家之人披坚执锐,手持长枪或铁炮,总有办法对抗死亡。有些百姓同样会购买武具,哪怕是破甲钝刀,多多少少也能抵抗。"

千代保接着说道:

"至于那些什么都没有的贱民,如鸡犬虫豸般,就只能等死吗?"

释迦牟尼静静地看着面对面的千代保和村重。

"不,鸡犬虫豸尚能躲进山里、藏在草中,不至于被随手杀掉。可百姓若妨碍了什么人物,即便藏进草丛,也会被抓出来杀死。人命比鸡犬虫豸更卑贱。"

"这是世间命定的。人间万苦,属人最苦。"

"是,诚然。"

烛光逐渐变得暗淡,只剩下不到小拇指长的蜡烛在苦苦支撑,抵御着从四面逼近的黑夜。

"主公,恕妾身直言。主公说,百姓最恐惧死亡,妾身不敢苟同。百姓最恐惧的不是死亡。妾身曾见识过。"

"见识过?"

"在伊势长岛见过。"

佛堂中的黑暗吞噬了千代保的话语。

伊势长岛。

那里距织田大本营尾张国仅咫尺之遥。那里曾经发生过如火如荼的"一向一揆"。八年前,揭竿而起的一向宗门徒在木曾川河口的无数滩涂筑城建寨,扼守了要害。当时织田信长正率兵征讨伊势国,忽然从腹地冒出了敌人。

战斗非常激烈。初战就逼得织田信长的弟弟彦七郎信兴不得不切腹自尽。攻打美浓的大功臣氏家卜全与织田家老林新次郎在此战中皆被杀。陆陆续续,更多织田武将在修罗场般的战斗中死去。再也没有像攻打长岛那般令织田损兵折将的战役了，简直是用鲜血洗刷鲜血。

"本愿寺派家父赶赴长岛，无可奈何之下，家父带着妾身一起上路了。"千代保说道，"当时战斗刚刚告一段落。传言说，织田绝不会放过长岛，一定会集结兵力卷土重来，但在此之前，织田暂时不会发动进攻。家父相信了这番传言，便乘此时机前往长岛。长岛城弥漫着令人难以置信的威慑力。矗立在河州上的长岛城如被河水托起一般，任何试图靠近长岛的船只都会遭遇毫不留情的弹林箭雨。那里的围墙很高，望楼很多，像妾身这样不了解战争的人，真是想象不出这座城池怎么可能会陷落。

"妾身不清楚城内究竟有多少人。五万？十万？也有人说不过一万出头。拿着薙刀、铁炮的僧侣武士，还有那些拿着各自趁手兵器的门徒，聚在一起豪言壮语，说绝不容许魔王攻破长岛。前进方得极乐，后退即为地狱。他们的冲天斗志响彻云霄。"

千代保再度合掌。

"然后，织田来了。天魔无法逾越的天堑木曾川满是安宅船①，织田军点燃的篝火炙烤着整片天空，每晚都能听到织田军的吼声，长岛城的围墙很轻易地被长筒铁炮轰开了。城里原本凛然的威慑力如海市蜃楼般消逝了，渐渐有人质疑：战死沙场真的能往生极乐吗？"

---

① 用于近海作战的大型船。

千代保澄澈的嗓音一下子颤抖了。

"妾身与父亲在战乱中失散，我脚软无力，又没有能证明身份的贴身信物，这样下去只有死路一条。长岛城角落里有一所残垣断壁的房屋，妾身和数千名同样无力的弱者栖身在那里。城中兵粮短缺，每日只有稀粥果腹。铁炮声昼夜不停地响。小屋里有饿到脱相的人，有失去手足的人，有老人，有小孩，有疯癫的人……宛若堕入饿鬼道。当时所有人，包括妾身在内，都觉得活不下去了。"

村重察觉到千代保的指尖在微微颤动。

"于是，我们诵佛。我们合起皮包骨的手掌，从早到晚地诵佛。救苦救难的阿弥陀佛，求您救救我们，请带我们往生极乐。主公，在那一刻，大家都接受了死亡这件事，您知道我们最害怕的是什么吗？"

村重理解，死亡并不是最可怕的。可他仍答不上来。

千代保用曼妙动人的声音说道：

"我们害怕的是连死亡都无法终结苦难。"

"……"

"主公，所谓极乐，有人认为那是个丰饶的世界，但这和妾身所听到的不一样。极乐净土或者说无量光明土就是光明，只有光明……那是除了光明什么都没有的世界。正因为如此，我们才感到心安，才希冀着哪怕早一日都好，只求早一日抵达极乐彼岸。百姓不光饥贫难熬，万一被杀人如麻的军队视作阻碍，则要么被杀，要么被粗蛮对待，苦难至极。生老病死是痛苦的轮回，我们已经不敢去想了，片刻都不愿。这世上再没有一群人会像那一天、那一间朽烂小屋里的人那样信念合一地诵佛了。

"尽管如此，大家仍然不确定自己的祈祷究竟能不能传到佛祖耳中。就像主公您曾经也说过的，那一天，长岛城内到处萦绕着不得不听的一句话：前进方得极乐。可对手无寸铁的我们来说，还能前进吗？又能进到何处去呢？在僧俗双方浴血奋战的关头，我们躲在角落苟且偷生，这算是弘扬佛法、为护法而战吗？我们这些连前进都做不到的人会被极乐世界接受吗？自我怀疑的心绪给虔诚诵佛的每个人蒙上了阴影。就这样，战争接近尾声。"

"长岛一揆"的结局，村重早已知晓，甚至梦见过。

"那些号称要为佛法而死、挥舞薙刀的人和织田缔结了和约。我们准备船只，打算出城。这些，主公也知道。那时城中人死绝大半，不是战死，而是饿死。身后是尸山血海，我们这些弱小妇孺坐在离开长岛城的小船里面面相觑。直到今天，妾身仍不敢相信当时自己是多么幸运。为何老天要救我呢？我们的身体远未从那度日如年的苦难中苏醒，以致忘记了喜悦。大家心中都纳闷，这一定是什么陷阱吧？横渡河流的那一叶扁舟上，鸦雀无声，弥漫着不安情绪。突然有人开口说，我们后退了。"

屋外吹进一阵风，烛火随风摇动。

"恐惧迅速弥漫了整条船。"

前进方得极乐。

"后退即为地狱，我们不是在后退吗？我们这样逃走真的好吗？信奉一莲托生的我们难道不应该共同念佛赴死吗？这样偷偷活下去……难道不是后退？等待我们的是地狱啊！就在这一刹那，织田军放炮了。"

千代保的声音隐隐约约变得仿佛从地底传来。

"饿鬼道之后是无间地狱。我们一度自认为必死，随后侥幸逃命，现在再度面临死亡。然而这一次，我们没法极乐往生了，我们要堕入地狱了！烈焰长河上，只听得人们的尖叫声……阿弥陀佛，我们没有逃避！没有后退！没有后退啊！求求您，求求您送我们去极乐吧！但这或许是妾身的幻听，因为我已无法辨明周围的声音了。也可能大家只是在心下默念。我的身边再一次尸横遍野。"

"……"

"主公出身武门，您恐惧枉死，恐惧没有价值的死，因而您理解不了百姓。妾身认为，明知苦难仍将持续却不得不死才是最残酷的。"

织田炮击离开长岛城的出城船只，之后包围了其他城寨，放火烧城。

据说有两万人死于这场大火。

"回过神来，小船已经靠岸。岸边既没有织田军队，也没有"一揆众"。妾身眼前只有一间空无一人的渔夫小屋。父亲说，这是因为我有佛祖加持，才逢凶化吉，化险为夷。妾身当时逃进了山里，在山上目睹了织田军把长岛城的活口抓到大本营尽数斩杀。我只觉得仿佛见到恶鬼罗刹现世。"

千代保继续说道：

"妾身死里逃生，逃回大阪后见到一位高僧，河内国门真庄愿得寺的住持。我向他讨教佛学，问他当时选择了后退的人是否会堕入地狱、我自己又是否会堕入地狱。听说那位高僧曾经犯了什么罪而遭本愿寺放逐。总之，他回答了妾身的问题。高僧说，末法时代，凡愚之人不可自救，因为阿弥陀的本愿是普度众生。"前进方得极乐"这句话是教人自救，这就和宗门教义相悖。至于"后退即是地狱"这句话，阿弥陀怎会教出这种胡话来！多么愚蠢的便宜话啊！那位住持如此怒斥：

"'为佛法参战，不从者即破门，破门即堕入地狱。''一向一揆'经常把这句话挂在嘴边。如果说，这些话都有悖于宗门教义，那大家岂不是自讨苦吃？

"'贫僧每当听到众生被那些只言片语的论经所迷惑，顿感耳边有无常狂风呼啸。'妾身永远忘不了那位高僧的这句叹息。后来妾身嫁给主公，过了一段梦幻般的日子，可天不遂人意。在织田形成包围圈的那一刻，妾身便暗自发誓：胜败无凭，万一主公败了，绝不能让伊丹百姓沦落至长岛那样的死法。神佛必定是为了伊丹百姓才把我从长岛的无间地狱里拯救出来，妾身深信这一点。

"然后，围城开始了。

"只要是妾身能搭上话的人，妾身都会劝他们说不论前进与否皆可往生极乐。大多数人听了妾身的话，就会帮助妾身。至于那些妾身搭不上话的人，妾身要让他们相信：神佛就在身边。"

村重想到，千代保不光受到宅中侍女、小厮的爱戴，城里许许多多的士兵、百姓也仰慕、崇敬她。只要千代保在场，许多人都会恭敬地低下头。原来那不仅因为千代保是村重的侧室，而且因为他们都受过千代保的教诲，愿为千代保效劳。

所以千代保能创造佛罚。

"背弃大阪的安部人质离奇死亡，不敬佛法的南蛮宗所取首级露出凶相，刺杀无边的大恶人被不知所踪的弹丸击中。百姓必会将这些看作冥罚，继尔，他们就会认为神佛一直在看着他们。这样一来，妾身就能让这些迈向死亡的百姓安心。"

村重从未相信过那些事是佛罚，一瞬都没有，但城内的确流传着佛罚的流言。

"主公自然不会相信妾身的这些小动作是冥罚。您是披坚执锐、刚猛足以自救的武士，当然犯不着使出伪造冥罚这种手段。您一定觉得妾身所为滑稽可笑。

"然而，恐怕这座城里的大多数是不可自救的弱者。末法乱世，只言片语便可迷惑世人。或许伪造祥瑞、拯救人心才是世所常见吧？"

村重竟找不出半个字来反驳。

此时此刻，城中民心依旧安稳。平民屏声静气地挨过了夏天，光是这一点就透着说不出的诡异。村重居然完全没察觉到古怪。事到如今，村重方才陡然觉察到了不对劲。当时知晓无边之死的百姓，他们的那股怒火、那份悲伤，究竟消失到何处去了呢？

没错。落雷劈死了杀害无边的凶手能登，百姓就是因为知道了这件事才安静下来——大恶人已受天罚。天道有常，报应不爽。天网恢恢，疏而不漏。佛祖在天上看着呢——百姓的怨气得到了纾解。

若能登被铁炮击杀，说不定就没有这样的效果了。不可否认的是，对百姓而言，那仍将会是一根救命稻草。

"妾身一心想着将死之人，若妨碍了主公施展武功谋略，就请您责罚。妾身本该在那时的长岛就往生极乐。"

说完，千代保闭上双目，虔诚诵佛。

灯下的释迦牟尼佛一言不发。

10

村重来到地牢。

隔着粗粗的木栅栏，他与黑田官兵卫二人面对面席地而坐。黑暗中，两个人弓着背，坐在湿润的土地上。官兵卫伸直左足以减轻疼痛，村重则盘腿坐着。村重穿着符合摄津国主身份的小袖肩衣和羽织，还佩带了笼手和护腿。官兵卫穿着去年十一月被投入地牢时的那身衣裳，现下已是黝黑褴褛、布满污垢。一霎间，村重恍惚了，竟不知到底谁在牢里，谁在牢外。

夜已深，但究竟是几更天了？村重完全不清楚。他甚至不记得千代保是何时离开那间佛堂的。等村重回过神来的时候，就已经身在地牢了。

村重把千代保的话一股脑儿告诉了官兵卫。村重无意找官兵卫解惑，只不过他已经没有其他可以说话的人了。官兵卫沉默着，好像什么也没听到。直到村重将一切说完，官兵卫才转动浑浊的眼球盯着村重，喃喃道：

"转眼间……您竟这般憔悴。"

此处没有镜子，村重无从分辨官兵卫所言是否正确。可是他的的确确感觉到自己身体里的某种东西大约消逝了，那对大将来说是不可或缺的东西。

官兵卫说道：

"大致情况，小人知道了。总而言之，依阿出夫人的话，压根不存在谋叛者，对吧？"

村重强健的体魄不由得陡然一颤。

只要彻查射杀瓦林能登的人，就一定可以揪出想赶村重下台的反贼。村重曾经打的这个如意算盘，如今全盘落空。都是泡影。千代保虽然做了不少违背村重命令的行为，但她不会暗通织田、流放村重。即便杀掉千代保也无济于事。村重还不至于糊涂到那个地步。

不存在谋叛者……

官兵卫的话渗入村重的肺腑。如果没有反贼，为何城内守备懈怠至斯？军议的乱象、诸将冰冷的眼神又是为什么？不，一定有反贼！只要砍掉贼首就能恢复原状。

但不存在谋叛者！

如此一来，该怎么解释城内懈怠？难道根本没有人在背后策划谋反，家臣们只想远离我？我不得人心了？

"不对，一定有谋叛者。"

村重自语道。

"朝瓦林能登放炮这件事的背后必有谋叛者。我的想法没有偏差。我要向诸将要求人质，让他们把妻小送到本曲轮。这样他们就不敢轻举妄动了。官兵卫，你对此怎么看？"

"您也许是对的。"

"将士们仍听命于我。只不过有两三个不听话的鼠辈，不，或许是五六个吧。我乃堂堂摄津守村重，一生战无不胜、攻无不克的大将，怎么可能不得人心……"

官兵卫深深俯首，声音嘶哑道：

"所言极是。摄州大人统领家臣凭的是攻无不克、战无不胜的战绩。只有不败，将士才愿为您赴汤蹈火。"

"我不会失败！"

官兵卫冷眼注视着声嘶力竭的村重。

不会失败——更不会赢，没有任何胜利的希望。这一点，村重比谁都明白。

"假使我赢不了，就非得失去家臣不可吗？信长在志贺、金崎败过，织田家臣离开他了吗？羽柴筑前曾有过溃不成军的惨败，可他依旧扛起了攻略中国①的重任，不是

---

① 指日本中部地区，包括鸟取、岛根、冈山、广岛、山口等五个县。

吗？为何我失败一次就要失去一切？"

村重还是池田筑后守手下家臣时，荒木久左卫门、池田和泉、野村丹后等都是与他并肩作战的同辈。从初生牛犊到久经沙场，十数年来，他们与村重同甘共苦。对北河原与作和中西新八郎等年轻人来说，村重也应是一名优秀的大将。村重这几年任主君的岁月里，何曾背信弃义？何曾辜负家臣？家臣们难道不该打从心底里认可村重吗？

黑暗中，官兵卫朗声道：

"皆因摄州大人一直赢。您只有一直赢，方能聚拢家臣。笼络人心原是极难之事。"

村重默然。

二人不再说话，地牢陷入恐怖的寂静。村重感到自己宛如被锁进了狭小的牢狱。统领北摄，却依次失去了高槻、茨木、池田，最终被迫踏入这座地牢。

"若想取胜……"官兵卫出人意料地开口说道，"还有一计。"

村重简直不敢相信自己的耳朵。织田形成包围圈已有九个月，任何可能获胜的法子，他早就试遍了。

"别开玩笑了，官兵卫。"

"事关战事，小人岂敢开玩笑？"

木栅栏内的官兵卫顿时显露出了威仪，扭曲的双腿虽无法盘起，但他的上半身挺得笔直，双手按在腿上，朝村重深深低头。官兵卫此时明明衣着褴褛、满脸污垢，可在村重看来，竟像往日那般仪表堂堂。

"时机已到。小人惜命至今，正是为了这一天。摄州大人，小人官兵卫愿献上一策。"

这一下大大出乎村重意料，他犹豫了。

"恳请您准许小人献策。"

官兵卫再次请准。

"准了。"

村重应道。官兵卫缓缓挺胸，如古时张子房、诸葛孔明般神采奕奕地献策道：

"不必小人多说，此役要害系于一点，那就是毛利的动向。然而宇喜多倒向了织田方，即使您避过织田耳目送信给毛利，毛利怕也不会动兵了。"

村重点点头。官兵卫口齿流利地继续说道：

"那么，摄州大人您亲自去安艺国见毛利，如何？请您搬出鞆城足利将军的名号，与毛利家家督右马头辉元大人谈判，情势就大不相同了。毛利也得顾虑脸面——摄津守大人亲自前来，毛利必须有适当的回礼，否则族内就会军心动摇。只有这样，毛利才会出兵。"

"什么？"

家族之间不派使者，由家督亲自谈判？村重闻所未闻。真是单纯至极却又出人意表的计策，说不定真行得通。的确是奇计。把足利将军家扯进来，确是妙着。

搬救兵这件事不完全取决于双方的地位，但家督亲自屈膝求救，这等于是摆明了说荒木家将来要追随毛利家。不过在此紧要关头，家族门第在村重心里连根毛都不如。

他没有理由不听从这条计策。

"请先召见北河原与作大人,他曾出使尼崎,意味着他曾成功突破织田包围圈。请您向与作大人打听一下突围去往尼崎的道路。"

"噢。"

"进入尼崎后,请您去找浦兵部丞大人。小人曾与那位大人发生过干戈,是一位气度不凡的武士,他一定正为自家主君的背盟行为而感到耻辱。只要摄州大人拜托他,他必会排除万难,为您准备船只前往安艺。陆路吉凶难测,海路的话,宇喜多就难以出手了。"

"我知道浦兵部丞这个人。然后呢?"

"抵达安艺后,请您先去安国寺。住持惠琼大人深得右马头信赖,而且是出了名地憎恶织田。他定会倾力相助,为摄州大人在右马头大人处斡旋。"

村中再次重重点头。官兵卫越说越激动。

"依小人浅见,右马头大人对茶具名品颇有兴趣。请摄州大人万不可吝啬宝物,拿上品出来。切记给小早川左卫门佐隆景大人也准备一份礼物。毛利家的权柄掌握在左卫门佐大人手中,即便家督右马头称是,得不到左卫门佐大人首肯,事情依旧办不成。"

"这样啊。我会记住的。官兵卫,你困于囹圄,居然能盘算出这么一条妙计?"

官兵卫拜了一拜,脸色稍显柔和。

"迄今为止,仅是准备阶段。您带毛利援兵回来后,胜算至多不过五成。摄州大人，您骁勇善战，应该清楚小人所指的是什么吧？"

"噢！"

官兵卫之计犹如天助。村重不自觉地笑了起来，脑海里顿生出梦境般的场景。

濑户内海尽是毛利援军的战船，在他的带领下进入尼崎城。守在尼崎城的儿子村次想必会惊讶到说不出话吧？织田军肯定会狼狈不堪。然后，信长多半会亲自出战。那个男人的作战方式总有异想天开之处，但只要尼崎城发动进攻，就能和有冈城形成夹击之势，优势在我。村重的一切准备都是为了那一天，地利在我。事前他也与二三名敌将暗通有无。无边之死虽令人扼腕，但并非找不到其他适合的僧侣。只要有合适的使者，就可以劝说那些倾向毛利的武将倒戈。

眼下才八月，决战大约在冬天。在枯萎的摄津荒野上尽情驰骋，尽情施展武功谋略，与织田前右府信长一决胜负。腰佩名刀乡义弘，身穿岩井流具足，骑上木曾宝马，将长年征战磨炼出的计略用到淋漓尽致。挨过围城的煎熬岁月，最后来一场响晴白日般的决战，真教人神清气爽！

村重臆想着自己得胜回到有冈城、诸将并排迎接的场面，不由得虎躯一震。就算输了，也会是后人代代口耳相传的本朝最大战役。在这样一场大战中雄壮地、华丽地死去，对武士而言，可谓求之不得。

不行，不能再在地牢里浪费时间，得赶快动身。村重欲起身之际，忽然看到自己的护甲上有一只蜘蛛。

那是一只极小的蜘蛛。这只蜘蛛生于黑暗，通体无色，在村重的护甲上大摇大摆地爬行。

村重刚想伸手捏碎它，心中猛然响起千代保的话。人命比鸡犬虫豸更卑贱。村重回忆着千代保的话。千代保还说了什么？什么是世所常见来着？

祥瑞。

祥瑞拯救人心。千代保是这么说的。

不，不对。在那之前她还说了什么？说了什么？

村重不解自己为何执念于千代保的话。先捏碎这虫豸蝼蚁，再离开黑暗的地牢，抓紧时间准备作战才是正经事。要想早一步作准备，就得杀掉这只虫子，不杀不行。

对了。村重终于想起来了。千代保说的是伪造祥瑞、拯救人心才是世所常见。

为什么？为什么会突然想到这句话？为什么会在官兵卫献出奇策的一刻想到这句话？弱者才会紧紧抓住伪造的祥瑞乞求拯救，我是摄津守村重，绝非弱者。不对。

这不是真相。

官兵卫凝视着村重，蓬头乱发下，他的双眼毫无生气，仿佛已然忘却自己适才所提计策，眼神空无一物。

黑暗中，村重抖抖手腕将蜘蛛弹开，说：

"我懂了。这就是你的谋划？"

官兵卫的脸蒙上一层阴影。

11

　　毛利不会来。村重早该明白毛利无论如何都不会来。
　　可是他心中仍然残存着那么一丝念想。人，越是临近灭亡就越不愿承认，不论发现多么细微的祥瑞，都会视作救命稻草。官兵卫瞄准的就是这一点。说起来，官兵卫那时候说过，就在他凭三寸不烂之舌教唆狱卒、逼迫村重斩杀狱卒的时候。
　　身陷囹圄之人想杀人并不难哟。
　　"官兵卫，你……是想在牢里杀了我？"
　　察觉之后，一切都一清二楚了。
　　古今东西，想逃跑的人绝不会说自己要跑，定会反其道而吹嘘勇猛。兵法上确有佯退之说，不懂撤退的人根本算不得会打仗，但如果有个人逃跑前号称自己是去搬救兵，人们真的会相信吗？更何况这个人是大将村重。战况严峻之际，大将带家臣一同撤退才算是寻常事，然而大将在城池陷落前独自逃跑？简直是天方夜谭！
　　村重说道：
　　"若依你的计谋行事，我必将留下千古骂名。你想斩的不是我这颗项上人头，而是我的毕生名誉。"
　　官兵卫神色大变，眼神像涂了油一般放光。村重曾见过这种眼神。去年，官兵卫被投入地牢没多久，从村重这里听说了自念之死时也露出过这种眼神。
　　官兵卫莞尔一笑，道：

"竟然没上当，真出乎小人的意料。"

"官兵卫！"

"小人本以为摄州大人定会二话不说，立即动身。您是想到什么了？"

官兵卫之计让村重感到犹如天助。若千代保之前没有说过"只言片语迷惑人心"那番话，村重肯定上当了，因为官兵卫的计策甘如美酒，甜如美梦。

官兵卫慢慢地晃悠身子。明明自己计谋被戳破，却一脸愉悦，毫无不快之色。村重一面为避开了必死陷阱而长舒一口气，一面诧异于官兵卫的深谋远虑。

"官兵卫，你在这十个月里盘算的就是这件事吧？"

官兵卫不答，一个劲儿地窃笑。

每当有冈城危在旦夕，村重就会走下地牢找官兵卫解惑。官兵卫便乘机探寻村重内心，盗取村重言语间隐藏的深虑，给予村重排忧解难的线索。没错，官兵卫没有任何理由替村重解答谜团，却仍然解答了，那绝不是出于他忍不住施展才智的欲望。村重打从一开始就误判了官兵卫。自始至终，官兵卫的动机只有一个——伺机而动，一举毁掉村重的名誉。

"即便让我名誉坠地，你也拿不到半分功劳。为什么这么恨我？你能活到今天全因为我！我是你的救命恩人！"

村重问道。官兵卫放声大笑道：

"是摄州大人强行不让我死罢了，说什么救命恩人，真叫人笑掉大牙！我那时但求一死，您难道忘了？"

"你是恨我不杀你还是恨我将你囚禁，让你丢失了颜面？"

"颜面？"官兵卫朝村重瞪着浑浊的眼球，厉声斥道，"都到这分上了，您还在问我为什么恨？装糊涂也要有个限度！"

要说官兵卫憎恨村重的缘由，那真是数也数不清。一辈子都在战场上度过、工于算计的村重一闪念，问道：

"莫非是松寿丸？"

官兵卫不响。

村重猜中了。

比起惊讶，村重感到更多的是畏缩。人质被杀虽为武门之耻，不过乱世中早已屡见不鲜。只要为了活命，送儿子做了人质就舍弃儿子，送父母做了人质就抛弃父母，这就是武士浅薄而又坚强的一面。他难以相信官兵卫会为此事忌恨如此之深。

"你太幼稚了。官兵卫，我能理解你的丧子之痛，可这就是武门宿命。想不到你连这点儿小事都不懂。"

"您说武门？"官兵卫冷笑道，"松寿丸若死在战场上，方可说是武门之死。或者小人背叛了织田而导致松寿丸受刑，那也可称得上武门之死。哪怕是因为小人夹在主家和织田之间顾此失彼，令幼小的松寿丸惨遭不幸，身为武门也只能自认无奈。然而松寿丸是因何而死？"官兵卫激动地说，"不论您是把我的首级送回去还是放我回去，松寿丸都会安然无恙。可您既不放我又不杀我,大大违背世间伦理。我早就说过,您会遭因果报应的。因果循环令松寿丸无辜丧命,村重!杀死我儿的正是你那自以为慈悲的虚荣!"

官兵卫硬撑起瘦削衰弱的身体,高高扬起颤抖的双臂,仿佛想用这双手扭断村重的脖子。

"犬子聪颖、坚强,实为黑田家,不,实为我的希望之光。村重!把你挫骨扬灰也难消我心头之恨!你为了自己的虚荣和武功谋略,剥夺了本属于我儿的武士之死。我发誓要剥夺你的武士之死!我要把你的名字永生永世刻在耻辱柱上!"

村重忽感官兵卫离自己极近,近乎贴身站立,木栅栏像是不存在了。村重不由得向后仰去……但事实上,官兵卫依旧困于牢内,根本碰不到村重。

"这是你的真心话?"村重假装恐惧,"我已识破你的诡计。你已无招可出。你该死了,或许没多久就能跟你的儿子见面了。"

"见面?既然是我官兵卫的儿子,一定死得很体面,否则见了面我要责骂他的。但是,摄州大人,"官兵卫脸上再度浮现出轻蔑的笑容,"摄州大人您说错了。小人先前说过时机已到,吾计成矣。"

"什么?"

官兵卫张开双手,说:

"那条计策什么时候献都行,何须等上十个月?摄州大人，您觉得我为什么要听您说那些故事？为什么要用我的三寸不烂之舌化解有冈城的危机？城池过早陷落于我究竟有何不利？"

"你难道不是为了博取我的信任？"

村重说完，官兵卫边笑边用手拍打膝盖。

"信任？言之差矣，摄州大人。"官兵卫伸手抚摸头顶的伤疤，"请想一想，摄州大人要是太快战败而开城，像松永弹正那样，首先，织田肯定会允许您归降；其次，摄州大人只有谋叛的罪名，还有机会待在织田麾下作战立功。那可不行啊。因此小人才会多那几句嘴，帮摄州大人安定城池。小人一定要把这场战争拖得久一些。如今开战已长达十个月，信长大人绝不会赦免你了！"

村重想到，若没有官兵卫，有冈城说不定早就开城了。信长虽喜怒无常，但如果仅仅是一两个月，仅仅撑到春天就开城，即便是面对自己，理应也能接受归降。可自己向官兵卫求助了，解决了城中难题。事到如今，信长不可能接受投降了。

官兵卫收敛起笑容，说道：

"还有一个更有趣的理由。小人等上十个月，不是在等别人，正是为了等待摄州大人的家臣背弃您的这一天，等到满城流言蜚语、飞短流长的这一天，等到您开始疑神疑鬼、搜寻反贼的这一天。只要毛利不来，荒木家就必将分崩离析。这一点，在小人看来，确凿无疑。本以为您还能支撑半年，不料竟这般脆弱。多亏了阿出夫人呢。"

接着，官兵卫正色注视着村重。蓬头垢面下，他的眼睛湿润了，语气温柔而平和：

"摄州大人，这是一座没有援军抵达的城池，您接下来作何打算？"

"……"

"继续日复一日地举行不会有任何结果的军议，直到兵粮耗尽？"

"……"

"小人所献计策，十有八九是画饼充饥，只能玷污摄州大人的名声，但总有一二分的可行性。摄州大人若能舍弃毕生名望，听从我这乾坤一掷之计，或许好过坐以待毙。您舍得率大军驰骋于摄津荒野的美梦吗？不管怎样，小人确信您不日就将离开这座城……否则小人不可能说什么时机已到，吾计成矣。"

村重心知，官兵卫所谓美梦实乃毒药。既知是毒药，就不能入口。

然而，村重的心早已飞到了疆场上。

"小人这条命已经没用了。要杀要剐，悉听尊便。"

语罢，官兵卫低垂头颅。一根紧绷的弦终于断开，他似与这座黑牢融为一体。顷刻间便将覆灭的有冈城，城下有一座不见天日的地牢，两名弓着背的武士面对面而坐。

未几，村重伸手拿起烛台，缓缓起身。村重不想杀官兵卫，因官兵卫大抵已如一具行尸走肉。即便不是，他也不愿再无端造孽。村重走上一级台阶时，官兵卫如询问天气般轻描淡写地问道：

"摄州大人，不论今后命运如何转动，你我作为大将与囚徒都是最后一次面对面了，小人想问一句话。"

村重驻足回首。烛火微弱，难以照亮隐没在黑暗中的官兵卫。

"问吧。"

村重说道。

"好。"于是官兵卫发问，"摄州大人，您究竟为何反叛？"

"唉……"

村重不禁笑了。在最后的最后，官兵卫问的这个问题大出村重意料。

"你之前不是已经说出答案了吗？"

"小人说过……吗？"

"行，我告诉你。"

村重对着黑暗说道：

"我没有治理摄津的名分。摄津并非我从祖辈父辈手中接掌的土地，也不是我获封的土地。我更没有你所说的那种聚拢万民之心的力量，没有一个名正言顺的理由治理它。好了，你现在知道我为什么要背叛织田了？"

官兵卫不答。

"信长那家伙不是和我一样吗？他只是尾张国代守，还是庶出的。我还听说他祖上是越前来的。他没有统治天下的出身门第，更不可能获封统治天下。那个人甚至拒绝了右大臣的任命。尽管天下万民现在都认可织田的强大，可织田究竟凭什么统治我们？我找不到理由。仅凭武力夺取国家的人必将走向悲凉末路……这不是你说的吗？"

村重想起前往安土城那一天的情景。那是一座无比宏伟一壮丽的城，身旁的家臣、同辈都在交口称赞城池之威仪，村重所想的却不同——这不就是阿房宫吗？

"话虽如此，信长确有聚拢人心的魄力。他是如此耀眼，不论是谁都会被他吸引。我无法压抑住把身家性命赌在织田身上的想法。但……是那个男人自己丢弃了这股力量。我也算杀过不少人，但他实在杀得太多了。"

战国乱世，任谁都会杀人，任谁都会被杀。赶尽杀绝在当世绝非罕有。饶是如此，信长也未免嗜杀过头。

"伊势长岛，还有越前。'一向一揆'当然是个大麻烦，可是残杀一万人、两万人，这太不正常了。前年播磨上月城的情形……你也见过吧？"

村重和羽柴秀吉的攻势，据守上月城的赤松藏人根本抵挡不住。羽柴军队攻入上月城，将赤松残党尽数斩杀。到这一步为止，还处于村重所能接受的战争暴力范畴。可是之后就出事了。

"信长抓住女人和小孩，把他们并排刺在国境线的木桩上，施以磔刑。"

两百人被成排结队地磔刑示众。

"信长说，这是为了恐吓宇喜多，威慑摇摆不定的播磨国人众。这就偏离了正统的战争。而且宇喜多并没有胆怯，播磨国人众自那以后仍然反复无常。完全没有达到威慑的目的，只是无端残害了妇孺！"

官兵卫真的在那团黑暗里？他为什么什么都不说？

"织田战法，震惊当世。信长命令手下把小孩丢进油锅，这还算是人吗？我想，再过不久，百姓也好，织田家臣也好，都会背叛织田，不，说不定已经背叛了。官兵卫，主君的惩罚，我可以领罪。佛罚，我也能祈祷恳求宽恕。但是来自百姓或家臣的惩罚，我要怎样抵抗呢？无从抗拒。我所恐惧的正是这件事，因此反叛了。我只是想让荒木家活下去，作为武士活下去。织田即将灭亡，我不想跟着他灭亡，仅此而已。"

但也许，如果稍微早一点儿，再稍微早一点儿就好了。村重陡然察觉到了某件事，心中顿感些许苦涩。

"可是我沉溺于战争，不觉竟忘了自己举起叛旗的初衷。要说我有什么疏忽，恐怕就是这个……好了，官兵卫，我要走了。松寿丸的事，我深表遗憾。你一定恨我入骨吧？凋敝乱世，唯有无可奈何。"

村重说完，转身朝等待着他的地上修罗巷走去，那里只有黑暗。

天正七年九月二日，荒木村重逃离有冈城。
有冈城的命运走到了尽头。

终章　果

1

夕阳残照，苇原升起血烟。

敌方有六人。荒木摄津守有同伴三人——郡十右卫门、乾助三郎和杂贺众下针。但乾助三郎背着行李，行李中有名贵茶器，令他投鼠忌器，无法自在作战。敌方六人皆头戴斗笠，身穿盔甲，一看他们手中长枪就会明白这些人都是巡逻的足轻。敌人误以为村重一行是落难武士，猖狂地出言羞辱。一名足轻大大咧咧地走近，"唰"，村重手中奈良刀光一闪，敌方立刻只剩下五人。

"可恶！"

足轻一边嚷着，一边举起长枪。眼见他们打算替战友报仇，村重反而安下心来。若这五人作鸟兽散，各自求生，那就万事休矣。

"大家留神。"

低头看了一眼飞溅到自己盔甲上的鲜血，村重高声喊道。郡十右卫门架起持枪，突然瞄准足轻掷了出去。突如其来的一掷令那名足轻闪躲不及，持枪一下子刺穿了他的喉咙，他顿时倒毙。十右卫门"唰"的一下拔出刀。

形势瞬间逆转，足轻们脸上露出恐惧的神情。好机会。村重挺刀朝其中一人冲去。十右卫门也举刀砍向另一个人。剩下的两名足轻被村重的进攻速度震慑,但到底是乱世之兵,不至于吓到动弹不得。其中一人举起长枪朝村重刺去。但这一招村重早有预料,他闪身躲过长枪,一刀砍中足轻的肩膀。足轻吃痛不起,长枪掉落在地,然后村重对准他的脑袋就是一刀。

"把枪丢掉,拔刀!"

剩下的三名足轻里最年长的嚷道。长枪面对骑马的武士极为有利,若近身搏斗则施展不开。足轻们便将长枪扔在脚边,齐齐拔出刀来。十右卫门等的就是这一刻。他从尸体上拔出先前所投掷的持枪,连续使出二段、三段突刺。一名足轻招架不住,胸口立时多了个窟窿。

另足轻两名左右夹击,同时举刀砍向村重。村重举刀挡住右侧,将左侧交给诹访大明神庇护。果然左侧一刀未中要害,只刺中了他的盔甲半袖。村重朝右侧敌人连出数刀,对手勉力挡住村重的连击,之后反手还击。几个回合下来,村重手中这把奈良刀已弯曲,但他用这把钝刀再次使出连绵不断的攻势,终于贯穿足轻身上的薄甲。

剩下的那名足轻把刀一丢,话也不说,掉头就跑。被他逃了就麻烦了,就在村重懊恼的一刹那,下针说:

"我来。"

下针早已摆好了架势,举起火绳枪瞄准逃跑的足轻。

"好……"

村重话音未落,铁炮口就冒出火舌,弹丸不偏不倚,正中足轻的后脑勺。

黄昏时分,天空宛如炎热的地狱般赤红。村重发现弯曲的奈良刀已塞不回刀鞘,试了几次,干脆丢弃。十右卫门似乎负伤了,按着自己的右臂。下针四处张望着,好像在寻找是否还有敌人藏在苇草丛中。他为了能尽快放炮,手里一直抓着早合①。没机会出手的乾助三郎一脸遗憾。

"敌人可能会听到铁炮声,得赶紧走。"

村重说完,十右卫门走上前单膝跪地,说道:

"主公,属下想在此辞别。"

"什么?"

"刚才那一枪已饱含了属下最后的舍己奉公心愿。那一枪既已命中,请恕属下不能陪您前往尼崎了。"

围城九个月以来,十右卫门想必有许多苦衷和难言之隐。村重扬起眉毛道:

"你这是要和我断绝君臣关系吗?要弃我而去?"

十右卫门深深低头,气沉丹田,重重地说道:

"属下没有抛弃您!"

接着,十右卫门压低声音,呕血似的说:

"属下虽身无大才,既忝任御前侍卫组头,率领御前侍卫,自当忠心守护主公左右。但属下与御前侍卫同甘共苦,共赴沙场。怎可丢弃部下,独自出城?"

"我没有放弃有冈城,十右卫门,我一定会回去,一

---

① 将射击一次铁炮所需的弹丸和火药合成封装,一般用竹筒或纸包。

定会带着毛利援军回去！"

"属下当然也盼着那么一天，可我不能随主公同往，有冈城内的御前侍卫们还在等着我。主公，请下令让我率领御前侍卫留守有冈城。属下……属下不能抛下他们！"

鲜血顺着十右卫门的右臂流淌在地上。

十右卫门这番话可谓是赌上了性命。村重并非不能理解他的想法，无力地耷拉着肩膀，干巴巴地说道：

"好吧，十右卫门，你回有冈城去吧，在我回来以前，你要守住城池。"

"属下誓不辱命。"

"要是万一……不，是万万——"村重说道，"我没有回来，十右卫门，你可别死啊。你身怀将才，在这个时候为我而死就太可惜了。至少……"

村重的声音里满是自嘲。

"至少，要为一个值得的主君而死。"

"主公！"

"去吧。不准抗命！"

"是！"

临行前，十右卫门最后看了一眼乾助三郎。乾助三郎的双目湿润了。

"助三郎，主公就拜托你了。"

"首领大人放心。请一定照顾好我们的同伴。"

听了助三郎的话，十右卫门微笑道：

"我答应你。那么，属下告辞了！"

十右卫门深深低头行了一礼,拎起持枪转身离去。

下针一面目送十右卫门,一面背起火绳枪,说:

"那么,小人也告辞了。"

"你也要走?"

下针略一点头,说:

"小人原非摄津守大人的家臣,而是铃木孙六大人的人。很荣幸能帮上摄津守大人的忙,但要是小人就这样离开孙六大人,日后难免要被杂贺庄的人指指点点。"

下针所言合情合理。村重颔首道:

"明白了。你干得很好。"

"像小人这等卑贱之人,竟然让摄津守大人如此赏识,惶恐之余,不胜殊荣。好吧……"

下针表情稍许为难,接着鼓起勇气说:

"其实朝能登大人放炮的是小人。"

"原来是你?"

铁炮这东西,想精确命中简直难于登天。饶是如此,那人还是击中了能登,只可能是专精铁炮的杂贺众所为。村重原本就是这么想的。如果是下针,就符合情理了。

下针挠挠头,说:

"阿出大人出言相求,小人难以推脱。那一夜,小人满心以为必中,却被那道突如其来的落雷吓了一跳……小人琢磨着,这应该是与您的最后一面,因此想说出来。不过我说要回去找孙六大人绝不是谎话,但终归只是个借口罢了。在您面前这么说或许有些不敬,阿出大人告诉小人，'前进方得极乐，后退即为地狱'是彻头彻尾的假话，无需前进照样可得极乐。这样说的人只有她。小人一辈子都是在战斗即前进的日子里度过的，是她让我的人生头一回体会到了喘息和安心。"

下针的这番话，的确无视身份地位，有逾矩之嫌，可村重没有丝毫不快。看到被千代保拯救的人现身说法，村重不可思议地感到很是欣慰。

"失去了城主，有冈城接下去会发生什么事都不足为怪。反正终归一死，小人拼死也要保住阿出大人。"

"知道了。你就放手去做吧。"

村重说完，下针再度低头。

"摄津守大人，请一路小心。告辞。"

语罢，下针便消失在了苇丛中。

快入夜了，村重和乾助三郎二人伫立在苇原上。助三郎背着村重交待的行李，摆出舍命护卫的架势。行李里装着名品寅申壶，那是用来乞求毛利伸出援手的礼物。

"走吧，助三郎。"

"是。"

助三郎毕恭毕敬地从命。

君臣二人在天色渐暗的北摄旷野中踽踽前行，他们身后是血淋淋的尸首。村重蓦然回首，只见有冈城如飘浮在绯与群青交织的空中，摄津大地上横卧着庞大的黑影。

2

因果循环。

有冈城。

十月十五日，中西新八郎和泷川左近勾结，开门引织田军入城。有冈城北、西、南三座城寨悉数陷落。织田占领了伊丹村，焚烧武士住所。最后只剩下本曲轮负隅顽抗。剩下的家臣在本曲轮内又撑了一个月有余，但毛利仍然没有来，本曲轮终究沦陷了。

野村丹后在鹎冢寨遭攻打时，几乎损失了包括杂贺众在内的绝大多数兵力。他提出投降，但遭到织田拒绝，随后被织田杀死。

荒木久左卫门把诸将的妻子儿女扣押为人质，和其他老臣一同前往尼崎城劝降村重。但村重拒绝投降，且不愿回到有冈城。于是久左卫门逃亡去了淡路。

池田和泉留守有冈城，听说荒木久左卫门逃之夭夭后，自知无法保住妻儿，终以铁炮爆头。留有辞世诗二句：

形散如朝露，徒留子孙恨。

3

中西新八郎引织田军入有冈城之后，成了北摄新主池田恒兴的家臣，之后再无建树。

高山大虑在城破后保住了性命,后来归顺北陆的柴田胜家。他的儿子高山右近早早归降,仍得到织田家重用。

铃木孙六在战后生死不明。有人说他在鹈冢寨被敌方杀死,也有人说他没有死。后来,他的儿子在纪伊德川家底下做事。

北河原与作侥幸未死,一直在北摄一个叫小野原的地方生活。传说村重的孤孙由北河原与作抚养长大。

下针同样生死不明。不过据史书记载,有冈城内的杂贺众无人生还。

无边死在北摄,冒用无边名号的人却在安土出现了,受到民众爱戴。不久,骗局被揭穿,此人被处斩。

乾助三郎成功护送村重和名壶抵达尼崎城。之后下落不明,不知是否继续与村重转战南北。

郡十右卫门没有死于有冈城之战。三十六年后,丰臣秀赖命他在大阪之战[①]中出战。大阪精锐七人组中就有他,人称郡主马。七十高龄的他被任命为旗奉行,战至最

---

① 发生于1614—1615年、以丰臣家灭亡为结局的战争。

后一刻，最终切腹自尽。

4

诸将的家眷大多被处刑。

尼崎城内，约一百二十二人被施以磔刑。

有冈城内，女三百八十八人、男一百二十四人被活活烧死。

京城之中，有名有姓的将领及妻小三十余人被斩首。

千代保被押解进京。赴刑场时，她在寿衣外披了一件华美的小袖。到达六条河原刑场后，千代保走下囚车，理理高发髻，整整小袖衣领，心无旁骛、安静从容地引颈就戮。千代保留下不少辞世诗，其中一首为：

　　心月无乌云，与光同西行。

西，是极乐净土的方位。据说和千代保一起被斩首的还有许多侍女，她们都和千代保一样从容赴死。

5

荒木村重仍在战斗。逃离有冈城后，他在尼崎城和花隈城持续坚守到翌年七月。想必还是在苦等毛利吧。花隈城破，村重便逃到毛利领地内。

后来他以茶人的身份回到摄津，在有冈城陷落的第七年寿终离世。村重理应作过辞世诗，但无人知晓。再没有任何人为村重写过只言片语。

6

有冈城破三年后，织田信长在京都本能寺迎来末日。据说尸首下落不明。

7

还有黑田官兵卫。

有冈城陷落之际，家臣栗山善助在狱卒加藤又左卫门的引导下救出了官兵卫。官兵卫衰弱不堪，双颊凹陷，腹部膨胀似饿鬼，四肢像枯萎的树枝，头顶还留有结痂伤疤，腿部因弯曲过久而无法恢复。官兵卫的生还令羽柴秀吉大喜过望，他让官兵卫先把政务搁置，去静养一段时间。官兵卫从命，便到有马温泉疗养身心。

待到寒冬腊月，官兵卫终于可以自行起身，能进食稀粥以外的东西，也能依靠拐杖行走。他的声音不再沙哑，眼睛也习惯了阳光。

静养处有栗山善助等数人服侍官兵卫。官兵卫听闻千代保被处斩的消息后，没有带任何侍从，独自走出旅店。深冬时节，有马山间白雪皑皑。官兵卫被囚入有冈城是在去年冬天，自那以来，整整过去了一年，可是官兵卫仿佛觉得只过了一夜。

官兵卫在雪地里踯躅而行，身后留下脚印和杖迹。

那间地牢中所发生的事，思来像做梦一般。真是场噩梦啊。官兵卫穷尽才智，只为永久地贬损另一个人的名誉。但最终结果如何呢？战争被拖长了，无数兵民为此而死，数百人被烧死、受磔刑、遭斩杀。

竹枝承受不住积雪的重量，产生极大弯曲，随后发出"咔嚓"一声。官兵卫似乎没有听到这声音。

在那间地牢里，自己被邪魔附体了吧？官兵卫暗自想道。否则以他的智慧绝对不可能忽视这些后果。没错，由于儿子毫无荣耀地枉死，他一心只想着折损村重的名誉。除此之外，什么都看不见了。

不过，官兵卫并不认为这件事的责任完全在于自己用计。他确实预料到了荒木久左卫门等家臣会跑到尼崎城说降村重，但即便是官兵，也不可能料到久左卫门说降失败后会直接逃之夭夭。听说比村重逃离有冈城更加触动信长逆鳞的反倒是这帮半路逃亡的家臣。没有这件事，或许千代保就不会死了，其他数百人或许也不会遭屠杀。

如此想来，官兵卫将战事拖长未必是一件坏事。信长知晓村重谋反后，立刻派兵搜寻北摄、播磨山野，把躲进山里的百姓尽数诛杀。若有冈城过早开城，那时信长怒气未消，说不定会成为第二个伊势长岛。官兵卫把战事拉长，说不定正好让信长平息怒火，说不定拯救了苍生黎民。

"不对……"

官兵卫摇头自语道。不要自欺欺人了，地牢中的他根本没想这么远。当时官兵卫满脑子只是对村重的怒火，对村重违背世间习俗导致松寿丸惨死的怒火。为了复仇，他什么都顾不上了。也许他当时想过后果，但为报血仇，在当时的官兵卫心里，即便牺牲千万人也在所不惜。官兵卫心道：果然，地牢里的自己是被邪魔附体了，而且那心魔仍未消退，还藏在我心中。

风吹竹叶摇。沙，沙，沙。

村重的虚荣心杀死了松寿丸，松寿丸之死激发了官兵卫的仇恨心，这番因果循环最终导致有冈城男女老少被烧死、被磔刑、被处斩。然而往前回溯，村重辩称自己之所以反叛是因为信长嗜杀，终将为世间不容。那么，嗜杀的信长就是一切的恶因吗？可是织田领国能在这乱世中消弭战事，很难说不是信长斩尽杀绝作派的功劳。也就是说，乱世才是滋生恶因的土壤。凋敝世道，处处恶果。在这样的世道，违背世理的说不定是只在乎儿子的官兵卫，是扭曲的自己种下的恶因。官兵卫心道：这样想来，果然罪过还是在我。而且恐怕所有武士、所有百姓、所有僧侣、所有人都是同罪，都有同样的业障。无法承受业障的人要么念佛，要么捐赠香火，要么改信南蛮宗。更多武士则把过错推给了弱者，是弱者不前进。他们只有这样告诉自己，方可求得心安。这不都是无可奈何的借口吗？种恶因结恶果，得恶果再生恶因，这世间常理莫非真是人力不可违？难道我今后要继续出谋划策、为杀戮延续杀戮？

不知不觉，官兵卫已在竹林里转了一圈。他拖着寒冷的身体回到住所。善助正四下寻找他，一看到他便喊道：

"在这里！"

然后迅速冲上前。

"主公，天寒地冻，您上哪儿去了？请务必保重身体啊！"

"我没事。"

官兵卫烦闷地摆摆手让善助退下。但善助没有退下，郑重地说：

"有客求见主公。"

官兵卫皱起眉头。起初他以为是羽柴秀吉的使者，可善助为什么说是客人？

旅店没有接待客人的房间，官兵卫稍加思索，命道：

"我马上在佛堂见客。"

随后，家臣服侍官兵卫换上见客的衣服。官兵卫喝下善助事先备好的药汤。待身体暖和了，官兵卫一边想着到底是什么人，一边朝佛堂走去。旅店主人很识相地在房间准备好了坐垫和扶手。

客人一见到官兵卫就拜倒，深深行了一礼。不必看此人腰间佩刀，光看架势，官兵卫就知道他是个武士。客人行礼后抬起头来，官兵卫觉得此人的面貌似和某人有些许相像，但说不上来。官兵卫心想，自己应没有见过此人。

官兵卫在坐垫上坐下，开口道：

"无奈身患腿疾，恕我无礼了。"

接着他伸直左脚。客人的声音意外地很轻快：

"打扰您静养，万分抱歉。"

官兵卫一面上下打量客人，一面自报家门道：

"我是小寺官兵卫。"

只要小寺家还在，官兵卫就不得不使用小寺的名号。但官兵卫心知自己很快就可以改回黑田这个姓氏了。客人点了点头，说：

"小人名叫竹中源助。初次拜见官兵卫大人。"

听到"竹中"二字，官兵卫恍然大悟地点头。羽柴筑前守家臣里有一位和官兵卫说话投机的家臣叫竹中重治。此人的相貌的确与他有几分相似。今年夏天，官兵卫身陷地牢时，半兵卫已然病故。

"竹中……你是半兵卫大人的……"

"半兵卫是小人堂兄。"

"原来如此。"

官兵卫轻阖双目，感慨道：

"我与你堂兄交情匪浅，未能见最后一面，实在遗憾。"

"官兵卫大人经历千辛万苦，堂兄泉下有知，也会欢喜的。"

既是故人，官兵卫稍感宽心。

"那么，你来此所为何事？"

"其实……"

源助正坐道：

"不知官兵卫大人是否知道，负责处置令公子松寿丸的是我堂兄。"

"什么……"

官兵卫不禁哑然。信长应该知道他和半兵卫是知己，竟命令半兵卫负责处决松寿丸，太残忍了。

"堂兄不顾陪臣身份，公然进谏不该处斩黑田人质。多半因此惹怒了信长大人，以此作为惩罚。"

"这样啊。半兵卫大人替犬子求情了？那么他……"官兵卫顿了顿，痛苦地挤出声音，"没让犬子受苦吧？"

源助听了这个问题，面露困惑的神情。官兵卫立时察觉到了，追问道：

"怎么？有何不妥？"

"这……当然没有受苦。"

"那么……你今天是专程来告诉我犬子临死时的情形吗？还是说，带来了什么遗物？"

源助低下头，自言自语般说道：

"小人惭愧。小人远不及堂兄那般睿智，思来想去也不知该以何种方式告诉您这件事。索性请您看看吧。"

官兵卫心下讶异，源助大声说了句"进来吧"。门外传来清脆的一声"是",拉门打开,佛堂内流入了严冬的寒气。

一个小小的武士平伏在走廊上。

源助道:

"堂兄说,处斩黑田人质,有三不该:损伤中国的攻略大计,此为一不该;不见容于天道,此为二不该;无颜面对官兵卫大人,此为三不该。堂兄陈述完理由,说道:'羽柴大人,恕属下难以从命。假以时日,主公或许会回心转意,请暂且饶此子一命吧。'"

小武士抬起头来,官兵卫一看,惊呼道:

"松寿丸!"

松寿丸刚才一直在走廊上等候?他的脸颊冻得通红。

"父亲大人!"

官兵卫的双手克制不住地颤动,他瞪大眼睛,哆嗦着双唇说道:

"半兵卫大人种下了善因哪……半兵卫大人以命相搏,种下了善因哪!你是想告诉我人力足以抵抗乱世吗,半兵卫大人?"

源助似乎越发一头雾水。松寿丸笑容满面地喊道:

"父亲大人,许久不见,您的话还是这么深奥,孩儿听不懂呢!"

黑田官兵卫后来留下传世遗训,谓曰:

佛罚可畏，主君之罚甚于神。主君之罚可畏，臣下百姓之罚甚于主君。其罚难凭祈祷、道歉抵御，是以怠慢臣下百姓之国必亡。因而相较于佛罚与主君之罚，臣下万民之罚尤可畏。

松寿丸长大后即黑田长政，博多一带更名为福冈。官兵卫遗训广为流传，人称治世之基，泽被福冈。